큰바다사자들의 섬

큰바다사자들의 섬
물의용과 보물선을 찾아서

초판 1쇄 발행 2025년 8월 10일

지은이 장이피
펴낸곳 드림위드에스
출판등록 제2021-000017호

교정 양수미, 김정은
편집 양수미, 김정은
검수 양수미, 김정은
마케팅 위드에스마케팅

주소 서울특별시 강남구 학동로 165, 2층 (신사동)
이메일 dreamwithessmarketing@gmail.com
홈페이지 www.bookpublishingwithess.com

ISBN 979-11-92338-89-7(43810)
값 18,000원

• 이 책의 판권은 지은이에게 있습니다.
• 이 책 내용의 전부 또는 일부를 재사용하려면 반드시 지은이의 서면 동의를 받아야 합니다.
• 잘못된 책은 구입하신 곳에서 바꾸어 드립니다.

큰바다사자들의 섬

물의용과 보물선을 찾아서

장이피 지음

언젠가는 스스로 뛰어내려야 해.
그래야 모든 것이 해결되고 시작될 수 있을 거야.

드림위드에스

이 책은 역사적 사실을 바탕으로
작가의 상상력이 더해져 기술된 소설입니다.

목차

제1막 섬의 주인들

1. 큰가제들의 섬   10
2. 독도 강치   24
3. 물의용의 전설   33
4. 가짜 동물들의 침입   52

제2막 바다의 속삭임

5. 노을의 자장가   72
6. 물의용을 타고 미래로, 서해로   100
7. 큰 오합지졸과의 싸움   113

제3막 바다의 심연으로

8. 점박이물범 점이와 박이   126
9. 보물 위에 앉은 바다 모기   136
10. 비밀의 산호동굴 그리고 보물선   143
11. 호랑이와 늑대 무리   167
12. 백상아리들   181

제4막 지나온 길, 가야 할 길

13. 앵무새 점박이물범 수니   **192**
14. 실패한 해안 상륙 사냥   **201**
15. 캘리와 봉희   **211**

제5막 전설이 깨어나다

16. 사쿠라지마 화산   216
17. 이제 바다에서 살아야 해   230
18. 엄마가 섬 그늘에   243
19. 소나기   265
20. 노랑가오리 사냥   277
21. 백상아리 울프 vs 큰바다사자 강치   291
22. 완벽한 승리   320

제6막 새로운 시작

23. 우연이라고 하기엔…   330
24. 나에게 속하지 않은 전쟁   336
25. 다스케떼, 사치, 타카라모노(도와줘, 범고래, 보물)   355
26. 다시 독도로, 다시 집으로   369

섬의 주인들

1. 큰가제들의 섬

  1년에 단 한 번, 바다사자들의 짝짓기 축제가 막바지로 치닫고 있었다.
  초여름의 독도는 푸른 물결 속에서 생명으로 가득 차 있었고 모든 생명들의 에너지는 독도를 힘이 넘치고 빛나게 했다.
  독도바다사자들의 짝짓기 축제는 여름의 시작과 동시에 시작해 독도의 동도와 서도 그리고 여든아홉개의 작은 섬 곳곳에서 북새통을 이루며 보름간 성대하게 펼쳐졌다
  크고 작은 몸짓들의 짝짓기는 각각의 수많은 이야기를 만들어 내며 축제를 더욱 풍성하게 만들고, 바람에 실려 오는 바다사자들의 포효는 여름 독도의 푸름 속으로 퍼져 나갔다.
  축제는 어느덧 끝을 향하고 있었지만 아직 짝이 없는 수컷 바다사자들의 다급한 구애의 외침은 멈출 기미가 없었다.
  이른 아침부터 암컷들과 어린 바다사자들뿐만 아니라 독도에 사는 모든 이들은 수컷 큰바다사자들의 짝짓기 결투를 쫓아다니며 구경하느라 다들 분주했다.

그중에서도 바다 위에 떠 있듯 누워 있는 큰가제바위 위가 특히 떠들썩했다.

 큰가제바위 결투장에 오른 수컷 큰바다사자들의 결투는 암컷을 차지하려는 목적뿐 아니라 그 결투를 통해 독도의 모든 이들에게 자신의 힘과 서열을 공표하는 의미를 가졌다.

 바로 옆 작은가제바위 위는 어린 바다사자들이 어른들의 결투를 흉내 내며 자기들만의 서열 놀이에 한창이었다. 덩치도, 움직임도 제각각인 이들은 아직 어설프지만 싸움 하나하나에 진지했다. 서로의 목덜미를 물고 투닥거리는 모습이 귀엽지만, 그 안에도 야생의 본능이 어렴풋이 엿보였다.

 큰가제바위는 독도의 서도, 물골 위쪽에 자리 잡은 화산재로 만들어진 넓고 평평한 바위섬이다.

 이름의 유래는 바다사자의 옛말인 '가제'에서 왔다. 가제들이 쉬고 노는 큰바위라 하여 '큰가제바위'라 불렸다. 평소 이곳은 바다사자들의 쉼터이자 놀이터이고, 젊은 바다사자들이 사랑을 속삭이는 낭만의 장소였다.

 하지만 짝짓기의 계절이 오면 큰가제바위는 긴장감 넘치는 결투장으로 변했다. 초여름의 따뜻한 바람과 함께 짝을 찾으려는 수컷 바다사자들이 큰가제바위로 올라왔다.

 먼저 올라와 누워 있던 짝 없는 암컷들이 수컷들의 등장으로 고개를 들며 몸을 일으켰다. 이제 막 바닷속에서 올라온 짝 없는 암컷 한 마리도 한편에 자리를 잡고 목청 높여 소리를 지르며 자신을 존재를 알리기 시작했다.

암컷들의 모습에 화답하듯 수컷들 또한 포효하며 몸을 좌우로 회전시켜 몸과 갈기에 묻은 물기를 털었다. 순간, 여러 마리의 바다사자들이 파도 타듯 동시다발적으로 몸을 흔들며 공중으로 작은 물방울들을 쏟아 냈다.

수만 개의 물방울이 햇빛을 받아 빛났다. 태양은 물방울 속에 작은 무지개를 새겨 넣어 검은 바위 위를 아름답게 수놓았다. 그 광경은 마치 한낮의 불꽃놀이처럼 찬란했다. 큰가제바위는 이 순간만큼은 싸움터도 아니고 사랑의 장소도 아니었다. 그저 자연이 만들어 낸 찰나의 예술이었다. 바위 위를 뒤덮은 무지갯빛 물방울과 바다사자들의 움직임이 한데 어우러져 독도의 큰가제바위는 검은 화폭에 그려진 아름다운 그림 같았다.

"크엉엉!"

큰가제바위 중앙 결투장에서 거친 포효가 터졌다.

큰바다사자 수컷 두 마리가 약간의 거리를 두고 검은 눈을 번뜩이며 마주 서 있었다.

독도큰바다사자 서열 2위인 나이 든 수컷과 젊은 도전자가 맞붙었다.

혈기 넘치는 젊은 수컷이 나이 든 수컷이 거느린 네 마리의 암컷을 뺏기 위해 도전장을 낸 것이다. 진회색이 젊은 도전자, 갈색이 나이 든 수성자였다. 몸집은 회색의 젊은 도전자가 근소하게 컸다.

암컷 네 마리는 숨을 죽이고 이 상황을 지켜보고 있었다.

이번 결투는 그야말로 축제의 하이라이트, 누구도 놓칠 수 없는 명장면이 될 것을 다들 기대했다. 독도의 모든 구경꾼들이 짝짓기 축제의 대미를 장식할 마지막 결투를 보기 위해 큰가제바위로 모여들고 있었다.

가장 좋은 자리인 큰가제바위의 중앙 주변에는 일찌감치 도착한 호사가들이 자리를 잡고 떠들썩하게 흥을 돋우고 있었다. 그들은 서로의 어깨를 툭툭 치며 결투의 결과를 점쳤고, 간간이 큰 웃음소리가 터져 나왔다.

하지만 늦게 온 구경꾼들은 상황이 달랐다. 이미 빼곡히 들어선 관중들 사이를 비집고 들어오며 좋은 자리를 차지하려는 이들 때문에 한쪽에서는 어깃장이 벌어졌.

"여기 자리 비워 둔 거 아닌데!"

"아니, 왜 밀고 들어와요?"

볼멘소리가 여기저기서 터져 나왔지만, 이내 누구도 결투를 방해하고 싶지 않다는 듯 목소리를 낮췄다.

반면, 큰가제바위 중앙결투장은 완전히 다른 분위기가 흘렀다. 주변의 흥겨운 구경꾼들과는 달리 그곳에는 무겁고 긴장된 정적이 자리 잡고 있었다.

젊은 수컷은 가슴을 부풀리고 목갈기를 세우며 기세를 한껏 끌어 올렸다.

반면, 서열 2위인 수컷은 한쪽 발로 바위를 툭툭 치며 차분한 모습으로 상대를 노려보고 있었다. 두 수컷의 눈빛은 칼날처럼 예리했고, 그들의 숨소리조차 서로를 향한 경고처럼 들렸다.

어느새 머리가 거의 닿을 정도로 거리가 좁혀졌다.

구경꾼들은 숨을 삼키며 이 장면을 지켜봤다. 긴장감이 팽팽해질수록 큰가제바위는 마치 폭풍 전야처럼 더욱 고요해졌다. 이제 곧 이 고요를 깨뜨릴 첫 움직임이 나올 것이었다.

젊은 수컷은 상대의 눈을 피해 땅바닥을 쳐다보며 생각했다.

'상대는 큰바다사자 서열2위이다. 하지만 나이가 들어 나보다 분명 느릴 것이다. 나에게 승산이 있다. 이길 수 있다!!!'

결의를 다진 젊은 수컷이 달려 나가려는 듯 앞발을 몸 쪽으로 천천히 감아 넣었다. 긴장으로 온몸이 달아오른 젊은 도전자가 먼저 돌진했다. 서열 2위 수성자도 맞섰다.

포효와 함께 거대한 덩치들이 부딪쳤다.

암컷들이 앞지느러미를 세워 일어섰다. 뒤쪽 구경꾼들도 고개를 빼어 들었다.

'푸어억!!'

400㎏이 넘는 거구들의 충돌. 둔탁한 소리와 함께 누구 머리에서인지 피가 튀었다.

갈색의 나이 든 수컷이 회색의 젊은 수컷의 얼굴을 향해 날카로운 송곳니를 드러내며 공격했다. 뒤로 피한 젊은 수컷이 거친 숨을 몰아쉬며 빠른 움직임으로 상대를 향해 돌진했다. 하지만 나이 든 수컷은 노련했다. 한 발 비켜서더니 강한 앞발로 젊은 수컷을 내리쳤다. 바위 위로 젊은 수컷이 구르듯 쓰러졌다.

젊은 수컷은 피가 섞인 침을 뱉으며 다시 일어섰다.

"와아아아!"

구경꾼 수컷들이 포효하며 흥분을 더했다. 암컷들의 눈빛이 흔들렸다.

수세에 몰린 젊은 수컷이 이를 악물었다.

그때, 승기를 잡은 나이 든 수컷이 끝장을 내려는 듯 돌진했다! 젊은 수컷도 피하지 않았다. 두 수컷이 정면으로 부딪혔다. 때마침 밀려온 파도가 큰가제바위 옆 벽을 때린 후 두 싸움꾼들을 덮쳤다. 질퍽해진 물 위에서 젖은 수컷들의 싸움은 더욱 처절해졌다.

흥분한 구경꾼들이 점점 가운데로 좁혀 들어오며 환호성을 질렀다.

곧바로 갈색의 나이 든 수컷이 회색의 젊은 수컷의 코를 향해 입을 벌려 빠른 속도로 공격해 들어갔다. 젊은 수컷이 간신히 피했지만, 나이 든 수컷의 원래 목표는 젊은 수컷의 목덜미였다.

핏방울이 튀었다. 순간 바위 위가 조용해졌다.

회색의 젊은 수컷이 두어 발짝 물러섰다. 몇 번의 격돌로 젊은 수컷은 누가 더 강한지 확실히 알았다.

그러고는 상대를 향해 요란하게 크게 입을 벌려 포효하더니 등을 보이며 급하게 도망쳤다. 젊은 수컷의 패배였다.
 큰가제바위 위로 갈색의 나이 든 수컷의 승리의 포효가 울려 퍼졌다.
 언제나 그렇듯, 결투는 싱겁게 끝났다.

요란을 떨며 흥을 돋웠던 구경꾼들은 이내 김이 빠졌다. 화끈한 수컷들의 싸움을 기대하며 숨죽이고 지켜보던 암컷들도 시시한 결말에 꽤나 실망한 눈치였다. 아니면 젊은 도전자의 승리를 은근히 기대하고 있었는지도 모를 일이었다.

하지만 암컷들은 호들갑을 떨며 승자의 곁으로 달려왔다.

독도의 바다사자들은 호전적이지 않다. 온순한 성격 탓에 끝까지 싸우는 일이 드물었다. 큰 싸움을 벌이는 것 자체를 좋아하지 않았다. 이번에도 마찬가지였다. 두 수컷은 몇 번 머리를 맞대더니, 작고 약한 쪽이 슬그머니 물러났다.

그걸로 끝이었다.

진 녀석은 뒤뚱뒤뚱하지만 잰걸음으로 바다를 향했다.

차가운 바닷물로 화를 식히려는지, 창피해서 몸을 숨기려는 지 급했다. 그러면서 바다로 뛰어들기 전 고개를 돌려 누구에게 하는 말인지 모를 혼잣말을 내뱉었다.

"역시, 격이 떨어지는 짓이었어."

독도의 수컷 바다사자들은 품위를 중시했다. 그래서 암컷을 두고 벌이는 짝짓기 결투가 영 탐탁지 않았다. 짝짓기 철이 되면, 수컷들 사이에서 가장 흔히 들을 수 있는 말이었다.

특히 몸집이 작고 약한 수컷일수록 저 말을 여기저기 떠벌리고 다녔다. 마치 싸우지 않은 자신을 합리화하려는 것처럼 말이다.

구경꾼들은 늘 그렇듯 기대했다가 실망했다.

제대로 된 싸움 한 판을 볼 줄 알았건만, 이번에도 허무하게 끝나 버렸다. 투덜거리던 바다사자들은 결국 하나둘씩 바닷속으로 첨벙 뛰어들었다.

　오직 승리한 수컷만이 큰가제바위 위에 남았다. 암컷들의 환호와 환대 속에서, 그는 승자의 기쁨을 만끽했다.

　반면, 큰가제바위뒤 우뚝 솟은 탕건바위 위에 근엄하게 앉아 모든 상황을 지켜보고 있는 거대한 수컷 큰바다사자가 있었다.

　독도바다사자의 우두머리, 독도의 왕, 우산도였다.

　우산도는 한눈에 봐도 남다른 덩치를 자랑했다. 다른 수컷들과는 비교조차 되지 않을 정도였다.

　보통 성체 수컷 바다사자들이 2m 30cm, 몸무게 500㎏ 남짓이라면, 우산도는 무려 3m가 넘는 몸길이에 700㎏이 넘는 거구였다.

　그래서일까, 우산도에게 감히 짝짓기 결투를 신청하는 도전자는 없었다. 그 압도적인 존재감 앞에서 독도의 모든 생물들은 고개를 숙이고 우산도를 따랐다.

　바다사자는 물론이고, 독도 주변의 모든 바다 생물과 육지 생물, 심지어 하늘을 나는 새들까지도 그의 보호 아래 살아가며 우산도를 존경하고 사랑했다.

　하지만 우산도가 존경받는 이유는 단순한 힘과 덩치 때문만이 아니었다. 그는 지혜와 용기를 가지고 진정으로 독도를 사랑하고 보살피는 독도의 왕이었다.

그런 우산도의 뒤편, 세 마리의 암컷 바다사자가 사랑스러운 눈빛으로 그를 바라보며 조용히 앉아 있었다.

우산도의 어깨 너머 바다와 맞닿은 저 멀리, 오늘 하루 독도를 환하게 밝혔던 태양은 이제 바닷속으로 몸을 숨길 채비를 하며 하늘과 바다를 붉은 황금빛으로 물들게 하기 시작했다

우산도가 천천히 앞지느러미를 세우고 일어났다. 그리고 하늘을 향해 힘찬 포효를 내질렀다.

"쿠워어어어어!!"

그 소리에 바다도, 하늘도, 바람도 잠시 숨을 죽인 듯했다.

우산도의 포효는 성대한 짝짓기 축제를 마감하는 왕의 선포였다. 또한 독도의 하루를 마감하는 의식이기도 했다.

평화와 안전을 선포하는 왕의 포효는 독도 전체로 힘차고 부드럽게 퍼져 나갔다

우산도의 포효에 맞춰, 독도의 모든 바다사자들이 하늘을 향해 동시에 포효했다.

"쿠오오워오오 오옥 오옥!"

그렇게 올해의 짝짓기 축제는 마무리되었다. 작년의 성대한 축제에 비해 올해는 참여하는 바다사자의 개체수가 적었지만, 독도의 모든 바다사자들은 진심으로 이 행사에 임했다.

독도의 해안 절벽 밑에서는 신혼을 맞은 바다사자 부부들과, 기존의 짝을 지킨 부부들이 행복하고 평온한 밤을 맞이하고 있었다.

탕컨바위 위에 앉아 동족들을 지켜보던 우산도의 표정은 어두웠다. 그의 미간이 일순간 찌푸려졌다.

잊고 싶은 참혹한 기억이 우산도의 마음속을 스쳐 지나갔다.

지난 몇 해 동안, 독도의 바다사자들은 일본 사냥꾼들의 사냥으로 개체수가 현저히 줄었다. 3만 마리도 넘는 바다사자들이 독도에 살았지만 지금은 몇백 마리도 채 안 되었다.

작년만 해도 지금보다 20~30배는 더 많은 수가 독도에 살고 있었다.

우산도는 고개를 들어 한참 동안 하늘을 바라보았다. 그 깊은 눈빛에는 슬픔과 깊은 걱정이 서려 있었다.

우산도의 검붉고 풍성한 갈기가 흩날렸다. 어둠이 더 짙어 지더니 바람의 방향이 바뀌었다.

바람 속에 묻어 오는 냄새와 온도가 달라졌다. 이젠 완연한 한여름의 바닷바람이었다.

검푸른 하늘 위로 수많은 별들이 하나둘씩 모습을 드러내기 시작했다.

우산도는 다시 한번 하늘과 별들을 향해 포효했다. 별들도 힘차게 빛을 발하여 우산도의 포효에 응답했다.

별똥별이 떨어졌다.

하나, 둘….

오래전부터 독도바다사자들은 별똥별이 떨어지면, 그것이 엄마의 뱃속으로 들어와 아이가 생긴다고 믿어 왔다.

그 별똥별들은 비밀스러움과 신비로움을 간직한 채, 하늘에서 떨어져 잠든 바다 위로, 그리고 독도 위로 조용히 내려앉았다.

잠에서 부스스 깬 암컷 바다사자들이 하나둘씩 고개를 들어 하늘을 바라보며 조용히 기도했다.

"이 세상을 창조하시고 운행하시는 아도나이여,
건강하고 예쁜 아이를 주시기를 간절히 원하옵니다."

그들의 기도는 하늘에 심겨져 빛나는 별들처럼 아도나이의 마음에 곱게 곱게 새겨질 것이다.

2. 독도 강치

'풍덩풍덩'

독도의 아침을 여는 소리였다.

한창 다이빙에 맛 들린 어린 바다사자들이 어른들이 아직 일어나지 않은 이른 아침부터 코끼리바위 위에서 바다로 뛰어들고 있었다.

독도의 서도 아래 끝에 위치한 코끼리바위는 침식에 의해 생성된 퇴적암인데 그 모양이 코를 물속에 처박고 물을 먹는 코끼리 형상을 닮았다 하여 붙여진 이름이었다. 어린 바다사자들이 너무나도 좋아하는 놀이터였다.

우산도는 해안 절벽에 서서 뜨거운 기운이 올라오기 시작한 먼 바다를 바라보았다.

오늘 하루를 밝힐 태양이 서서히 모습을 드러내고 있었다.

독도의 왕, 우산도는 지지난 짝짓기 때 세 마리의 암컷 바다사자 ― 산호, 초승달, 노을과 사랑을 나누었다. 그리고 열한 달 후, 세 마리의 암컷 바다사자들에게서 각각 수컷 새끼들이 태어났다.

그 이름은 가지, 우소, 강치였다.

가지와 우소, 강치는 빠르게 자랐다. 그들은 아빠 우산도를 닮아 태어난 지 1년이 채 되지 않았지만 전체 길이는 1m를 훌쩍 넘겼고 몸무게도 100㎏을 가볍게 넘겼다. 몸무게로 따지면 거의 성체 암컷과 비슷했다.

하지만 강치는 태어날 때부터 엄마 노을을 닮아 몸 색깔이 하얗고 작았다. 가지와 우소에 비해 한 머리 정도 작은 덩치였다. 그래서 몸싸움이 일어날 때마다 강치는 항상 가지와 우소에게 밀렸다.

"엄마 닮아서 몸집도 작고, 털 색깔도 하얗고!!!"

강치는 엄마와 닮은 점이 늘 마음이 들지 않았다. 하지만 사실 가지와 우소와 비교해 아빠, 우산도를 가장 많이 닮은 것도 바로 강치였다.

비록 몸집은 작지만, 앞뒤 지느러미는 두툼하고 커서 물속에서 헤엄칠 때는 다른 어떤 바다사자보다도 빨랐다.

강치는 항상 누가 더 멀리 가고 빨리 돌아오는지를 겨루는 헤엄 시합이나, 작고 빠른 물고기를 쫓아가서 잡는 사냥을 좋아했다.

하지만 빠른 속도가 수컷들 사이의 서열을 결정하는 건 아니었다. 가장 중요한 건 코끼리바위 위에서 다이빙에 성공했느냐였다.

다이빙은 단순히 힘이나 스피드만을 뜻하는 것이 아닌 모든 것을 집약적으로 말해 주는 상징이었다.

어른들도 코끼리바위 위에서 다이빙을 성공한 어린 바다사자들에게는 작은 사냥 정도는 단독으로 할 수 있도록 인정해 주었다.

가지와 우소는 이미 다이빙에 성공했다. 하지만 강치는 아직 도전조차 하지 못했다. 가지와 우소는 그런 강치를 장난인지 진심인지 모르게 툭하면 괴롭혔다.

오늘도 강치는 코끼리바위 위로 올라가지 않고, 절벽 밑의 바다에서 혼자 헤엄을 치고 있었다. 방금 전, 코끼리바위에서 다이빙을 성공한 가지와 우소는 두 눈을 마주치며 알 듯 말 듯 한 미소를 짓고 있었다.

그들은 웃으며 강치의 뒤로 헤엄쳐 갔다. 그리고 둘이서 강치의 머리를 눌러 물속으로 처박히게 했다.

"푸하하하, 이 하얀 돌연변이 놈아… 어디 덤벼 봐!"

가지가 강치의 목을 눌렀고, 우소는 강치의 등에 올라탔다.

그 순간, 해안 절벽 앞에서 우산도가 포효를 내뱉었다.

"쿠워어어!!"

큰 포효는 아니었지만, 그 소리는 메아리처럼 독도를 가득 채우며 독도의 바다 생물들을 깨웠다.

가지와 우소도 그 포효를 들었다. 아빠에게 강치를 괴롭힌 걸 들킬까 봐 강치를 놔두고 부리나케 더 깊은 물속으로 잠수해 사라졌다.

물속에서 올라온 강치는 숨을 허겁지겁 들이쉬며, 가지와 우소가 사라진 바다를 쳐다보며 씩씩거렸다. 그리고 고개를 들어 해안 절벽 위를 바라봤다. 우산도가 강치를 향 눈을 찡긋했다.

'아빠가 보고 있었구나.'

아빠의 미소에 강치의 얼굴에도 미소가 번지며 씩씩거렸던 화도 금세 사라졌다.

아빠 우산도가 고개를 들고 먼바다를 다시 한번 포효했다. 아까보다 더 크고 우렁찼다.

"쿠워어어어오옥!!"

우산도의 포효가 독도를 쩌렁 울리자, 독도의 괭이갈매기들이 코끼리바위의 검은 돌을 박차고 하얗고 윤기 나는 날개를 펼치며 하늘로 일제히 날아올랐다.

강치가 제일 좋아하는 장면이었다.

아빠의 커다란 포효와 그에 맞춰 펼쳐지는 새들의 비상은 독도를 어떤 무엇보다 환상적으로 만들었고 그 모습은 강치의 마음을 뻐근하게 하며 독도의 왕인 아빠 우산도를 경외하는 마음까지 들게 하였다.

강치는 아빠 우산도의 자세를 똑같이 따라 하며 독도를 바라봤다.

독도 서도 정상에 앉아있던 몇천 마리의 괭이갈매기들이 비상하면서, 독도는 머리에 하얀색 모자를 씌웠다가 벗긴 것같이, 마술처럼 다시 검은색의 돌섬으로 되돌려졌다.

짙은 회색의 바다제비들이 그 뒤를 따라 하늘로 솟구쳤다. 바다제비들이 하늘에 등장하자, 괭이갈매기들은 하늘을 양보하듯 더 높은 곳으로 날아올랐다.

괭이갈매기들의 비상으로 하얗게 덮였던 하늘이 바다제비들로 순식간에 회색빛으로 변하며 독도 위로 먹구름이 밀려오는 듯 어두워졌다.

몇몇 바다제비들은 수면 위를 빠르게 헤엄치던 바다사자들을 발견하고 그들 위로 내려와 합을 맞춰 저공비행을 시작했다. 그러다 바다제비들은 갑자기 속도를 올리더니 약속이라도 한 듯 하늘로 솟구쳐 올라갔다.

그들은 더 높이, 더 멀리 날아올라 독도 위를 크게 돌며 군무를 펼쳤다.

그들의 속도는 눈 깜짝할 사이에 독도를 한 바퀴 돌 수 있을 정도로 빨랐다. 몇천 마리나 되는 바다제비들의 일사불란한 비행 쇼는 그들만의 큰 자부심이자 자랑거리였다. 그래서 바다제비들은 항상 자기 자랑을 해 대며 쉴 새 없이 재잘거렸다.

멋진 비행 쇼를 마친 바다제비들은 바다사자들이 아직 올라오지 않은 큰가제바위 위로 서둘러 착륙했다. 빠른 속도를 자랑하지만 지구력은 그다지 좋지 않아서, 금세 지친 체력을 회복해야 했다.

그러고는 가만히 쉬지 못하고 계속해서 재잘거리며 수다를 떨었다.

'찌륵 찌륵찌찌지륵 찌르르찍찌찍찌르르르'

큰가제바위는 새들에게도 좋은 휴식처이자 배변 장소였다.

그런 이유로 바다사자들은 새들을 좋아하지 않았다. 새들은 아무 데나 똥을 싸고 다니고, 산성이 많이 함유된 새들의 똥은 바닥에 몸을 밀며 기어가는 바다사자들의 몸을 더럽히고 피부를 따끔거리게 만들기 일쑤였다.

깨끗한 것을 좋아하는 바다사자들은 큰가제바위에 올라갔다가 기분이 상해 한마디씩 욕을 하며 바로 바다로 헤엄쳐 들어가 몸을 씻었다.

'남을 배려할 줄 모르는 새들… 말만 번지르르한 새들.'

바다사자들은 새들을 그렇게 생각하고 상대하지 않았다.

특히 바다제비들과는 말 섞는 걸 안 좋아했다. 말만 번지르르하게 잘하는 바다제비들을 아첨꾼이라 여겼기 때문이었다.

"바다사자님들은 정말 멋지십니다. 저희 같은 작은 새들까지도 잘 배려해 주시고, 먹이까지 나눠 주시는 훌륭한 성품을 가지신 분들입니다. 부디 부디 건강하셔서 이 독도를 영원토록 지켜 주시옵소서."

새들은 이런 귀에 듣기 좋은 말로 온순하고 점잖은 성격의 바다사자들을 기분 좋게 해 주었다

이런 몇 마디 아부로 바다사자들의 환심을 사고, 바다사자들 근처에 머물며 바다사자들이 남긴 먹이를 힘 안 들이고 주워 먹기도 했다.

바다사자들도 독도의 우두머리 집단으로서 작은 바다제비들의 삶의 방식을 가지고 이러쿵저러쿵까지는 하지 않았다. 어차피 삶은 서로 부대끼며 사는 것임을 모두가 알고 있었다.

아까 도망갔던 가지와 우소가 강치에게 다시 다가왔다.

제1막 섬의 주인들

또 언제 그랬냐는 듯이 뒤엉켜 헤엄치며 잘 놀았다.

강치가 우소를 한 대 때리고는 큰가제바위 쪽으로 도망갔다. 우소와 가지는 강치를 쫓아갔다. 하지만 강치의 속도가 가지와 우소보다 월등히 빨랐다.

강치와 우소, 가지는 큰가제바위 위로 올라가서 놀려고 했지만, 새들이 몰려오는 걸 보고는 다시 바다로 뛰어들었다.

그리고 멀리 있는 촛대바위까지 누가 더 빨리 도착하는지 내기라도 하듯 전속력으로 헤엄쳐 갔다. 어린 바다사자들은 수많은 작고 검은 돌섬들을 스쳐 지나갔다.

외로운 섬 하나, 독도

독도는 조선의 동해 바다 한가운데 있는 조선의 섬으로, 돌로 만들어진 섬이라 하여 독도라 불린다.

서쪽으로는 울릉도, 더 서쪽으로는 조선 본토가 있다. 이 독도는 약 460만 년 전에 형성된 화산섬이다.

처음 화산 폭발로 우뚝 솟아올라 조선 땅 동쪽 끝에서 생성됐을 때는 울릉도만큼은 아니었지만 작지 않은 크기의 섬이었다. 하지만 오랜 세월 동안 거친 파도에 의한 침식작용으로 많은 화산암들이 깎이고 바닷속으로 사라져 지금의 모습으로 축소되었다.

현재 독도는 동도와 서도, 큰 섬 2개와 삼형제섬을 포함한 89개의 작은 섬, 합치면 91개의 섬으로 이루어져 있으며, 동해 바다 위에 독야청청 서 있다.

독도를 둘러싸고 있는 동해 바다는 적도 지방에서 올라오는 따뜻한 난류와 북극 쪽에서 내려오는 차가운 한류가 만나는 지점으로, 최고의 생태계를 이룬다.

파도 또한 거칠어 바다를 수시로 뒤집어 놓는 덕에 먹이도 풍부하여 사계절 내내 많은 바다 생물들이 넉넉히 살아간다.

그래서 이곳에 터를 잡고 사는 독도 바다 생물들도, 나그네 바다 생물들에게도 독도와 동해 바다는 최고의 서식지로 꼽힌다.

그중 독도의 터줏대감인 독도바다사자에게는 천국과 같은 섬이었다. 독도에서 가장 많이 번식했을 때의 개체수는 3만 마리로, 명실상부한 독도의 주인으로 군림했다.

그러나 인간들의 불법 포획으로 개체수가 현격히 줄어들었고, 예전에는 일본까지 건너가 살았으나 일본에서도 불법 포획으로 멸종되었으며, 지금은 유일하게 독도에만 서식하는 생물로 남아 있다.

유일하게 독도에서만 서식하는 생물은 독도 큰바다사자만이 아니라, 그 외에도 많은 종류가 있다.

독도에는 세상 어디에도 없는 특별한 생물들이 살고 있다. '독도'라는 이름이 붙은 생물들만 해도 약 1,500종에 달한다.

그중에서도 독도괭이갈매기, 독도가물치, 독도찌르레기 같은 녀석들은 독도에서만 찾아볼 수 있는 독특한 존재들이다.

3. 물의용의 전설

어린 바다사자들은 오늘도 촛대바위, 닭바위, 지네바위 등을 휘저으며 신나게 물속으로 다이빙을 한다. 그리고 동쪽 제일 끝에 있는 얼굴바위 옆 해안 절벽에는 독도에서만 사는 또 다른 유일생물, 독도얼룩망둑들이 다닥다닥 붙어서 뭔가에 집중하고 있다.

사람 손가락정도의 길이의 이 작은 얼룩망둑 수백 마리가 해안 절벽에 바짝 붙어서, 마치 독도의 수문장처럼 바다를 지켜보며 침묵의 수호자 역할을 하고 있다.

'딱!!!'

청년 독도얼룩망둑 203은 한참을 졸고 있던 중, 망둑 할아범의 세찬 꼬리치기로 뒤통수를 맞고 깜짝 놀라며 소리치며 일어났다.

"아!!! 왜 때려요, 나 안 잤어 할배!!!"

망둑 할아범은 눈을 더욱 크게 부라리며 고함을 질렀다.

"야이, 이 호랑말코 망둑 이놈아!! 뭘 잘했다고 대든다냐! 언제 인간 놈들이 도둑괭이처럼 몰려올지 모르는데, 망보다 말고 잠을 처자? 망보라고 망둑이여! 망 안 보면 도둑이여~! 내 라임 어뗘??"

 망둑 할아범은 한참을 혼자 웃으며, 그리도 재밌어했다.
 하지만 이내 웃음기가 사라지고, 진지하게 말문을 열었다.
 "이번에도 여길 지키지 못하면 우덜도 쟤들 바다사자들도, 독도 다 망하는 거여, 이놈들아! 저번처럼 또 당할래? 을매나 죽고, 을매나 잡혀가고 싶냐고? 안 자긴 뭘 안 자아??? 이게 말이야, 방구야?"
 얼룩망둑 203은 할아범의 호락하지 않은 눈빛을 보고, 슬쩍 입을 다물었다.
 "우덜 모두 다 씨가 마르면 말여! 더 이상 독도는 이도 저도 안 되는 겨! 그냥 인간들 것이 되는 겨!! 호랑말코 망둑 이눔아!"
 203은 할아범의 세찬 목소리에 움찔하며 땅바닥을 쳐다보며 혼잣말을 내뱉었다.
 "그래도 호랑말코가 뭐여? 호랑말코 망둑이…. 애들도 다 쳐다보고 있는디?"
 "뭐라고? 뭐라 씨부렁대싸냐 이놈아!"
 망둑 할아범은 눈을 부라리며 203을 다그쳤다. 203은 얼떨떨하게 머리를 떨구며 답했다.
 "아녀요오, 암껏도오~! 귀는 드럽게 밝아."
 그 사이, 눈치 빠르게 수백 마리의 독도얼룩망둑들은 눈을 부릅뜨고 파수꾼의 자세를 잡았다.

바다를 지켜보는 그들의 눈동자는 고요했지만 번뜩였다.
"왼 좌 오른 우, 왼 좌 오른 우…"
"왼 좌 오른 우, 왼 좌 오른 우…"
망둑 할아범이 선창하고, 어린 망둑들이 후창을 하며 바다를 감시했다. 그들의 목소리는 하나 되어 울려 퍼졌고, 얼룩망둑들의 긴장감이 독도 해안을 휘감았다. 독도를 지나는 배 한 척이라도 나타난다면, 이들 수백 마리의 얼룩망둑은 해안 절벽 바위를 꼬리지느러미로 세차게 내려쳐 경고의 신호를 보낼 준비가 되어 있었다. 독도얼룩망둑들은 독도를 지키는, 그야말로 철통같은 파수꾼들이었다.

'딱! 딱! 딱! 따다다다다다다 딱따따따다다다다다다 딱닥딱'
저 멀리 환하게 불을 밝힌 배 한 척이 지나갔다. 먼저 발견한 동쪽 해안 얼룩망둑들 한 무리의 꼬리치기가 시작됐다가 금세 멈추었다. 위험신호는 아니었다.
얼룩망둑들의 꼬리치기 경고에 긴장했던 바다사자들은 소리가 멈추자 다시 하던 일을 계속하였다.
독도얼룩망둑들의 꼬리치기 소리가 점점 커지면 독도바다사자들은 일본 사냥꾼들을 피해 바닷속으로 도망쳐 목숨을 지켜야 했다.
독도파수꾼인 얼룩망둑들은 육지로 올라와서, 60시간 정도는 물속에 들어가지 않아도 호흡을 할 수 있는 특별한 능력이 있었다.

제1막 섬의 주인들

아가미에 있는 물주머니에 물을 채운 뒤, 그 물로 아가미를 적셔 가며 조금씩 숨을 쉬는 것이다. 이러한 능력 덕분에 해안 절벽 높은 곳까지 올라가 독도와 바다사자들을 지킬 수 있었고, 그것을 얼룩망둑들은 큰 자부심과 사명으로 생각했다.

그런데 얼룩망둑 203이 또다시 불평을 늘어놓기 시작했다.

"에이씨, 못해 먹겠네! 저 짱뚱 할배는 맨날 일본 놈들이 어쩌구저쩌구…. 어디 인간들 코빼기라도 보면 소원이 없겠네…."

그러고는 바다를 향해 침을 퉷 뱉었다.

"카아아악 퉷!!!"

짧은 지느러미로 침 묻은 입을 쓰윽 닦고 파닥파닥거리며 옆에 있는 얼룩망둑 204에게로 갔다.

203에 비해 눈이 두 배나 더 튀어나온 204가 망둑 할아범의 위치를 확인하고 203 쪽으로 바짝 다가갔다.

"야, 저 할배 점점 심해진다 아이가. 어젠 혼자서 삼봉바위 꼭대기까지 기어 올라가서 망보고 왔다 아이가…."

"왜, 인간 놈들이 올까 봐?"

"인간 놈들도 그렇고, 거 물의용! 물의용 말여!! 미쳤어 저 할배! 물의용이 나타나는지 본다고! 거 오면 그거 타고 서해 바다로 가서 보물선 왕국에서 살 거라고!"

203은 말을 마치며 또 한 번 침을 뱉는다.

"또오? 진짜 저 할배 노망들었다는 소문이 진짠갑따. 나는 말여 물의용 그림자 코빼기라도 한 번 봤으면 내가 저 할배 업고 다닌다.

 근디 말여 물의용이 자기 조상을 서해에서 여기로 태워 왔다는 둥, 보물선이 있는 서해 바다로 다시 데려갈 거라는 둥, 말도 안 되고 전설 같은 얘기를 그 나이 먹도록 믿고 있는 것도 그렇고, 얼라들한테 그짓말 치는 것도 이제는 못 들어 주겠어.

 그라고 물의용이 있다 쳐!! 아도나이께서 뭐 할라꼬 물의용을 저 할배한테 보내 준다디?

 우리도 얼라일 때야 신기하고 멋져 부러서 입 벌리고 들어 줬지만 지금은 귓구멍에 딱지가 앉아 뿌니 참 그지 같다! 그냐 안 그냐?"

 소년 얼룩망둑 203은 고개를 흔들며 불평을 늘어놓았다. 이 이야기는 망둑 할아범의 할아버지가 태어나기 전부터 망둑 할아범 집안을 통해 독도에 계속 이어져 내려온 전설이었다.

 모든 독도와 바다 생물들은 옛 조상 때부터 이 전설을 믿으며 살았다. 특히나 망둑 할아범 집안은 더 굳게 믿었다.

 하지만 젊은 얼룩망둑들에게는 이제는 좀 지겨운 이야기였다.

 전설 속 물의용은 하늘과 바다의 창조주인 아도나이의 아들이었다. 독도의 모든 이들은 그를 세상에 내려와 세상의 악과 싸우며 자기들을 구원하러 온 구원자라고 믿었다.

 그 구원자는 하늘과 바다를 잇는 커다란 소용돌이 물기둥의 모습이었으며, 회오리치며 하늘로 승천하는 용의 모습을 하고 있다 하여 '물의용'이라고 불렸다.

그때, 갑자기 망둑 할아범이 씨익 웃었다. 맨 꽁찌에 쭈구리고 있는 갓 입소한 새끼 망둑들을 발견한 것이다

망둑 할아범은 눈빛을 반짝이며 얼룩망둑들을 주욱 둘러봤다.

"새로운 파수꾼들이 들어왔으니 우리의 역사와 사명에 대해 얘기하겠다."

망둑 할아범의 말에, 여기저기서 젊은 얼룩망둑들이 한숨과 불평의 소리를 내기 시작했다. 새끼 망둑들에게 역사와 사명을 전하는 것은 언제나 그런 식이었다. 오랜 시간 이어 온 전통이었지만, 그만큼 반복되는 이야기들은 지겨웠다.

"또 시작이네."

204도 입을 다물지 않고 중얼거렸다.

"저 할배, 또 물의용 얘기할 거야."

그들은 불평을 하면서도 어쩔 수 없이 망둑 할아범의 이야기를 듣기 위해 고개를 돌렸다.

망둑할아범은 크게 헛기침을 하고 입을 열었다.

"듣고 또 들어도 모자람이 없는 얘기니… 귓구멍에 귀딱지 떼고 잘 들어라! 이 이야기는 독도의 시작부터… 시작한다…. 독도는 말이다… 용의 섬이여, 용이 만든 섬!! 이 독도는 원래 바닷속 저 밑에 바다산에 있었어. 바닷속의 높고 넓은 멋진 산이었지…. 하늘의 태양이 바닷속으로 햇빛을 떨어뜨려 바닷속 땅까지 환하게 비칠 때면 그 바다산이 빛을 내며 나타나는데….

얼마나 멋있었는지, 너희는 뭘러?

왜?!! 보질 못했으니까….

그러니까 잘 들어서, 머릿속에 그림 그리듯 꽉꽉 심어 놓는 거야… 알았냐?

그리고 그 바다산에는…"

"물의용!!!!"

"그렇지!!! 아주 예리하구나. 처음 보는 쌍판인데?!! 뉘 집 새끼여? 070 영감네 손주…? 그지? 딱 그런 줄 알았어. 내가 말할 때 턱하니 끼어드는 거 보니 그놈 핏줄이여… 이잉….

근데 너는 니 할배랑 다르네. 똑똑해….

무튼, 니 할아버지보다 훨씬 멋진 망둑 파수꾼이 될 거야…. 내가 보장해!! 헌디… 또 끼어들기만 해 봐. 그냥… 비 오는 날 먼지 나게 맞는 게 이런 거~ 다… 란 걸 알려 줄 텡께…. 알았냐? 어흠."

할아범 얼룩망둑은 다시 한번 헛기침으로 목을 가다듬고, 이어서 이야기한다.

"무튼, 그럼 그 물의용이 누구냐…"

"아도나이의 아들!!!"

어린 망둑들이 목청이 터져라 소리치며 대답했다.

"맞어! 다들 워찌 그리 잘 알어?

이 세상을 만드신 아도나이님의 아들이여!

근디 왜 저 위 하늘에 사는 아도나이님의 아들이 왜 바닷속으로 내려왔느냐?

그게 신기한 겨… 아도나이께서 우리를 이토록 사랑하신다는 증거여! 그러니까 아도나이님이 아들 물의용을 우리를 사랑하사 우리를 지키시고 이 세상을 잘 살게 하시려고 우리한테 보내주신 겨…우리를 도우시려고."

할아범 얼룩망둑은 하늘을 올려다보며, 나지막이 노래를 시작했다.

"하늘을 올라갔다가 내려온 이는 누구며,
바람을 독수리 같은 발에 움켜쥐고 있는 이는 누구냐,
바다의 모든 물을 그의 비늘 속에서 내뿜는 이는 누구며,
땅과 바다의 경계를 그은 이는 누구인가,
그의 이름은 무엇인지,
그의 아버지는 누구인가.
네가 아느냐, 우리가 아는가.
아도나이의 말씀은 모두 순결하며,
아도나이의 아들은
그를 의지하는 모든 이들의 방패가 되신다.
그에게 아무것도 더하지 말아라,
그에게 아무것도 빼지도 말아라.
그에 반하면 그분이 너희를 책망하시고,
너희는 거짓말을 하는 조무래기가 될 것이니.
너희는 그를 통해 죄를 용서받고,
지극히 거룩하신 그분은 악을 깨트리신다…
그리하면 너희에게 평안과 평화가 임하니리라."

"할아범 울유?"

"은혜 받았나 비네. ㅎㅎ"

"이놈들은 무드가 읎어….

무튼, 눈곱만치만 더 보태서 설명할 껴….

또 그 용모는 월매나 멋지신지 아남?

온몸은 구름 같은 하얀 비늘로 감싸고, 바다색의 푸른 눈동자와 머리엔 검은 하늘을 가르는 번개처럼 하얗게 빛나는 뿔이 두 개나 있어. 그리고 네 개의 다리엔 불가사리처럼 강력한 발이 있고, 발톱은 독수리처럼 날카로워.

그 크기? 흰수염고래, 알지? 그게 하늘을 가릴 정도로 크잖아…. 근데 그걸 한 입에 삼킬 만큼 크고, 빠르기도 해! 뭐, 속도? 바다제비 있지? 걔들 빠르잖아. 근데 그 바다제비보다 열 배는 빠르다니까! 그러니까 얼마나 크고 빠르겠어?! 그럼 뭔가 다른 점이 있을까?

어, 그거 하나로 끝나면 내가 이 얘기를 하다가 배고파서 쓰러지지 않았겠지! 물의용은 공격력이 대박이야! 입에서 불이 나오거든!

불!! 바닷속에서도 꺼지지 않는 불꽃, 용암처럼!

세상에 나쁜 악당들이 판을 칠 때, 딱 하고 나타나서 그 불로 우리를 정신 차리게 해. 우리 물의용은 웬만하면 다 넘어가아…. 하지만 아도나이께서는 세상이 너무 악해진 걸 보고 슬퍼하셨어. 그래서 눈물을 흘리시며, 다시 한번 세상을 선하고 순수하게 만들기로 결심하셨어.

 아도나이님은 정말 무서운 분이시지…. 그때 바닷속 바다산들이 마치 살아 있는 것처럼 크게 움직였어. 지진이 난 거야.

 바다산 봉우리들이 일제히 불을 뿜어내면서 시꺼먼 화산재와 검붉은 용암이 터져 나왔지.

 하늘은 어떻게 되었는지 아냐?

 구름이 해를 삼켜 버리고, 억수 같은 장대비가 끝없이 쏟아졌어. 땅과 땅은 차례차례 물속으로 잠기고, 예전의 푸른 바다는 어디에도 없었어….

 세상은 붉은 용암과 검은 흙들로 뒤엉켜서 뒤집어졌지. 누가 살아남을 수 있겠어?

 하지만 아도나이님은 우리를 너무 사랑하시고 사랑하셔서 심판을 멈추셨고, 우리 모두 다 죽게 두지 않으셨어.

 지진도, 비도 멈췄어…. 그리고 아도나이님께서는 세상을 다시 살리시기 위해 아들 물의용님을 이 아래세상으로 보내셨지. 그때부터 이 섬에 살고 있는 우리도 다시 살아난 거야."

 "독도 탄생!!!"

 "맞아!!! 독도 탄생! 또 너야? 또 끼어든 거야? 너 나와라…. 아주 그냥…."

 이야기에 집중하던 신참 망둑들이 끼어든 망둑을 째려보며 망둑 할아범을 말린다.

 "알았어, 이놈들아! 그냥 이을게…."

제1막 섬의 주인들

너희들 덕분에 네 운명이 지금 이 순간 바뀐 거야. 쟤들 아니었으면 지금 너 지옥 입구에서 번호표 뽑고 기다리고 있을 때였어…. 이제 이은다잉.

근데 어디까지 얘기했지? 마저 할게… 독도 탄생!!

독도 탄생은 심판의 끝을 의미하고, 새 희망을 알리는 시작이었어. 그래서 물의용께서는 이곳저곳에 새 땅을 만드셨어. 어떻게 만드셨냐고?

동해 한가운데 있는, 바다산 중에서 가장 아름답고 높고 큰 봉우리에 불을 뿜게 하셨지. 이번엔 창조의 불이었어.

끝없이 터져 나온 용암과 흙이 쌓이고 또 쌓였어. 그렇게 독도는 바닷속에서 올라왔어.

세상을 가득 채운 물들도 조금씩 빠지기 시작했어.

그리하여 독도는 물 밖으로 점점 더 높게 솟아났지. 그 후 물의용께서는 바닷속에서 크게 회오리치며, 세상 모든 곳을 다니셨어.

세상이 망하기 전, 우리가 알지 못하는 먼 미래와 과거를 넘나들며, 살아있는 것들을 다시 모아 하늘로, 땅으로, 바다로 널리 퍼트리셨다 이 말이여! 다시 잘 살아 보라고…"

이 전설을 몇 번은 들었을 어린 얼룩망둑들이 신이 나서 추임새를 넣었다.

"미래로 갔다가, 과거로 갔다가!!! 시공간 초월!!!"

"우와~~ 대박!!!"

처음 듣는 망둑들은 흥분해서 자기도 모르게 탄성을 질렀다.

"그러곤 모든 걸 이루신 후에 물의용께서는 회오리치는 큰 물기둥 모양으로 하늘로 올라가셨어."

"우와~~~~아!!"

"물의용의 열심 덕분에 우리도 다시 시작할 수 있었어…. 바로 이곳, 독도에서! 독도는 악의 끝! 선의 시작! 희망 그 자체였지."

"우와~~~~아!!"

"비록 우리의 눈엔 보이지 않지만, 지금도 아도나이님과 그의 아들 물의용께서는 항상 우리를 지켜보고 계셔. 우리가 힘들고 지칠 때, 도움이 필요할 때마다, 이렇게 우리를 보고 계시다가 나타나셔서 도와주실 거야. 그러니 우리는, 독도의 파수꾼으로서 사명감을 가지고 독도를 잘 지키면 되는 거여!! 자, 이제 모두 함께 '우리의 기도'를 목청 높여 외워 보자!"

어린 독도얼룩망둑들이 목청 높여 큰 소리로 외친다.

"아도나이는 내게 복을 주시고,
우리를 지키시기를 원하며,
아도나이는 그의 얼굴을 내게 비추사
은혜 베푸시기를 원하며,
아도나이는 그 얼굴을 내게로 향하여 드사
평강 주시기를 원하노라."

"우찌 이리 잘 하냐…하하, 눈물 나네 참… 난 말여, 아니… 우리 조상은 여기 독도에서 태어나지 않았어. 이사 왔냐고? 그것도 아니야… 내가 듣고도 믿기가 쉽지 않아서 참 말하기도 쉽지가 않네. 우리 집 이야기의 시작은 또 이렇게 시작해. 또 잘 들어 봐."

여기저기서 불평, 불만, 야유가 터져 나온다.

"좀 앵간히 해요…. 그놈의 서해안 보물선이네 뭐네 하는 헛소리!! 목소리도 개갈 안 나는구먼."

샐쭉해진 망둑 할아범은 째려보는 다 큰 얼룩망둑들에게 등을 돌린 채, 어린 망둑들을 바라보며 이야기를 계속 이어 간다.

"우덜 망둑은 독도가 고향이 아녀…. 저녁때가 되면 해가 저 만치 멀리 서쪽 육지너머 바닷속으로 들어가고 하늘이랑 바닷물이 뻘개지제? 그 서쪽 바다가 서해여…. 그리고 서해에 있는 신안 앞바다가 내 고향이여. 그리고 그 서해안에 끝없이 펼쳐진 곱디고운 갯벌은 우리 같은 망둥어들한테는 천국 같은 곳이여.

그뿐이면 말을 안 혀.

그 서해 바다 밑에는 아는 놈들 빼도 아무도 모르는 비밀이 있어. 그 바다 밑에는 반짝거리고 신기한 보물들이 가득한 보물선들이 여기저기 많다 이 말이여."

"우와~~~아!!! 보물이요? 보물선이요?"

어린 망둑들이 망둑할아범 앞으로 바짝 다가왔다.

"그 보물선이 우리의 집이고 우리들만의 왕국이여. 난 보물선 왕국의 왕자였을지도 모르고…. 허헛! 암튼 우리 조상들은 거기서 살다가 물의용을 타고 여기 독도로 온 거여."

"물의용을 탔다고요??? 대박이다!!"

물의용과 보물선 이야기를 처음 듣는 어린 망둑들의 눈이 더 커지며 반짝반짝거렸다.

"그려 그게 을매나 멋지고 아름다운 줄 아남!! 바닷속에서도 반짝반짝 빛을 내는디 그거 보고 있으면 황홀혀 죽어!! 암튼 멋지고 멋진, 좋고 더 좋은 보물선 왕국을 놔두고 거기를 떠나 여기 돌섬, 독도까지 온 거여. 언제? 왜? 워쳐께? 나도 몰러!! 이유는 알 수 없지만 물의용이 나타나 여기다 데려다 놨다니께!! 신기하지 않냐?신기하지 않냐고 이놈들아!!! 언젠지 모르지만 물의용이 꼭 다시 나타나 고향 서해로 우리를 데려다 놓을 거여. 그리고 다시 보물선 왕국에서 살 거여. 난 진심으로 믿어, 믿는다고!!"

"우와~~~ 아! 멋지다아!"

어린 독도얼룩망둑들 앞에서 침을 튀기며 말하고 있는 늙은 할아범 망둑은 앞에 있는 대부분의 독도얼룩망둑과는 생김새부터 달랐다.

얼룩덜룩한 무늬가 있는 독도얼룩망둑과 확연히 달랐다. 그는 짙은 회색 무늬가 있는 큰 몸집에 넓고 큰 등지느러미가 하늘을 향해 솟아 있었다.

"내 이름 짱뚱이여. 그래서 옛날 으르신들이 우리 집안을 짱뚱네라고 부르는 겨.

이 짱뚱네 집안의 가훈은 뭔지 아남?"

"서해로 돌아가자. 보물선 왕국으로 돌아가자."

제1막 섬의 주인들

또 어린 망둑들이 신나서 합창으로 대답했다.

"맞다, 맞어. 이놈들 왜 그리 똑똑한 겨… 허허허. 오늘은 이 정도로 이야기를 끝내 보도록 허자. 인자 혀가 다 아프네 허허! 그리고 내일! 또! 하면 되니께, 그쟈? 자 자 다들 망이나 잘 보자고, 망둑들아~~!!!"

다시 오와 열을 맞추고 망을 보기 시작하는 망둑들을 지켜보며 망둑 할아범은 혼잣말을 했다.

'서해도 그렇고 보물, 보물선도 물의용도 진짜 있는 겨 뭐여? 나도 듣기만 했지 본 적이 있어야지…. 나는 참말로 이 눈으로 꼭 한 번은 보고 싶단 말여…. 아니 꼭 물의용을 타고 서해를 가 보고 싶다니께!! 꼬옥!'

혼잣말을 끝낸 망둑 할아범은 체념도 기대도 아닌 그냥 서운한 표정으로 서해 하늘을 바라봤다.

전설 같은 이 이야기가 사실이 아니라면 짱뚱어인 망둑 할아범 집안이 그냥 이렇게 독도에서 살고 있는 것도 딱히 설명이 되지 않았다.

망둑 할아범네 조상 할아범은 어느 날 갑자기 물의용이 서해에서 이곳 독도로 데려다 놓았다.

하늘을 날아 이 독도 앞바다에 떨어뜨려져 해안바위 위에 기절해 있는 걸 우산도의 할아버지의 할아버지가 발견하고 구해 줬다고 한다.

그 이후 독도에 정착한 조상 망둑 할아범은 인간들이 바다사자들을 무참히 살육하는 모습을 보고 인간들을 증오하게 되었고 독도를 지키는 파수꾼 역할을 자처했다.

　그 후로 짱뚱네 집안은 독도 파수꾼의 임무가 물의용이 부여한 사명이고 독도에 온 이유라고 굳게 믿고 살아왔다.

　그 이후로 짱뚱네 집안은 독도를 더욱 사랑하며 지켰다. 하지만 언제나 고향인 서해를 그리워했기에, 독도에서의 사명이 끝나면 언젠가 물의용이 그들을 다시 보물선 왕국이 있는 서해로 데려다줄 것이라고 믿었다. 이 이야기는 짱뚱네 집안에 내려오는 전설이었지만, 물의용에 대한 믿음은 독도에 살고 있는 모든 생명체가 마음속 깊이 간직하고 있는 소중한 믿음이었다.

　어쩌면 다른 바다 생물들도 물의용에 의해 독도로 오게 되었는지도 모른다. 독도에 살고 있는 몇백 년 된 사철나무들도, 어딘가에서 날아온 작은 씨앗이 뿌리 내리며 자라난 것일 테니까.

　바람이 불어왔다. 그 바람은 사철나무의 잎 사이를 지나며 독도 전체를 가득 채우는 서늘한 소리들을 만들어 냈다. 얼룩망둑들은 해안 절벽에서 몸을 웅크리고, 동남쪽 바다를 주시하고 있었다. 그곳은 바다사자를 사냥하러 오는 잔인한 인간들이 나타나는 방향이었다.

일본의 불법 바다사자 사냥

  일본 어부들은 먼저 자국 해안에 살고 있던 바다사자들의 무차별적인 포획으로 씨를 말린 후, 그곳의 사냥이 끝나자 바로 독도로 눈을 돌렸다.

  날씨가 좋아 독도에 배를 댈 수 있는 날이면 일본 어부들은 어김없이 독도를 침입하여 독도바다사자들을 처참하게 죽이고 잡아갔다.

  보다 못한 울릉도 주민들과 조선 정부는 일본 정부에게 일본인들의 독도 불법 침입과 불법 바다사자 사냥 등 독도에서의 모든 위법 행위를 금할 것을 요구하고 거세게 항의했지만, 조선보다 국력으로 우위에 있던 일본 정부는 일본 어부들의 독도 무단 침입과 불법 포획을 묵인하였다.

  그로 인해 일본인들의 불법사냥은 계속되어 독도바다사자의 개체수는 점점 줄어들었다. 독도바다사자들도 일본 바다사자들처럼 멸종 위기에 직면한 것이다.

  1905년 러일전쟁을 치르는 일본군부는 독도가 지정학적으로 중요한 군사요충지임을 인지하고 독도를 자기네 영토로 편입시키기 위해 시마네현 고시 제40호를 꾸며 국제 사회에서 또 하나의 영유권 분쟁을 일으켰다.

  같은 해, 일본은 대한제국을 상대로 무력에 의한 협박으로 강제로 을사늑약 체결하고 대한제국의 외교권을 박탈한 후 독도 침탈을 강행했다.

일본이 독도를 자기네 땅이라고 우기기 시작할 수 있었던 이유가 독도를 무주지라고 공표하는 동시에 독도바다사자의 불법 사냥을 어업활동이었다는 말도 안 되는 근거를 가지고 터무니없는 주장을 하는 것이었다.

일본 사냥꾼들의 독도바다사자 불법사냥은 19세기 말부터 20세기 중반까지 몇십 년 동안, 대한민국 울릉도군 독도에 살던 독도바다사자를 약 3만 마리에서 500마리 미만으로 급격히 줄어들게 하는 결과를 만들었다.

4. 가짜 동물들의 침입

독도의 큰바다사자들은 평화롭게 살고 있었다. 하지만 어느 날, 새로운 천적이 나타났다.

바로 인간이었다.

배가 고프면 사냥을 하는 동물들과는 달리, 인간들은 탐욕에 사로잡힌 존재였다. 망둑 할아범이 말하는 인간들은 바로 일본 어부들이었고, 그들은 바다사자 사냥꾼으로 변해 독도에 나타났다. 일본 어부들은 독도에 사는 바다사자들을 사냥하기 위해 독도로 침입했다. 바다사자의 가죽, 고기, 기름은 모두 큰돈이 되는 귀한 자원이었다. 큰바다사자 한 마리의 값은 암소 20마리를 살 수 있을 정도였다. 일본 어부들에게 독도에서 바다사자 사냥은 마치 황금광산에서 노다지를 캐는 것 같았고, 그들은 바다사자들의 피로 부자가 되어 갔다. 돈을 많이 벌면 벌수록 그들의 눈은 탐욕으로 가득 차 번뜩였고, 그럴수록 독도바다사자들은 죽어 나갔다.

그래서 인간들의 배가 멀리서라도 보일 때마다 해안 절벽에 서 있던 독도얼룩망둑들은 꼬리지느러미를 바위에 세차게 내리치며 독도 전체에 경고의 소리를 내었다.

'도망쳐!! 도망쳐! 인간들이 오고 있어!'

수백만 마리의 얼룩망둑들이 바위를 내리치는 소리는 마치 거센 바람이 대나무 숲을 흔드는 듯한 소리보다 더 따갑게 들렸다.

'찰싹 딱! 딱! 딱! 따다다다다다다다 딱따따따다다다다다다 딱닥딱!'

바다사자들은 독도나 서도의 끝 어딘가에 있더라도 그 경고의 소리를 확실하게 알아들을 수 있었다.

'도망쳐!! 가짜 동물들이 오고 있어!'

독도얼룩망둑들이 외치는 소리와 함께 독도는 스스로를 지켜가고 있었다. 이렇게 독도얼룩망둑들의 수고를 믿고, 오랜만에 수영을 하는 어린 바다사자들은 신나게 다이빙을 하며 바다로 뛰어들었다. 하늘에는 뭉게구름이 낮게 떠 있고 그 사이로 한가로이 날고 있는 독도괭이갈매기들의 울음소리가 가득했다.

'아오 아오' '아오 아오'

날씨가 좋다.

동해 바다 한가운데에 있는 독도는 날씨 변화가 심해서 오늘처럼 바다가 잔잔한 날은 1년 중 60~70일밖에 되지 않는다. 오전에는 좋다가도 오후에는 갑자기 바람이 세차게 불어 파도가 섬의 절벽을 거칠게, 사정없이 때리곤 한다. 먼 하늘은 맑고 고요하지만, 독도의 바다만 폭풍우가 치는 모습은 그리 이상하지 않은 흔한 일이었다.

맑고 바람 한 점 없는 오늘 같은 날, 어린 바다사자들에게는 절벽 다이빙을 배우기에 더없이 좋은 기회였다. 평소라면 거친 파도에 휩쓸려 날카로운 화산암벽에 부딪힐 위험이 컸지만, 오늘은 모든 것이 안전했다.

코끼리바위 위에서 강치가 절벽 다이빙을 연습하고 있었다. 옆에서는 아빠 우산도가 강치를 지켜보고 있었다.

절벽 다이빙은 뛰어내릴 때 앞발과 뒷발에 동시에 힘을 주어 힘껏 땅을 차야 했다. 그래야 멀리 점프해 해안 절벽에 부딪히지 않고 바다로 곧장 떨어질 수 있었다. 하지만 강치는 형제들보다 작고 여린 몸집이라 아직 앞뒤 지느러미에 힘이 부족했다. 그래서 바다로 곧장 떨어지지 못하고 바위에 부딪힐 위험이 있었다. 덩치 큰 형제들은 이미 멋지게 다이빙을 해내며 강치를 놀려 댔다. 아빠 우산도는 그런 강치가 안쓰러웠다. 그래서 다른 형제들의 불평에도 아랑곳하지 않고 강치에게 따로 개인 훈련을 시켜 주곤 했다.

하늘 위를 한참 동안을 날아다니던 독도괭이갈매기들은 자기가 맘에 드는 높은 바위들을 찾아 내려앉았다. 독도괭이갈매기 한 마리만이 계속해서 해안 절벽의 상승기류를 타고 날고 있었다. 날갯짓 한 번 없이 바람을 타고 오르내리는 모습은 마치 바다 위를 지배하는 용맹한 장군 같았다.

이 괭이갈매기는 독도경비대장 이사부이다.

'아오, 아오!'

이사부의 울음소리가 날카롭다. 그 소리에 맞춰 바위 위에 앉은 모든 괭이갈매기들이 일제히 울음소리를 냈다.

이사부는 괭이갈매기무리들이 앉은 동도와 서도 정상을 크게 한 바퀴를 돌며 상황을 살피더니 우산도와 강치가 있는 코끼리 바위위로 날아왔다.

이사부의 부리 위로 길게 난 흉터가 구름아래 그늘로 지나갈 때 선명하게 보였다. 그 흉터는 그가 수많은 싸움을 겪은 노련한 전사임을 증명하는 듯했다.

'쿠오오오오워워!'

우산도는 짧게 포효하며 이사부에게 인사를 건넸다.

'아오'

이사부도 짧고 절도 있는 울음소리를 냈다. 남자들끼리의 인사법이었다. 강치도 앞발을 흔들며 외쳤다.

"안녕하세요, 이사부 아저씨~~!"

"강치야, 잘되고 있나? 오늘은 왠지 성공할 것 같은걸…!!"

이사부는 강치를 보고 씨익 웃더니 날개를 한 번 크게 퍼덕이며 하늘 높이 솟구쳤다.

이사부는 우산도의 친구이자 강치의 대부였다.

이사부는 강치를 격려한 후 상승하는 바람을 날개에 가득 담고 하늘 높이 날아올랐다.

'풍덩!!!'

우산도의 다이빙 소리는 날렵하고 상쾌했다.

물속으로 길게 잠수한 우산도가 검은 바위 위로 올라왔다. 그러고는 목을 감싸고 있는 검고 풍성한 갈기를 세차게 흔들었다. 갈기에서 흩뿌려지는 물방울들이 아침 햇살과 부딪혀 아름답게 반짝거렸다. 그 사이로 보이는 위용 넘치는 우산도의 모습은 아침 해만큼이나 강렬하고 멋지게 보였다.

다른 바다사자들도 절벽 위에서 다이빙을 치고 바닷속에서 헤엄치는 우산도의 모습에 눈을 떼지 못할 정도였다.

강치의 눈도 역시 아빠의 일거수일투족을 쫓고 있었다. 너무나 멋있고, 너무나 강력하게 보였다. 강치는 그런 아빠를 닮고 싶었다.

강치가 떼를 써서 벌써 몇 번째인지도 모를 정도로 많은 다이빙 시범을 보인 우산도가 헉헉댔다. 다이빙을 하는 게 힘든 게 아니라, 다시 코끼리바위 위로 올라오는 게 호흡을 무너뜨릴 정도로 힘들었다.

하지만 우산도는 아들 앞에서 힘든 티를 내고 싶지 않았다.

"자, 아들! 이제 한번 해 볼까?"

우산도가 코끼리바위 위에서 강치를 향해 소리쳤다. 하지만 강치는 자기 훈련은 잊고 아빠의 다이빙을 보고 멋있어서 펄쩍펄쩍 뛰며 좋아했다.

우산도는 그런 강치를 보며 웃었다.

맑은 날씨처럼 밝고 화창한 웃음이었다. 시범을 보인 우산도가 어느새 코끼리바위 옆 강치의 곁으로 다가왔다.

"강치야, 이제 네 차례야. 너도 할 수 있어. 네 다리 근육 봐봐. 이제 아빠보다 더 쎄 보이는데!!"

"에이, 말도 안 돼…. 아빠보다는 못해요. 가지랑 우소보다는 내가 쎄지만~ 아빠! 다이빙 한 번만 더 보여 주세요! 진짜 마지막으로요!"

강치는 눈을 반짝이며 매달렸다. 우산도는 잠시 뜸을 들이다 고개를 저었다.

"무섭다… 고… 요."

우산도는 갑자기 고개를 숙여 강치의 다리 사이로 머리를 쑥 밀어 넣었다.

"꼭 잡아!"

"꺄악!하하하!"

강치는 소리 지르듯 웃음을 터뜨리며 아빠의 목말에 올라탔다

"저기 봐, 강치야. 저 하늘과 바다, 눈이 부시게 멋지지?"

우산도는 넓게 펼쳐진 수평선을 가리켰다. 강치는 눈을 가늘게 뜨고 아빠의 시선을 따라갔다. 아빠의 어깨 위에서 보는 세상은 더 넓고 더 멋져 보였다.

"저 하늘과 바다가 널 지켜보고 있어. 넌 여기서 태어났고, 여기서 자랐어. 무서울 땐 저 하늘과 바다를 믿어 봐. 너와 함께 할 거고 널 지켜 줄 테니까."

강치는 조용히 아빠의 말을 듣다가 고개를 숙였다.

"근데… 전 아직 자신이 없어요. 용기가 나지 않아요."

우산도는 강치를 다시 어깨에서 내려놓고 마주서서 눈을 마주치며 얘기한다.

"용기는 무서운 마음을 지우는 것이 아니라, 무서워도 해야 할 일을 해 보는 거야. 넌 이미 충분히 강해. 넌 다 할 수 있어 강치야."

강치가 뒷걸음 쳤다.

"아빠도 사실 두려울 때가 많아. 그래서 아도나이님께 기도해. 지금도 그렇고."

"아빠가요? 설마~ 아빠는 세상에서 제일 강하잖아요! 독도에 사는 애들 다 아는 사실이잖아요!"

"하하, 아빠도 원래 강하지 않았어. 너희들 덕분에, 그리고 독도 덕분에 강해진 거야. 너희랑 독도를 지키려면 힘이 필요했거든. 아도나이님께서는 하늘과 바다를 통해 아빠한테 많은 걸 주셨어. 실패도 겪게 하고, 승리의 기쁨도 느끼게 하고, 좋은 친구와 가족도 만나게 해 주셨지. 그러다 보니 힘도 생기고, 용기도 생기고, 나눌 사랑도 가득 차게 됐어."

"근데, 아빠… 그 아도나이님이 진짜 있어요? 아도나이님은 모든 걸 다 주신다는데…. 어디 사는지… 한 번도 못 봤어요. 애들도 못 봤대요. 아빠는 본 적 있어요?"

아빠는 강치의 앞지느러미를 살며시 그의 가슴에 가져다 댔다.

"여기 계셔. 그리고 보이진 않지만 언제나 네 곁에 계시지. 네가 어디를 가든, 언제든, 항상 너를 밝게 비추는 빛이 되어 주실 거야."

강치는 여전히 믿기 힘들다는 듯 입을 삐죽거렸다.

"아도나이는 내게 복을 주시고 너를 지키시기를 원하며,
아도나이는 그의 얼굴을 내게 비추사
은혜 베푸시기를 원하며,
아도나이는 그 얼굴을 내게로 향하여 드사
평강 주시기를 원하노라."

우산도가 먼저 진지하게 읊조리기 시작하자, 강치도 함께 따라 했다. 우산도는 너무 진지했나 싶어, 두 눈을 사팔뜨기로 만들어 우스꽝스럽게 강치 얼굴에 바짝 들이댔다.
"잘 모르겠지? 믿기 힘들지? 아빠도 너만 할 땐 딱 너 같았어."
우산도의 우스꽝스러운 얼굴을 본 강치가 웃음을 터뜨렸다.
"하하! 제가 그렇게 바보 같진 않아요! 근데 아빠도 저만 할 때가 있었어요?"
"하하하, 그럼! 아빠는 너보다 이만큼 더 작았을걸!"
우산도는 강치의 코끝에 자기 코를 살짝 갖다 대며 장난스럽게 말했다.
"하하하!"
강치도 웃음을 참지 못하고 따라 웃었다.
잠시 동안, 강치는 하늘을 올려다보며 생각에 잠겼다. 이내 눈

길을 내려 우산도를 바라보며 말했다.

"아빠 저도 꼭 아빠처럼 될 거예요. 꼭이요!"

강치의 말에 우산도의 눈가가 살짝 젖어 들었다. 하지만 그는 따뜻한 미소로 대답했다.

"그래, 넌 분명 그렇게 될 거야."

강치는 아빠의 눈을 바라보았다. 서로를 사랑하고 믿음이 가득한 눈빛이었다.

"그런데… 아빠… 한 번만 더 다이빙 보여 주실 수 있어요? 제발!"

"뭐라고? 하하하!"

우산도도 아들의 웃는 얼굴을 한 번 더 보고 싶어졌다.

"좋아, 이번이 진짜 마지막이다! 잘 봐, 아들! 마지막이야!"

우산도는 코끼리바위 위에 서서, 지금 이 순간만큼은 세상에서 가장 멋진 아빠가 되고 싶었다. 앞지느러미를 크게 펼치고, 깊게 숨을 들이마셨다.

그리고 또 한 번 크게 포효했다.

"쿠오오오오오오!!!"

우산도는 하늘로 점프했다. 육중하지만 탄력 있는 점프였다.

'땅!'

그 순간, 하늘을 가르는 벼락 소리가 울려 퍼졌다. 너무 크고 날카로운 소리가 강치의 귀를 찔렀다.

'땅… 땅… 땅… 땅… 땅……'

벼락 소리는 메아리가 되어 코끼리바위를 쩌렁 울리고, 독도 전체를 떨게 했다.

강치의 귀가 확 쪼그라들었다. 벼락 소리인 줄 알았지만, 처음 듣는 소리였고 벼락과는 달랐다.

더 짧고 날카롭게 들리는 쇳소리였다. 무서운 소리였다. 얘기로만 듣던 인간의 총소리인 건 잠시 뒤 깨달았다.

"켕!"

메아리치는 총소리와 우산도 입에서 새어 나온 외마디 비명 소리가 정적이 된 독도를 가득 채웠다.

우산도의 몸이 아무렇게나 바다로 떨어지며 커다란 물보라가 일었다. 우산도의 피는 놀란 오징어가 쏜 먹물처럼 검붉은 색으로 바다에 퍼졌다.

강치는 덜덜 떨며 바다에 빠진 아빠를 바라보았다.

아빠는 보이지 않았고, 대신 인간들의 배가 독도를 향해 빠르게 다가오고 있었다.

배의 앞머리에 덩치 큰 인간이 서 있었고, 그 인간의 손에는 총이 들려 있었다.

그 총은 자신이 한 일을 뽐내고 증명하려는 듯 총구를 통해 진한 회색 연기를 뿜어냈다. 독도의 바다 생물들은 인간들의 배가 다가오는 반대쪽으로 부리나케 사라졌다.

일본 사냥꾼들에게는 바다사자 외에는 관심도 없었지만, 독도의 바다 생물들은 그 사실을 알든 모르든 인간들이 나타나면 본능적으로 도망쳤다. 인간들의 탐욕에 찬 눈빛과 배에서 풍기는 쇠비린내는 독도 생물들에게는 두려움 그 이상이었다.

배의 우두머리로 보이는 덩치 큰 인간이 긴 총에 다시 불을 붙인 뒤, 그것을 자신의 뺨 옆에 대었다. 아까 그 번개 같은 소리는 나무와 쇠로 만든 이 총에서 난 소리였다.

'땅!!'

두 번째 총소리가 울렸다.

이번에는 바위 뒤로 도망가던 암컷 바다사자가 머리에 피를 흘리며 해안으로 굴러떨어졌다.

바다사자들의 숨소리가 순식간에 사라졌다. 숨죽이며 도망치는 바다사자들 뒤로 무시무시한 공포가 빠른 속도로 쫓아왔다. 인간들로부터 도망가려 해도, 몸이 마음대로 움직이지 않았다.

일본 사냥꾼들은 몽돌 해변에 배를 세게 부딪히듯 정박시키고, 곧바로 해안으로 뛰어내렸다.

이마에 머리털이 없고, 옆 머리털을 정수리 위로 묶은 덩치 큰 일본 사냥꾼은 배에서 가장 먼저 뛰어내리며 총을 든 채 다른 사냥꾼들에게 손가락질을 하며 소리쳤다.

빼빼 마르고 키가 큰 어부는 그물을 들고 뛰면서 자꾸 넘어졌다. 마지막으로 배에서 내린 어부는 대머리에 뱃살이 뒤룩뒤룩한 상태였고, 걷는 건지 뛰는 건지, 급한 건지 아닌지 알 수 없이 느리게 움직였다. 아마 우두머리 사냥꾼의 손가락질은 그 대머리 어부를 향한 것이었던 듯했다.

우두머리 사냥꾼은 총에 맞아 굴러떨어진 암컷 바다사자의 머리를 개머리판으로 다시 한번 내리치고, 또 다른 바다사자 쪽으로 달려갔다. 다른 일본인 두 명도 그 뒤를 따랐다. 그들의 입은 잔인한 웃음을 짓고 있었고 눈은 탐욕으로 가득 차 희번덕거렸다.

그들은 바다사자들을 닥치는 대로 죽이고, 또 죽였다. 큰바다사자들은 총으로 쏴서 죽이고, 암컷 바다사자들은 몽둥이로 때려잡았고, 어린 새끼들은 그물로 잡아 배 위로 던져졌다. 해가 떠오를 때 시작된 학살과 포획은 서쪽 하늘의 붉은 노을이 지고 어둠이 찾아올 때까지, 일본 사냥꾼들의 힘이 다할 때까지 계속되었다.

일본 사냥꾼들은 바다사자들로 배를 가득 채운 뒤, 독도의 바다를 떠났다. 그들의 배는 멀리 동남쪽으로 향해 사라져갔고, 독도의 바다는 바다사자들의 피로 붉고 검게 변해 있었다. 그 배는 둥실둥실 떠 가며 웃고 있었지만, 독도는 새끼 잃은 엄마처럼 슬프게 울고 있었다.

"크엉, 크엉, 커어, 커어"

도망쳐 살아남은 바다사자들의 울음소리가 어둠 속에서 독도의 가슴을 더 슬프게 후벼 팠다. 우산도는 아직 작은 숨이나마 붙은 상태로 살아 있었다.

절벽에서 총을 맞고 기절해 물속으로 떨어졌던 우산도는 한참 후 물 밖으로 떠올랐다. 파도는 우산도를 바위틈으로 밀어 숨겨 주었다.

우산도는 다른 바다사자보다 덩치가 1.5배 정도 컸다. 일본 사냥꾼들이 독도를 침탈할 때마다 그들의 주요 목표는 우산도였다. 금전적인 가치는 물론, 독도바다사자의 왕으로서 상징적인 의미도 컸다. 우산도를 잡아 박제해 둔다면 그 가치는 더 커질 것이라고 생각했지만, 힘과 머리가 좋은 우산도를 잡는 것은 번번이 실패했다.

하지만 이번에는 일본 사냥꾼들의 기습에 우산도가 당하고 말았다. 다행히도 하늘과 바다는 우산도를 내어주지 않았다.

일본 사냥꾼들은 독도를 떠날 때까지 우산도를 찾고 또 찾았지만, 그는 결국 발견되지 않았다. 절벽 위에 몸을 숨긴 강치는 그 처참한 광경을 지켜보며, 한편으로는 아빠가 파도에 쓸려 가는지를 계속 살피고 있었다.

괭이갈매기 이사부는 독도 위를 빠르게 날며 피해 상태를 살폈다.

"이사부 아저씨, 아빠가 저 밑에 있어요! 아빠! 아빠!!"

이사부는 빠르게 날아가 우산도가 쓰러져 있는 곳으로 내려앉았다. 총알이 우산도의 오른 어깨를 관통해 몸속 깊은 곳에 박혀 있었다. 우산도는 심각한 상태였다.

우산도는 스스로도 알고 있었다. 엄마 바다로 돌아갈 시간이 얼마 남지 않았음을.

그는 마지막 힘을 짜내어, 오래된 친구이자 독도의 경비대장인 이사부에게 간신히 말을 건넸다.

"친구… 강치를 잘 부탁해…. 다른 녀석들도 훌륭하게 크겠지만, 강치는… 헉헉… 독도의 왕이 될 아이니… 자네가 옆에서 잘 지켜 주게… 헉헉."

이사부의 구슬 같이 맑은 눈동자에 눈물이 담기기 시작했다.

"걱정 말게…. 강치는 내 아들 같은 녀석이야."

우산도에게 이사부의 목소리가 점점 멀어졌다.

"아빠!! 아빠!!!!"

강치는 절벽 사이를 굴러떨어지듯 내려와, 우산도의 품으로 파고들었다. 아무 말도 하지 못한 채, 눈물만 흘리는 강치를 우산도는 살포시 품에서 밀어내며, 그와 눈을 맞추었다.

"강치야… 이제 아빠는 엄마 바다로 돌아가야 될 것 같다. 우리 아들 다 컸으니 아빠는 아무 걱정 안 해. 하늘과 바다를 만드신 아도나이님께 아빠가 부탁할게…. 우리 강치와 함께해 달라고…. 강치야… 너는 남을 생각하는 따뜻한 마음을 가졌어. 너는 독도의 우두머리가 될 거야. 가족들과 독도를 잘 부탁하……"

우산도는 마지막 말을 잇지 못했다. 그의 몸은 힘이 빠졌고, 세상과 작별을 고하는 듯했다.

강치는 아빠를 꼭 안았다. 그러나 우산도의 무거운 몸은 서서히 강치의 품에서 미끄러져 바다로 내려갔다. 그 순간, 따뜻하고 부드러운 파도가 일어나 우산도를 엄마 바다로 데려갔다.

생을 다하면 돌아가는 따뜻한 엄마 바다로, 우산도는 그렇게 떠나갔다.

바다의 속삭임

5. 노을의 자장가

"맑은 하늘에 비가 내려치고 폭풍우가 파도를 불러내,
파도가 깊은 신음소리로 검은 바위를 채찍질하면
아이야 그때는 엄마한테로 달려오렴
푸른 눈의 물의용이 구름 속에서 머리를 내밀고,
사철나무의 천년된 울음소리가 들리기 시작하면
아이야 엄마한테로 달려오렴
푸른 눈의 물의용이 내려와 바다를 거칠게 휘젓고 용솟음치면
아이야 엄마한테로 달려오렴
물의용이 너를 욕심내 삼켜 데려갈지 모르니
아이야 엄마한테로 달려오렴
아이야 아이야 물의용이 네 앞을 막고 너를 삼키면
엄마는 기도할게
내 아이를 어디로 데려갈지 언제로 데려갈지 모르지만
물의용아 내 아이를 놓아 다오
만약 그렇지 않으면

내가 너의 꼬리를 잘라 너의 입에 넣을 것이니
물의용아 너의 화를 가라앉히고 바다를 잠잠히 다물게 하면
내 앞에 내 아이를 데려다오
내 아이는 내 품에서 잠들어야 하니…"

온몸이 하얀색에 가까운 밝은 갈색의 암컷 바다사자 노을이 큰 가제바위 끝에 앉아 먼 바다를 바라보며 읊조리듯 노래하고 있었다.

노랫소리를 듣고 올라온 독도 얼룩망둑들이 큰가제바위 위를 다닥다닥거리며 박자를 더하기 시작했다.

"물의용!!! 물의용!!!
바다를 건너 어느 곳으로 갈지 모르는!
물기둥!! 구름 기둥!!
하늘을 날아서 시간을 거스르는!
물의용!! 물의용!
어디로도 갈 수 있고 어느 때로도 갈 수 있는
전설의 소용돌이!!
조심해!!! 물의용이 삼킨 자
기대해!! 어디로 갈지 언제로 갈지 아무도 모르네
기대해!! 어디로 갈지 언제로 갈지 아무도 모르네"

유리구슬처럼 반짝이는 눈동자는 그 자체로 아름다웠지만, 그 초점은 어딘가를 향하고 있는지 알 수 없는 슬픔을 담고 있었다. 노을은 동이 트는 이른 아침부터 벌써 몇 시간째 큰가제바위 끝에 앉아 꼼짝도 하지 않고 같은 노래를 반복하고 있었다.

노을은 매일 이곳, 독도의 큰가제바위 위에 앉아 바다의 어딘가를 하염없이 바라만 보았다.

노을이 가만히 웃었다.

코끼리바위 밑 바다에서는 강치 또래의 어린 바다사자들이 잠수하고 헤엄치며 신나게 놀고 있었다.

우산도가 죽은 그날 이후, 노을은 말을 잃고 정신도 온전하지 않게 되었다. 그녀에게 남은 유일한 기억은 강치뿐이었다. 모두가 그녀를 안타까워했지만, 남편을 잃든 자식을 잃든 가족을 잃은 슬픔을 안고 사는 건 노을뿐이 아니었기에 그녀도 온전히 자기 몫을 감당하며 살아 내야 했다.

우산도가 죽은 후 1년 동안 독도는 여러 차례 일본 어부들의 사냥터가 되어 많은 수가 잡혀 가고 죽임을 당했다. 독도 생물들은 힘을 합쳐 싸웠지만, 총과 칼을 앞세운 일본 사냥꾼들을 막아 내기에는 역부족이었다. 그러나 일본 사냥꾼들이 항상 성공한 것만은 아니었다. 독도 생물들의 더욱 강화된 경계 태세 덕분에 몇 번은 그들을 허탕 치게 만들기도 했다. 독도바다사자들은 그때마다 여러 번의 위험한 고비를 넘기며 소수라도 살아남을 수 있었다. 하지만 이제 독도에 남은 바다사자는 겨우 몇십 마리 정도밖에 없었다. 강치도 살아남았고 그 사이에 많이 자랐다. 새하얗던 털 색깔은 조금은 회색으로 변했고, 무엇보다 눈에 띄게 달라진 점은 목덜미에 검은 갈기가 보숭보숭하게 자란 것이었다.

어린 티를 많이 벗었지만, 아직 다 자랐다고 보기에는 한참 남은 아성체 바다사자였다.

"모… 못하겠어."

강치는 앞발을 절벽 끝으로 더듬더듬 내밀더니, 다시 후다닥 뒤로 물러났다. 코끼리바위 밑 바다에는 좀 전에 다이빙을 성공시킨 가지와 우소가 코끼리바위 위에 있는 강치를 올려다보고 있었다.

"저 허연 돌연변이 겁쟁이 새끼! 야, 그래서 니네 엄마를 지키긴 어떻게 지켜? 엄마는 저래 정신 놓고 있는…"

가지가 더 이상 말을 잇지 않고, 큰가제바위 위에 있는 노을을 힐끗 쳐다본 후 바닷속으로 잠수했다.

"야, 언제까지 안 뛰어내릴 거야?? 여태 코끼리바위에서 못 뛰어내리면 삼형제바위에서는 어떻게 뛰어내려? 언제 어른들한테 인정받고 우리끼리 바다에 나가냐고? 너 때문에 우리까지 못 하잖아! 너 이따 내려와서 봐, 엉?!"

중간중간 갈색빛이 도는 검은 털을 가진 우소가 거친 목소리로 강치를 향해 말하며 가지를 쫓아갔다.

대부분 검은색이나 짙은 갈색을 가진 다른 바다사자들과 다르게, 강치는 하얀 털을 가지고 있어 형제들에게 '돌연변이'라고 불렸다. 독도의 검은 바위와 바닷속에서 강치의 하얀 털은 너무 눈에 띄어 천적들에게 쉽게 발견될 수 있는 불리한 신체 조건이었다. 강치는 자신이 가진 하얀 털을 정말 싫어했다. 무리들 사이에서 너무 튀었고, 독도의 검은 바위와도 너무 달랐다. 마치 검은 돌들 사이에 하얀 돌 하나가 끼어 있는 것처럼, 강치는 늘 다른 존재처럼 느껴졌다.

가지와 우소는 다시 멈춰 서서 숨어 있는 강치를 향해 뭐라 뭐라 소리쳤다. 그러나 이미 코끼리바위의 콧등에서 두세 걸음 뒤로 물러난 강치는 그들의 목소리를 들을 수 없었다. 코끼리바위 밑에서 소리치는 가지와 우소에게는 강치가 보이지 않았고, 강치 역시 바위 아래에 있는 형제들을 볼 수 없었다.

그 대신, 강치의 눈에 들어온 것은 넓고 푸른 하늘, 그리고 하늘과 맞닿아 있는 수평선뿐이었다. 강치는 그 풍경에 마음을 피신시킨 듯, 그저 한참 동안 바라보았다.

다이빙을 성공한 바다사자들은 더욱 우쭐해져 소리치고 있었고, 겁먹어 뛰어내리지 못하는 어린 바다사자들은 그 소리에 더 작아졌다.

코끼리바위에서 내려다보는 바다는 강치에게는 너무나도 깊고 까마득히 낮은 곳에 있었다.

강치의 귀에는 형제들의 소리가 점점 희미해졌고, 그의 시선은 단지 바다를 바라보며 멍하니 떠 있었다. 그만큼 그의 마음은 바다 끝에 펼쳐진 수평선 그 너머로 흘러가는 것만 같았다.

강치는 다시 한번 다이빙을 시도하려다가 또 한 번 뒷걸음질을 쳤다. 우산도의 마지막 점프가 생각났다.

그러곤 이내 안쪽 절벽에 부딪혔다.

더 이상 피할 곳이 없었다. 절망이었다. 강치는 도망치듯 내리막길을 내달렸다. 하지만 돌부리에 발이 걸려 바위연못에 빠지고 말았다.

바위연못은 오목하게 패인 바위 안에 바닷물이 갇혀 만들어진 큰 물웅덩이였다. 그곳의 물은 차갑지 않아 아직 바다가 능숙하지 않은 새끼 바다사자들의 놀이터이자 수영장이었다.

새끼 바다사자들이 노는 바위연못에 강치가 빠지자, 형제들은 크게 웃으며 놀리기 시작했다.

"야, 강치! 이 애송이야! 거기가 너한텐 딱이네! 다이빙 같은 건 너한테 안 어울려. 차라리 우리 발목 잡지 말고 계속 그렇게 바위연못에서 노는 건 어때?!"

강치는 물속에 비친 자신의 모습을 보고 눈살을 찌푸리며 고개를 저었다.

'겁쟁이, 머저리 같은… 뭐가 그렇게 두렵다고….'

강치는 아빠처럼 용감하고 힘센 큰바다사자가 되고 싶었다.

남들을 돕는 용기가 멋있다고 생각했고 그 용기를 자기도 가졌으면 했다. 하지만 지금은 코끼리바위조차 두려워하는 자신이 너무나도 초라해 보였고 싫었다.

지금은 그저 하늘을 바라볼 수밖에 없었다.

하늘은 참 맑았다.

해가 하늘꼭대기까지 올라갔다. 여전히 바람은 잔잔하고 파도도 얌전했다.

해안 절벽 근처에는 바다사자들이 따듯하게 데워진 바닷속에서 사냥하고 헤엄치느라 분주하고 신이 났다.

이런 날 엄마 바다사자들과 새끼 바다사자들은 헤엄치고 사냥하는 법을 가르치고 익힌다. 하지만 동시에 주변을 경계하며 긴장 상태로 자세를 취하고 있다.

독도는 맑은 날씨가 많지 않기에 이런 날씨는 일본 어부들에게도 독도에 배를 댈 수 있는 흔치 않은 기회이기 때문이다.

괭이갈매기들은 순서대로 먼바다까지 날며 경계를 하고, 경비대장 이사부는 촛대바위에서 하늘을 응시하며 일본 섬 쪽을 주시했다. 독도얼룩망둑들도 해안 절벽에 올라 꼬리지느러미를 치켜들고 동남쪽을 주시하며 경계를 늦추지 않았다.

이사부의 눈은 더욱 날카로워졌다. 이유를 알 수 없는 불안감이 그의 안쪽 깃털을 팽팽하게 만들었다.

이사부는 코끼리바위 중턱쯤에서 힘없이 터벅터벅 기어오르는 강치를 발견했다. 그리고는 촛대바위 위로 날아올랐다.

강치는 매일처럼 이곳에 올랐다. 그날 이후, 코끼리바위는 바다사자들에게 슬픈 기억의 장소가 되었다. 그곳에 오르면 모두가 그날의 기억을 떠올리며 힘들어했다.

특히나 강치에게는 힘든 기억의 장소였다. 하지만 비바람이 몰아치는 날에도 강치는 매일 이곳에 올랐다. 여기에 오르지 않으면 마치 숨조차 쉴 수 없는 듯 필사적이었다. 아빠가 죽은 것이 자기 탓이라 생각했고, 그 죄책감에 무리에게 얼굴을 내밀지도 못한 채 자기만의 깊은 동굴 속으로 숨어들었다.

1년이라는 시간은 살아남은 모두의 마음속 상처를 조금씩 아물게 해 주었지만, 강치의 시간은 상처를 더 깊게 만드는 듯했다. 점점 말수가 줄었고 다른 이들과 섞이려 하지 않았다. 살아남은 무리들은 노을과 강치를 도우려 했지만, 강치는 엄마와 함께 외톨이가 되기를 선택했다.

괭이갈매기 이사부는 그런 강치를 온 맘을 다해 살피며 도와주려 애썼다.

이사부는 코끼리바위 위를 크게 선회하며 강치를 지켜보고 있었다. 하지만 강치는 이사부를 알아채지 못한 채 하늘을 바라보며 깊은 생각에 잠겨 있었다.

엄마를 책임지고 보살펴야 한다는 것과 아빠의 유언대로, 독도를 지키는 강하고 용감한 큰바다사자가 되어야 한다는 이 두 가지 생각이 강치를 짓누르고 있었다.

'힘이랑 용기… 그런 건 대체 어떻게 생기는 걸까? 왜 이리 답답하지? 아무것도… 어떻게 할지 모르겠어….'

답을 알 수 없는 현실이 강치를 어둠 속으로 내몰며, 스스로를 가라앉게 만들었다. 강치가 코끼리바위로 올라가는 이유는 절벽 다이빙을 성공해서 두려움을 극복하려는 것이 아니었다. 그냥 올라야만 했다. 무엇을 구해야 하는지도 몰랐다. 그저 이 코끼리바위에서만 모든 것이 제자리를 찾을 것만 같았다.

'언젠가 반드시 스스로 뛰어내려야 해. 그래야 모든 것이 다시 시작할 수 있을 거야.'

강치는 어렴풋하지만 그렇게 느꼈다.

강치를 지켜보던 이사부는 한쪽 날개를 하늘로 살짝 치켜들며 강치 쪽으로 방향을 틀었다.

이사부가 강치 옆으로 내려앉았다.

"강치야, 오늘도 이곳에 있구나. 이제 그만 훌훌 털어 버릴 때도 됐어."

강치는 이사부를 쳐다보지도 못하고 고개를 떨구고 있었다.

"강치야, 누구나 처음에는 두렵고 힘든 거란다. 난 네 아빠의 오랜 친구로, 옆에서 우산도를 오래 지켜봤어.

아빠도 처음엔 두려워했지만, 매 순간 순간을 이겨 내며 스스로를 만들어 나갔단다.

네 아빠도 처음부터 강하고 용기 있지는 않았어. 하지만 주어진 상황을 피하지 않고, 잘 못하더라도 최선을 다해 남들에게 도움이 되기 위해 부단히 노력했단다."

"……."

강치는 아무 말 없이 이사부를 쳐다봤다.

"그래, 두렵겠지만 그 두려움과 맞서서 한 걸음씩 나아가다 보면 어느새 네가 생각했던 것보다 훨씬 더 강해져 있을 거야. 네 안에는 이미 그런 힘이 있다는 걸 난 알아. 아저씨가 너도 오랫동안 지켜봤거든!"

강치는 조금은 밝아진 얼굴로 이사부를 바라보며 말했다.

"하지만 여전히 두려워요…. 아빠처럼 독도를 지킬 수 있는 큰 바다사자가 되고 싶은데… 당장 이 코끼리바위에서 뛰어내리지도 못하고 있어요."

"괜찮아, 강치야! 우리 물러서지 말고 천천히 한걸음씩 나아가 보자. 그러다 보면 용기 있는 네 자신을 발견할 수 있을 거야. 그리고 너는 아빠를 많이 닮았어. 아빠보다 더 강한 큰바다사자가 될 거라는 걸 이 아저씨는 확신한단다."

"정말요? 고마워요, 이사부 아저씨! 금방은 잘 안되겠지만, 저 해 볼게요! 해 보고 싶어요! 저, 뒤로 물러나지 않을 거예요."

강치는 이사부의 격려에 자신에게 지워진 삶의 무게를 극복할 작은 용기를 얻었다.

"아저씨도 언제나 네 곁에 있을 거야…."

이사부는 강치의 반짝이는 눈빛을 보고 안심했다. 그리곤 강치를 뒤로하고, 뭔가에 쫓기듯 서둘러 다시 하늘 높이 날아올랐다.

이사부는 뭔가 이상한 기운을 느꼈다. 깃털이 팽팽히 선다. 뭔가 일이 일어날 것 같았다.

최근 몇 달간 일본 사냥꾼들은 독도에 나타나지 않았다. 몇 마리 남지 않은 바다사자들도 경계태세를 잘 유지하였기 때문에

제2막 바다의 속삭임

일본 어부들이 독도에 오더라도 허탕을 치고 돌아가는 날이 많았다. 그래서 모두들 조금은 안심하며 평안을 기도하며 살아왔다.

'땅! 따당! 땅!'
이사부의 예감이 맞았다.
네 번의 그 무시무시한 인간의 총소리가 독도의 조심스런 평안을 깨 버렸다.
강치도 인간의 총소리를 들었다. 하지만… 어느 쪽에서 나는 소린지는 금방 알 수가 없었다.
바다사자들은 얼음처럼 굳은 채 움직이질 못했다.
'괭이갈매기들과 독도얼룩망둑들은 왜 알아채지 못했지? 이제 어떻게 해야 하지?'
전혀 예상하지 못한 상황에 모두가 허둥지둥할 뿐 누구 하나 목소리를 내지 못했다.
"도망쳐!!! 동도 쪽으로 도망쳐!!! 바닷속으로 뛰어들어!!"
겨우 정신을 차리고 사태 파악을 한 경비대장 이사부가 바다사자들을 향해 다급히 소리쳤다. 하지만 바다사자들은 너무나도 겁에 질려 모두가 총소리가 난 반대 방향 육지 위로만 뛰기 시작했다.
독도의 서도 뒤, 서쪽 바다였다.
일본 사냥꾼들의 두 척의 배가 서쪽 바다에서 독도를 향해 무섭게 달려오고 있었다. 여덟 명의 인간이 두 배에 나눠 타고 있었고 배마다 두 명의 인간은 총을 들고 있었다.

'땅! 땅! 땅! 땅!'

다시 네 발의 총성이 들렸다.

조준된 네 마리의 수컷 바다사자가 쓰러졌다. 바다로 처박히고 바위로 떨어지며 피를 흘렸다.

그제야 일본 배를 발견한 얼룩망둑들이 꼬리로 바위를 치기 시작했다.

'딱 따다 딱 딱 딱따따 딱딱… 딱… 딱… 따딱!'

더 이상 힘 있는 대나무밭 소리가 아니었다. 겁을 먹고 도망가는 패잔병의 변명 같은 소리였다.

일본 사냥꾼들은 이번에는 작전을 달리 짜고 왔다.

일본 쪽에서 독도 앞바다로 바로 오는 것이 아닌 독도 뒤편 서도 해안 쪽으로 멀리 돌아오는 길을 택했다. 그 때문에 괭이 갈매기도 독도얼룩망둑들도 뒤편으로 몰래 다가오는 일본 사냥꾼들을 못 보고 놓치게 된 것이었다.

괭이갈매기들도 겁에 질려 뒷걸음치는 강아지처럼 '끼이루 끼이릭' 짖어 댄다. 그 소리는 진공 상태처럼 움츠러든 독도에 더욱 아프게 울려 퍼졌다. 바다사자들은 더 이상 도망칠 힘도, 기세도 없었다. 그저 차가운 바위에 붙어 움직임도 없는 숨을 참고 있을 뿐이었다. 그저 총소리가 울릴 때마다 몽둥이 소리가 들릴 때마다 몸을 움츠리며 눈을 감았다.

'땅!'

우소가 총에 맞았다.
'퍽! 퍽!'
가지가 몽둥이에 맞아 목 뒤에서 피가 흘렀다.
우소 엄마는 그물에 잡혔다. 가지 엄마가 피를 흘리며 꼬리를 잡혀 인간 손에 질질 끌려갔다.
독도 바다는 다시 한번 검붉게 변하기 시작했다.
바다사자들의 피가 독도 바위 위를 눈물처럼 주르륵 흐르며, 그들의 삶의 마지막 흔적을 남기고 있었다.
인간들은 이번엔 독도의 바다사자들의 씨를 말리기로 작정한 듯이 달려들었다.
이사부와 경비 괭이갈매기들이 일본 어부들의 머리 위로 날아와, 빨간 부리로 인간의 정수리를 쪼기 시작했다. 날카로운 부리의 공격이 빗발쳤다. 하지만 바다사자를 잡는 데 혈안이 된 인간들은 괭이갈매기들의 공격에도 아랑곳하지 않았다. 피를 흘리며 머리에 상처를 입고도, 그들의 눈은 오직 바다사자만을 향하고 있었다.
사냥꾼들은 할 수 있는 한 가장 세게, 가장 빠르게 바다사자의 머리를 때려 쓰러뜨리는 것에 미쳐 있었다. 덤벼드는 수컷 바다사자는 총으로 쏴서 죽였고, 암컷들은 몽둥이로 때려잡았다. 아직 젖을 떼지 못한 새끼들은 그물로 잡았다. 살육이 거세질수록, 피를 보면 볼수록 인간 사냥꾼들의 눈에는 광기가 더욱 짙어졌다.
강치는 코끼리바위 위에서 친구들과 다른 바다사자들이 하나둘씩 잡히고 죽는 모습을 보며 겁에 사로잡혔다.
"다들… 잡혀가고 있어… 모두들 제발… 제발, 도망쳐…."
강치는 덜덜 떨리는 턱과, 자기 이빨이 부딪히는 소리를 고스란히 들으며 그 자리에서 얼어붙은 채 눈을 뜨고도 아무것도 할 수 없었다. 아빠 우산도가 피를 흘리며 죽어 가던 모습이, 엄마들과 친구들이 하나둘 죽어 가는 모습과 겹쳐 보였다.
강치는 자신도 모르게 또다시 뒷걸음질을 치기 시작했다.
덩치 큰 우두머리 사냥꾼이 수컷 큰바다사자의 머리를 내리쳤다. 피가 사방으로 튀며 바닥에 흩어졌다. 덩치 큰 우두머리 사냥꾼은 큰바다사자가 흘린 피를 밟고 미끄러지며 넘어졌다. 피가 흥건한 바닥에서 그는 넘어진 채로 하늘을 보며 미친 듯이 한참을 웃었다. 그 웃음소리는 독도를 메아리치며 퍼져 나갔다.
그리고 그가 눈을 돌려 바위 위를 바라보았다. 코끼리바위 위에 있던 하얀색 바다사자를 발견했다. 강치를 발견한 우두머리 사냥꾼은 재빨리 일어나 코끼리바위 위를 향해 달려갔다. 그는 피로 범벅된 바위를 네발로 기다시피 밟아 가며 코끼리바위로 올라왔다.
하얀색의 강치 앞으로 검은색의 커다란 그림자가 다가왔다.
강치 앞에 선 사냥꾼은 1년 전 우산도를 총으로 쏴서 죽인 그때 그 덩치 큰 우두머리였다. 그의 손에는 피로 얼룩진 진 커다란 몽둥이가 들려 있었고 그의 머리와 얼굴, 그가 입고 있는 옷에서는 바다사자들의 검붉은 피가 뚝뚝 떨어지고 있었다.

제2막 바다의 속삭임　85

그 모습은 마치 썩은 고기의 내장에 얼굴을 파묻고 게걸스럽게 먹이를 먹고 있는 하이에나의 머리처럼 흉측하고, 그 몰골로만도 그 누구에게도 두려움을 불러일으키기에 충분했다.

도망갈 생각조차 못하는 어린 바다사자 앞에선 인간은 바로 몽둥이질을 하지 않고 정복자의 웃음을 지으며 강치를 내려다봤다.

그 눈은 악마의 눈이었다. 강치는 그 악마를 마주할 수 없었다. 그의 눈을 피하고 한 발 뒤로 물러섰다.

악마는 몽둥이를 하늘로 치켜들었다.

"으억, 컥!"

느닷없이 우두머리 사냥꾼이 나동그라지며 큰 고통의 비명 소리를 냈다.

엄마 노을이 어느새 코끼리바위 위로 올라와 머리로 우두머리 사냥꾼의 옆구리를 받아 버린 것이었다.

"빠가야로!! 빠가야로!!"

우두머리 사냥꾼은 짐승같이 소리를 지르더니 다시 벌떡 일어나 몽둥이로 노을의 눈과 귀 사이를 정확히 때렸다. 나무토막처럼 쓰러져 버린 노을은 바위에 머리를 또 한 번 부딪혔다. 그런 노을을 향해 인간은 계속 몽둥이질을 했다.

"도망쳐, 강치야…… 도망쳐!"

오랜만에 들어 본 엄마 노을의 목소리였다.

더 이상 노을의 움직임이 없었다.

우두머리 어부가 돌아섰다. 강치는 발을 옮길 수가 없었다. 또 다시 아빠가 피 흘리며 죽는 모습이 떠올랐다. 그때의 두려움과 지금의 두려움이 합쳐져 강치의 운동신경과 사고를 마비시키고 있었다.

여기저기서 들리는 바다사자들의 비명소리가 강치를 더욱더 극강의 공포 속으로 밀어 넣었다. 그리고 그 공포는 강치에게 아무 소리도 들리지 않고 움직일 수도 없게 만들었다.

몽둥이가 강치를 향해 치켜 올라갔다. 강치는 눈을 감았다. 현기증 같은 깜깜한 무중력의 공간과 시간이 흘렀다.

잠시 후 엄마의 가느다란 목소리가 암흑 속을 뚫고 밝은 빛으로 들려왔다.

"뛰어내려, 강치야 바다로 뛰어내려어…."

강치는 겨우 눈을 떠 앞을 바라보았다. 우두머리 사냥꾼이 쓰러져 있었다.

엄마 노을이 온 힘을 짜내어 인간의 옆구리를 물어 넘어뜨린 후 강치에게 소리쳤다.

강치는 엄마의 목소리에 이끌려 자기도 모르게 바다 쪽으로 뛰었다. 마치 실에 묶인 꼭두각시 인형처럼 힘없이 뛰었다. 강치는 바다가 아니라 코끼리바위 중턱쯤으로 떨어졌다.

강치가 허둥지둥 바다 쪽으로 내달려 도망쳤다.

다시 한번 노을의 머리에 몽둥이가 내려쳐졌다.

바닥에 머리를 부딪히면서도 노을의 시선은 강치를 쫓았다. 차가운 땅에 처박힌 노을의 얼굴 위로 눈물이 흘러내렸다. 그러곤 노을의 몸이 축 처지더니 밑에 있는 바위로 미끄러지듯 굴러떨어져 버렸다.

강치는 바다 밑에서 코끼리바위 위를 쳐다보며 엄마를 찾았다. 바위에 걸친 듯 쓰러져 있는 엄마 노을은 겨우 반쯤 뜬 눈빛으로 강치를 내려다보고 있었다.

자기를 사랑스럽게 쳐다보던 예전 엄마의 그 눈빛이었다.

제대로 나오지도 않는 울먹거리는 말이 강치의 입에서 새어 나왔다.

"엄마… 엄마… 으으흑… 내가 엄마를 지켜야 하는데, 내가 엄마를 지켜야 하는데… 아으으흑!"

서쪽 하늘로 노을이 붉게 물들었다.

바다로 내려앉는 노을은 아름답지만 핏빛의 그 색은 왠지 슬펐다.

"나카시 요시부로!! 저 하얀 놈은 내 꺼다 캬캬카카캭!"

웃옷을 벗어 가슴털이 북슬거리는 남자가 강치와 우두머리 사냥꾼을 번갈아 보며 소리치며 말했다. 그러곤 강치를 보고 이상한 소리로 웃어젖히며 달려갔다.

가슴에 털이 있는 일본 사냥꾼의 이름은 '이시바시 마쓰타로'로, 두 번째 배의 선장이었다.

그리고 우두머리 사냥꾼의 이름은 '나카시 요시부로'로, 첫 번째 배의 선장이자 바다사자 사냥을 주도한 인물이었다.

나카시 요시부로와 이시바시 마쓰타로는 독도의 바다사자를 싹 다 잡아서 부자가 되겠다고 작정을 한 일본 어부며 바다사자 사냥꾼이다. 이들은 번갈아 가며 독도를 불법으로 침입했고 이번에도 두 일본 사냥꾼들은 각각 배를 끌고 와 무차별적인 사냥을 시작했다.

코끼리바위 위에서 나카시 요시부로가 노을을 발로 밀어 해안 절벽으로 떨어뜨렸다. 아무 저항 없는 노을의 몸뚱아리는 코끼리바위 밑 중턱으로 둔탁한 충격음을 내며 떨어졌다.

"엄마!!!!! 엄마!!"

그 모습을 지켜보던 강치의 눈에 몽둥이를 든 이시바시 마쓰타로가 들어왔다.

강치는 본능적으로 한 걸음 뒤로 물러서며, 뒤돌아 빠르게 절벽 아래로 몸을 던져 바닷속으로 도망쳤다

하지만 엄마 때문에 멀리 도망갈 순 없었다. 강치는 엄마를 바라보며 어떻게 해야 할지 몰라 물속을 빙글빙글 돌았다. 그때였다.

'쉬----------------------익, 쉬익!'

강치의 귀가 더욱 쫑긋해졌다.

익숙하진 않지만 등골을 오싹하게 만드는 소리, 바로 백상아리였다. 백상아리의 등지느러미가 수면 위로 올라오며 물살을 빠르게 가르며 다가왔다. 독도 앞바다로 흘러 나가는 바다사자들의 피 냄새를 감지한 듯했다. 백상아리들이 이 냄새를 맡지 못할 리 없었다.

이 백상아리는 한국과 일본 바다에서 살아가는, 개체수는 적

지만 한번 먹잇감을 포착하면 끝까지 쫓아가는 무자비한 사냥꾼이었다. 6m가 넘는 크기, 그리고 사냥 시 헤엄치는 속도는 무려 40km/h에 달했다. 동해 바다의 최상위 포식자, 바로 독도바다사자들의 유일한 천적이었다.

성체 바다사자들은 최고 속도가 10km/h 이상이지만, 급격한 방향 전환이 가능해 백상아리의 추격을 몇 번 정도는 따돌릴 수 있었다. 하지만 아직 어린 강치가 느끼는 백상아리의 속도는 상상 이상으로 빠르고, 그 위압감은 말로 표현할 수 없을 정도였다.

물속에서 백상아리에게 도망치는 것은 불가능하다는 걸 강치는 본능적으로 알았다. 그는 방향을 틀어 인간들이 없는 해안바위 위쪽으로 도망치기 위해 온 힘을 다해 헤엄쳤다.

바다사자들은 앞발과 뒷발이 있어 헤엄을 치다가 바위가 나타나면 뛰어오르고 다시 바다로 뛰어들기가 용이했다.

강치는 백상아리가 바위 위로 쫓아 올라오는 건 불가능한 일이라고 생각했기에 재빨리 바위 위로 뛰어올랐다. 하지만 이 백상아리는 달랐다. 얼마나 굶었는지 날카로운 해안바위에 몸뚱아리가 찢기는 것 따위는 아랑곳하지 않고 바다사자를 향해 큰 입을 벌리며 바위 위로 몸이 반쯤이나 올라왔다.

강치는 앞지느러미 하나 차이로 백상아리의 이빨을 피해 바위 위로 올랐다.

하지만 해안바위 위도 안전지대가 아니었다.

반대쪽 바위 위로 마쓰타로가 강치를 향해 달려오고 있었다.

마쓰타로는 속도를 멈추지 않고 그대로 몽둥이를 강치의 머리를 향해 날렸다. 강치는 몽둥이를 가까스로 피하다가 바닷속으로 빠졌다. 다시 입을 벌리며 달려드는 백상아리의 검은 눈동자에 강치의 모습이 비쳤다.

'퍼억퍼억'

마쓰타로는 물속으로 뛰어들어 몽둥이로 백상아리의 머리를 내리쳤다.

갑작스런 인간의 공격에 백상아리는 도망쳤다.

그 틈에 강치는 백상아리가 도망친 반대 바다로 헤엄쳐서 엄마가 떨어진 코끼리바위 중턱으로 달렸다.

엄마 노을이 그곳에 있었다. 움직임이 없었다. 다행히 해안 쪽에 있는 인간들은 사냥한 바다사자들을 배에 싣느라 정신이 없어 엄마 노을 쪽으로는 시선을 주지 않고 있었다.

강치는 주변을 살피며 조심스레 엄마 쪽으로 올라왔다.

"조심해!!!!!"

괭이갈매기 이사부의 외침이었다.

강치는 이사부의 고함 소리에 자기도 모르게 바닥에 납짝 엎드렸다. 엄마 쪽으로 오는 강치를 바위 뒤에 숨어서 기다렸던 요시부로가 몽둥이를 휘두른 것이었다.

몽둥이가 일으킨 바람은 허공을 크게 가르며 강치의 머리 위로 지나쳐 옆에 있던 사철나무를 부러뜨릴 듯 크게 요동치게 했다.

그 바람에 강치는 도망가려 몸을 일으키다가 넘어졌다. 그 바람은 너무나도 크고 세찼다. 그건 요시부로의 몽둥이가 일으킨 바람이 아니었다.

독도를 향해 불기 시작한 차갑고 커다란 바람이었다.

바위에 바짝 붙은 키 작은 사철나무들도 소리를 내며 흔들리기 시작했다.

바로 이어 먹구름이 하늘을 가득 덮었고 더욱더 큰 바람이 휘몰아쳤다. 바람 속에 섞인 바닷물들이 뛰어올라 강치와 이사부의 얼굴을 때렸다. 바람은 요시부로를 뒤로 물러나게 만들었고 이사부의 날갯짓도 힘없이 어디론가 날려 버렸다.

얼룩망둑 할아범이 꼬리지느러미로 바위를 치기 시작했다.

'딱! 딱! 딱! 딱! 딱! 딱! 딱! 딱!'

얼룩망둑 할아범은 뭐에 홀린 듯 시선이 한곳으로 모아지고 혼이 빠진 상태처럼 보였다.

얼룩망둑 할아범이 꼬리지느러미로 바위를 치기 시작하니 수천 마리의 독도얼룩망둑들도 이유도 모른 채 지느러미로 바위로 치기 시작했다.

"할아범 왜 갑자기 꼬리치기를 하고 난리여??? 일본 놈들 온 거 누가 몰라유? 노망 났슈? 정신 차려유!!! 뭘 보고 있는 겨??"

따져 묻던 203 얼룩망둑의 눈이 할아범의 시선을 따라가다가 뭔가를 발견한 듯 더 커졌다.

"물의…… 용…… 이………… 다."

독도얼룩망둑 할아범도 더듬거리며 말을 이었다.

"전설… 속의… 물의용!!"
독도얼룩망둑 수천 마리가 탄식 같은 합창을 했다.
"물의용이다! 물의용이 나타났다!"
독도얼룩망둑들의 시선 끝에는 하늘에서 내려와 바다에 닿은 커다란 소용돌이가 회오리치면서 물 위를 빠르게 달려 독도를 향해 오고 있었다.

물의용의 이동 속도가 빨라질수록 회전하는 소용돌이의 속도도 빨라져 더욱더 강하게 그 세를 더했다.

눈 깜짝할 사이 독도 근해까지 접근한 물의용은 천천히 속도를 줄이더니 이동을 멈추고 그 자리에서 천천히 소용돌이치기만 할 뿐 움직임 없이 잠잠해졌다. 무언가를 시작하기 전 호흡을 다듬고 있는 듯 보였다.

하지만 오래 지나지 않아 물의용의 소용돌이가 가속도를 붙이며 회전하기 시작했다.

아까보다 더 큰 소용돌이가 주변의 바닷물을 천천히 감아 돌리며 중심부로 끌어당기더니 소용돌이 물기둥을 더 두껍게 만들었다. 그리곤 바닷물을 하늘 위로 끌어올렸다.

바다가 요동치며 커다란 파도들이 독도를 해안 절벽을 때린다.
'번쩌억 짜아악!!'
'콰콰콰콰꽝 꽝'
짙은 먹구름에서 튀어나와 미치광이들 같이 번뜩거리는 번개들은 독도의 절벽들을 자르고 찌를 것 같이 요동치고, 크고 날카로운 천둥소리는 독도를 삼킬 듯이 위협하며 소리쳐 댔다.

'촤르르르 쏴악!!'

천둥번개에 이어 이번에는 하늘로 끌어당긴 바닷물이 폭우가 되어 독도 전체를 덮쳤다. 독도는 어둠과 비바람에 포위되고 갇혀 버렸다.

얼마나 지났을까 강치는 바다가 점차 고요해지는 걸 느꼈다 아직 하늘은 짙은 먹구름으로 어두웠지만 파도는 잠잠해지고 있었다. 바위틈 속에 몸을 숨긴 강치는 눈만 내놓고 바다를 바라보았다.

물의용은 독도 근처까지만 접근한 상태 그대로 더 이상은 독도로 진입하지 않고 그 자리에 멈춰 있었다. 그러곤 강치가 물의용을 바라보자 그 순간을 기다렸다는 듯 순식간에 하늘로 솟구치며 사라졌다.

바람도 파도도 소리도 없어졌다.

독도 얼룩망둑들은 물의용이 사라진 하늘을 바라보며, 일제히 꼬리짓을 멈추고 눈만 좌우로 돌리며 죽은 듯이 조용히 지켜보았다.

물의용이 하늘로 사라진 그 순간, 절벽 밑에 숨어 있던 요시부로는 그 기회를 놓치지 않으려 강치를 향해서 달려왔다.

요시부로의 몽둥이는 강치를 때려잡기 위해 하늘 높이 치켜 올라갔다.

'아오!!'

날카로운 괭이갈매기의 울음소리에 요시부로가 멈칫했다.

요시부로의 시선 끝에는 이사부가 하늘에서 급강하하고 있었다. 날카로운 부리와 발톱이 요시부로의 머리를 향해 공격했다. 하지만 요시부로는 당황하지 않고 강치를 겨냥했던 몽둥이의 방향을 바꿔 이사부를 가격했다. 몽둥이에 맞은 이사부는 바위에 부딪히며 쓰러졌다.

인간의 몽둥이는 이사부의 부리와 발톱보다 훨씬 강했다.

요시부로는 이사부 따위는 쳐다보지도 않고 강치를 향해 저벅저벅 걸어왔다. 겁에 질린 강치는 요시부로가 자기 앞으로 다가오는 것을 그냥 보고 있을 수밖에 없었다.

이제 강치를 도와줄 수 있는 것은 아무것도 없었다. 강치는 온몸이 다시 얼어붙는 듯했다.

바람이 다시 거세지기 시작했다. 요시부로의 피에 젖은 머리카락이 바람에 날렸다. 요시부로의 눈은 맞바람에도 한 번의 깜빡임도 없이 강치를 노려보며 다가왔고, 그 얼굴은 귀면을 쓴 듯 끔찍했다.

거세진 바람은 코끼리바위에 부딪히더니 커다랗고 무서운 짐승 소리를 또다시 내기 시작했다. 요시부로는 강한 바람을 피하려 더욱 자세를 낮추며, 몽둥이를 치켜들고 강치에게 다가왔다.

그리고 강치 앞에 서서 가슴을 부풀리며 덩치를 키웠다.

바람이 더욱 더 거세졌다.

'수우우우우욱 푸아악!!!'

그때 귀를 찢을 듯한 큰 소리가 강치와 요시부로 있는 절벽 바로 밑 앞바다에서 터져 나왔다. 거대한 물의용이 하늘에서 내려와 바다로 내리꽂힌 것이다.

조금 전에 하늘로 올라간 물의용는 소용돌이치며 넓고 짙게 드리워진 먹구름을 잡아 입에 넣듯 휩쓸었다. 점차 소용돌이의 크기며 세를 키운 물의용은 하늘에서 바다로 내려앉으며 커다랗고 높은 물기둥모양으로 하늘과 바다를 연결시켰다. 그 기세는 요시부로를 뒤로 밀쳐 내며 뒤로 넘어뜨려 절벽 밑으로 굴러떨어뜨렸다.

물의용의 바람은 절벽에 걸치듯 쓰러져 있는 노을도 바다로 떨어뜨렸다.

"엄마마아!!!"

그렇게 노을도 엄마 바다로 떠났다. 하지만 강치는 엄마를 눈으로조차 쫓을 수도 없었다.

엄마의 자장가 속에서 들었던 전설의 물의용이 강치 바로 눈앞에 나타난 것이었다.

강치 앞에 나타난 물의용은 물과 구름으로 만들어진 거대한 소용돌이 물기둥이었고 그 물기둥 꼭대기에는 두 뿔과 푸른 눈을 가진 용의 얼굴이 있었다.

'물의용이 나를 바라보고 있어'

강치를 바라보는 물의용의 눈은 하늘보다 파랗고 바다보다 깊었다. 그 눈은 슬퍼 보이기도 하고 따뜻해 보이기도 했다.

물의용의 거대한 물기둥은 회오리치며 거친 바람과 커다란 힘으로 바닷물을 휘저었지만, 푸른 눈은 그 속에서 고요하게 머물며 강치를 바라보며 무언가를 얘기하는 듯했다.

강치는 물의용이 두려웠지만 신비하고 친근하게 느껴졌다.

물의용은 마치 강치를 기다리듯, 그 자리에서 움직이지 않고 강하게 휘돌고만 있었다.

"빠가야로!!"

요시부로의 분노가 담긴 갈라진 목소리가 절벽을 튕기며 강치에게 들려왔다. 또다시 절벽을 올라온 요시부로가 소리를 지르고 몽둥이로 허공을 휘두르며 강치에게로 다가오고 있는 것이었다. 요시부로의 뻘건 눈은 살기를 내뿜으며 강치를 향해 다가왔다

"뛰어내려! 물의용으로 뛰어들어!! 뛰어들어!!"

이사부의 절규가 바람 소리를 뚫고 강치의 귀에 들렸다.

이사부도 전설로만 듣던 물의용의 실체를 보았고 그 푸른 눈을 보았다. 경이로웠다.

이사부는 그 순간 푸른 눈의 물의용이 위험에 빠진 자를 도와준다는 전설이 생각났다. 그리고 강치에게 물의용으로 뛰어내리라고 소리친 것이었다.

강치는 깊은 숨을 들이쉬고, 네발에 힘을 주었다. 땅을 힘차게 박찼다.

강치는 뛰어내렸다.

강치는 처음으로 코끼리바위에서 뛰어내렸다!

제2막 바다의 속삭임

처음으로!
'퓨우욱!!'

바다 수면을 미끄러지듯 통과하며 바닷속으로 잠수하는 강치의 모습은 우산도를 보는듯했다.

이 순간을 지켜보며 잠잠히 기다리고 있던 물의용이 강치에게로 빠르게 다가왔다. 소용돌이 물기둥 속에서 파란 눈을 가진 물의용의 얼굴이 분명하게 드러났다. 물속에 있는 강치의 눈과 물 밖에 있는 물의용의 파란 눈이 마주했다. 순식간에 속도를 올린 물의용은 커다란 입을 벌려 강치를 삼켰다.

그러곤 물의용은 눈을 돌려 요시부로를 노려보았다. 요시부로는 벌벌 떨며 그 자리에 주저앉아 버렸다.

물의용은 잠시 생각을 하는 듯 그렇게 있다가 다시 고개를 돌려 바다를 내달렸다. 그리고는 먹구름 사이로 뚫린 파란 하늘 쪽으로 힘차게 올라갔다.

"맑은 하늘에 비바람이 치고 폭풍우가 불어
바다의 파도가 깊은 신음소리로 검은 바위를 채찍질하면
아이야 그만 엄마한테로 달려오렴
바닷속에서 푸른 눈의 물의용이 머리를 내밀면
아이야 엄마한테로 달려오렴
물의용이 하늘…………"

어느 한 마리의 독도얼룩망둑이 나지막한 소리로 읊조리듯 노을의 자장가를 부르기 시작했다. 한 마리 한 마리의 얼룩망둑의 노래가 더해져 다 같이 부르는 노을의 자장가가 독도 전체에 울려 퍼졌다.
 사철나무는 서서히 울음소리를 멈췄다.

6. 물의용을 타고 미래로, 서해로

'끼룩 끼룩. 끼룩. 끼룩'
갈매기들이 머리 위를 태평하게 날아다녔다.
'살아 있다.'
눈이 부었는지 꽤 두툼스레 떠졌다. 모래 알갱이들이 눈꺼풀 위에 잔뜩 붙어 있었다.
하늘에서 가랑눈이 내렸다.
'너무 추워…. 무슨 일이 일어난 거지? 지금은 여름인데….'
바닷물도 너무 찼다.
강치의 피부는 독도의 더운 여름에 체온을 유지하기 위해 모공이 최대한 넓혀져 있었다. 그런 피부 상태로 영하의 온도와 겨울 바닷바람을 맞으니 강치의 체온이 급격히 떨어졌다. 강치는 추운 것보다 날씨가 바뀐 것이 너무나 무서웠다.
몸을 일으키려 앞지느러미에 힘을 주며 땅을 짚었다.
"으윽!"
고통이 느껴졌다.

얼어붙은 것 같기도 하고 얼어맞은 듯한 아픔이 온몸 구석구석 느껴졌다.

'뿌우우'

커다란 동물 소리에 강치는 벌떡 일어나 경계 자세를 취했다.

"아악!!!"

꼬리지느러미에서도 통증이 느껴졌다.

'뿌우우'

또 다시 그 커다란 동물의 울음소리가 들렸다.

정신 차리고 소리 나는 쪽으로 고개를 돌려보니 그 소리는 저 먼바다에서 큰 물살을 일으키며 가는 인간들의 커다란 배에서 난 소리였다.

지금까지 본 인간의 배보다 100배는 커 보였다.

강치는 본능적으로 인간의 배 반대쪽으로 몸을 돌렸다.

'도망쳐, 도망쳐야 해.'

강치는 바다 반대편으로 정신없이 도망치기 시작했다.

도망치면서 지느러미와 배 밑에 닿는 모래를 느꼈다.

낯선 모래였다. 독도에서는 이런 가늘고 고운 모래를 본 적이 없었다. 바닷물도 독도의 바닷물과 다르게 미끌거렸다.

낯선 바다, 낯선 바위, 낯선 나무들. 모든 것이 처음 보는 생소한 곳이었다.

'어디지? 이곳은?'

여기가 어딘지 도무지 알 수가 없었다. 그리고 기억이 생생하게 떠올랐다.

'일본 사냥꾼들, 엄마, 이사부 아저씨, 물의용! 그래! 물의용으로 뛰어들었어!'

물의용은 일본 사냥꾼을 피해 코끼리바위에서 뛰어내린 강치를 삼켜 버렸고 강치는 물기둥 속으로 완전히 빨려 들어갔다.

물의용의 소용돌이 안에서 강치는 엄마의 자장가가 들었다

엄마가 불러 주던 '물의용의 노래'가 들리며, 자신이 그 이야기에 등장하는 아이처럼 느껴졌다. 물속 깊은 곳에서 느껴지는 그 따뜻한 기운은 마치 엄마가 물의용이 되어 자신을 안아 주는 듯했다.

강치는 몸이 둥실 떠오르면서 회오리치는 물의용 속을 떠다녔다. 거대한 구름들이 회전하는 하늘은 너무나 신비롭고 아름답다고 생각했다. 그 순간 물의용은 빠른 속도로 돌며 강치를 소용돌이 정가운데로 빨아들였고 순식간에 강치를 하늘 높이까지 올려다 놓았다.

목구멍으로 빠져나오는 비명과 함께 강치는 기억을 잃었다.

그리고 몇 시간이 지났는지, 며칠이 지났는지는 모르겠지만 깨어 보니 눈 내리는 모래사장 해안에 쓰러져 있었다.

그날 강치를 삼킨 물의용은 독도 하늘 위로 올라가 한반도 상공을 넘어 서해 바다로 내려앉았다. 그러곤 강치를 바닷가에 떨어뜨리고 다시 하늘로 올라가 듯 소멸된 후 보이지 않았다.

강치는 이곳이 어디인지 알 수가 없었다. 자기가 살던 독도와는 완전히 다른 곳인 것만 알 수 있었다.

독도는 여름이었는데 여기는 겨울이었다.

그리고 여기저기서 인간들의 냄새가 섞여 있었다.

독도는 바다사자들의 섬이었지만 여기는 인간들의 땅인 거 같았다. 독도와는 전혀 다른 곳이었다.

강치는 너무 무서워 어디든 빨리 숨어야 한다는 생각밖에 들지 않았다.

'인간들로부터 달아나야 한다! 숲이다!! 숲으로 숨어야 해.'

강치는 인간들의 배가 있는 바다 쪽 반대 숲으로 달려 들어갔다.

바위와 큰 돌 위에 있는 작은 돌들 때문에 계속 미끄러져 굴러떨어졌다. 몸에는 여기저기 상처가 생겨 하얀 피부 위에 빨간 피들이 여러 군데 맺혔다.

강치는 바다 절벽 위 나무들 사이 작은 바위 밑 구덩이를 발견하고 그 속으로 몸을 숨겼다. 밤이 찾아왔다. 밤이 깊어지면 깊어질수록 독도의 참혹한 기억들이 더 진하게 떠올랐다.

눈물이 흘렀다.

"다들 죽었을… 거야…. 내가… 내가… 더 강했더라면… 엄마 미안해. 흐흑."

강치는 너무나 분하고 억울했다. 하지만 지금은 그런 걸 생각할 상황이 아니었다.

'부웅엉 부우엉'

처음 들어 보는 이상한 동물의 울음소리가 밤새 이곳저곳으로 옮겨 다니며 들렸다. 그 소리는 마치 빛이 없는 세상에 사는 괴물의 기괴한 울음처럼 들렸고, 강치를 더욱 더 무섭게 만들었다. 그렇게 강치는 뜬눈으로 밤을 지새웠다.

하늘이 밝아 왔다.
그런데… 뭔가 이상했다.
태양이… 산 뒤에서… 떴다.
독도의 태양은 하늘을 먼저 빨갛게 적신 후에 바닷속에서 불덩이처럼 올라오는데… 여기서의 태양은 바다 위가 아닌 바다 반대편 산 위에서 힘없이 뜨는 것이다.
강치는 혼란스러웠고 두려운 마음이 더 커졌다. 어찌할 바를 몰랐다. 그렇게 아무것도 못하고 숲속 구덩이 속에서 숨어서 하루를 더 보냈다. 점점 어두워지고 점점 추워졌다….
또 밤이 찾아왔다.
그런데 이번에는 태양이 산속이 아닌 바닷속으로 들어가면서 지는 게 아닌가?
여기 태양은 독도와 완전히 반대로 뜨고 반대로 졌다.
오늘 밤의 숲은 어제의 밤보다 더 무서웠다.
강치는 다음 날도 그다음 날도 숲속 구덩이 속에서 나오지 못하고 그대로 가만히 있었다. 3일 동안이나 그대로 있었다. 아무 것도 먹지 못하고 잠도 제대로 자지 못했다.

숲속 너머 인간의 땅도 처음처럼 멀게 느껴지지 않았다. 언제라도 인간들이 이 숲속에 쳐들어와 자기를 잡아갈 것 같았다.

강치는 두려운 마음이 걷잡을 수 없을 만큼 점점 커졌다.

'바닷속으로 들어가야만 할 거 같아.'

며칠 만에 바위 절벽을 조심스레 내려와 바닷물 속으로 들어갔다. 숲속보다 바닷속이 더 따뜻했다.

다행히 바닷속은 숲속보다는 그나마 안정감을 주었다.

미지근하게 차가운 바닷물은 독도의 청량하게 차가운 바닷물과는 확연히 달랐다. 독도의 바닷물처럼 맑지가 않고 물속에 흙모래를 타 놓은 것처럼 뿌옜다.

겨우 바로 눈앞 바로 앞까지만 보일 뿐 저 멀리 있는 것들은 모두 사라져 버린 듯 보이지 않았다.

'꼬르륵'

배가 고팠다.

강치는 모래사장에서 눈을 뜬 이후로 며칠 동안 먹은 게 전혀 없었다.

강치는 바다로 떨어지면서 꼬리지느러미가 꺾여서 헤엄치기가 쉽지 않았다. 먹이를 발견했다 해도 다친 꼬리지느러미로 먹이를 쫓아가 잡는 건 쉽지 않아 번번이 실패했다.

강치는 사냥에 능하지 않은 아성체 바다사자였다. 게다가 아빠 우산도가 죽은 후부터 무리 속에서 떨어져 나와서 살았고 엄마 노을도 제정신이 아니라서 특별히 사냥을 배우지 못했다.

강치는 겨우 엄마와 자기가 배곯지 않을 정도만 먹을 것을 구해 올 수 있는 수준이었다.

그래도 쫑긋하게 생긴 귀와 빠른 헤엄 실력 덕에 물속에서 움직이는 먹이의 소리를 잘 듣고 재빨리 쫓아가 잡을 수 있었다.

그래서 엄마 노을이 좋아하는 오징어, 명태, 정어리 같은 작은 먹이들은 곧잘 잡아 오곤 했다. 엄마 노을은 특히나 오징어를 참 좋아했었다.

독도에서는 어디에 어떤 먹이가 숨어 사는지 알고 있었기에 먹이잡이가 가능했지만 지금 이 뿌연 서해 바다 속에서는 강치의 많지 않은 경험과 사냥 실력으로는 먹이를 발견하기조차 쉽지 않았다.

강치는 하루 종일 바위에 붙은 거북손 몇 개, 갯벌 속에 있는 작고 까만 조개를 몇 개 주워 까 먹은 게 전부였다.

'너무 배고파.'

또 밤이 찾아왔다. 너무 지쳤지만 주린 배와 주변을 살피느라 잘 수가 없었다.

강치는 움푹 파인 바위에 몸을 숨기고 누워 있었다.

피로와 배고픔에 지친 몸은 그저 가만히 있을 수밖에 없었다.

과거의 기억들이 떠올랐다.

독도의 큰가제바위에서 아빠 엄마 형제들과 함께 뛰놀던 시절이 그리워졌다.

그때는 무엇 하나 걱정 없던 시간들이었다. 강치는 독도가 그리웠고 지금 이 순간이 너무나 고통스럽게 느껴졌다.

덕지덕지 붙은 눈곱 사이로 눈물이 흐르며 그의 얼굴을 스쳤다. 뱃속에서는 계속해서 꼬르륵 소리가 났지만, 강치는 아무런 의욕도, 힘도 나지 않았다. 그냥 독도로 돌아가고만 싶었다. 그러나 현실은 그리 쉽게 허락할 것 같진 않았다.

'이러다 죽는건가? 이대로 엄마 바다로 가는 건가.'

강치는 죽음이 새삼스럽게 다가왔다. 차라리 인간들한테 잡혀가는 게 나을지도 모르겠다는 생각이 들기도 하였다.

그때였다.

문어 한 마리가 바위 위로 올라왔다. 아무도 없는 줄 알았겠지….

강치는 그 문어가 신기하고 의아했다. 문어치고는 너무 작고 다리도 너무 짧았다.

주린 배가 강치의 어지럼증을 이기고 몸을 움직이게 했다.

강치는 후다닥 달려가 앞지느러미로 작은 문어를 잡았다. 자기도 모르게 환호성을 질렀다.

"오억 오억!"

강치는 작은 문어를 한입에 넣고 우걱우걱 씹어 삼켰다.

확실히 동해 문어와는 맛도 생김새도 너무나도 달랐다.

'맛있다, 진짜 맛있다!'

문어도 바다사자들이 좋아해 많이 잡아먹어 본 먹이다. 하지만 이 작은 문어는 더 연하고 부드러웠다. 아무튼 뭐라도 먹었더니 기분이 조금 나아졌다. 하지만 작은 문어는 너무 작아 배를 채우기엔 양이 너무 적었다.

또 먹고 싶은 생각이 미친 듯이 들기 시작했다. 뱃속도 한번 건드려 놨더니 더 세게 요동쳤다.

강치는 날이 샐 때까지 작은 문어를 계속 쫓아다녔다. 그중에서 좀 느린 놈들을 몇 마리 잡아먹을 수 있었다.

배가 부를 정도로 많이 잡지는 못하였지만 허기는 달랠 수 있었다.

강치는 생각했다.

"독도로 돌아갈 거야! 엄마가 아직 살아 있을지 몰라."

강치는 작게 중얼거리며 마음속으로 다짐했다. 지금은 길이 보이지 않더라도, 언젠가는 다시 독도로 돌아갈 수 있을 거라는 희망을 놓지 않기로 했다.

강치는 천천히 몸을 일으켜 푹푹 빠지는 갯벌을 헤치며 이곳에서 살아 나갈 길을 찾기로 결심했다

강치의 의도치 않은 여정이 시작되었다.

그때 작은 문어 하나가 멀지 않은 바위틈으로 기어올라 왔다. 강치는 작은 문어가 왠지 자기 쪽으로 오는 것 같았다.

강치는 1초의 망설임도 없이 자리를 박차고 일어나 작은 문어에게로 달려갔다. 작은 문어도 강치를 발견했다.

작은 문어가 바닷속으로 도망쳤다. 그리고 시야에서 사라졌다.

강치는 바닷물이 잠긴 갯벌을 뛰어갔다. 갯벌에서 뛰는 것은 모래사장보다 훨씬 힘들었다. 강치의 호흡이 점점 거칠어졌다.

작은 문어가 물속으로 헤엄쳐 들어갔다. 한참을 쫓고 쫓기는 추격전이 벌어졌다.

강치의 헤엄치는 속도가 점점 느려졌다. 물이 너무 무겁게 느껴졌다. 급기야 물살을 이기지 못하고 힘없이 옆으로 한 바퀴 굴렀다.

강치는 정신이 아득해지며 천길 바다 바닥까지 떨어지는 듯했다. 그리고 그대로 정신을 잃었다. 강치의 몸이 바닷물 위로 떠올랐다.

칼 같은 매서운 겨울바람이 강치의 체온을 급격히 떨어뜨렸고 강치는 파도에 실려 한참을 떠다니다가 아무도 없는 갯벌에 다다랐다.

그렇게 몇 시간이 흘렀다.

강치의 몸이 얼기 시작했다. 이대로라면 강치는 죽을 수도 있었다.

지금은 추운 겨울이었다.

'까악 까악 까아아'

까마귀 무리가 강치 쪽으로 모이고 있었다.

몇 분 전에 까마귀 한 마리가 강치 옆에 내려앉아서 한참을 지켜보다 날아올랐었다.

아마도 그 까마귀가 무리를 이끌고 온 것이라 생각됐다.

이 까마귀 무리는 대략 40-50마리의 소규모 무리였다. 소규모지만 각각의 개체가 꽤 위협적으로 보였고 살기마저 뿜어내고 있었다.

이들 까마귀들의 눈빛도 심상치 않았다. 원래의 몸집들은 살이 있었을 때는 컸을 것으로 짐작은 되지만 지금 상태는 야위어 있고 깃털도 듬성듬성 빠져 괴기하게 보였다.

추운 겨울 동안 먹이를 제대로 먹지 못한 탓이었다.

까마귀들은 하나둘씩 강치 앞으로 날아와 갯벌에 내려앉았다.

강치는 배고픈 까마귀 무리의 먹이가 될 지경에 처해졌다.

이 상황은 갯벌의 소식통인 갈매기들에 의해 삽시간에 온 서해안에 퍼졌다.

"갈바위 앞 해변에 바다사자 한 마리가 쓰러져 있는데, 배고픈 떠돌이 큰부리까마귀 떼가 그 불쌍한 바다사자를 노리고 있대!"

그 소식은 이사부 귀에도 들어갔다. 이사부는 너무나 기다리던 소식에 반가웠지만 다급하고 불안한 마음으로 날아올랐다.

독도가 유린당하던 그날 이사부도 물의용 속으로 뛰어들었다. 물의용이 강치를 삼키는 걸 보고 이사부도 물의용을 향해 날아올랐다. 물의용은 이사부도 받아 주었다.

그리고 강치와 마찬가지로 이곳 서해 바다에 떨어졌다. 하지만 강치와는 상당히 떨어진 곳이었다.

독도가 아닌 낯선 곳으로 오게 된 이사부도 강치처럼 혼란스러운 건 마찬가지였다.

하지만 무엇보다 강치를 찾는 것이 더 중요했고, 바로 강치를 찾아 헤맸다.

그러다가 이곳 서해에서 사는 서해 갈매기들을 만났다. 괭이갈매기를 처음 본 서해갈매기들은 신기함 반 경계심 반으로 이사부 주변을 떠나지 않았다.

"너는 어디에서 온 갈매기지? 너 같은 갈매기는 처음 보는데…."

이사부는 갈매기를 만난 게 행운이라 여기며 강치의 행방을 물었다.

"나는 독도를 지키는 독도괭이갈매기 이사부다. 혹시 너희 중에 이곳에 떨어진 하얀 바다사자 한 마리를 보지 못했나?"

그리고 모든 사정을 얘기했다.

"끼이륵! 독도괭이갈매기와 바다사자라니… 낯선 조합의 이야기인걸…? 하지만 너의 사정을 들으니 도와주고 싶다. 끼이륵."

이사부는 서해 갈매들과 친구가 되었다.

이사부는 서해 갈매기를 통해서 이곳, 서해에 대해서 모든 걸 소상히 알게 되었다.

여기가 어디인지, 그리고 언제인지.

소식통인 서해 갈매기들은 서로서로에게 연락하며 강치를 찾는 데 이사부한테 많은 도움을 주었다.

그러던 중 서해 갈매기를 통해 강치의 소식을 듣고 강치를 살리기 위해 홀로 까마귀 무리와 전쟁을 하러 날아가고 있는 것이었다.

이곳은 낯설고 추운 대한민국 서해 신안 앞바다였다.
지금은 1975년 겨울, 강치와 이사부는 자기들이 살던 독도에서 서해로, 1935년 여름보다 무려 40년 후인 미래로 온 것이었다.
물의용 전설은 꾸며진 옛날 얘기가 아니었다.
실제로 강치와 이사부는 독도에서 서해로, 과거에서 미래로 이동했다.

물의용을 타고, 물의용에 의해.

7. 큰 오합지졸과의 싸움

"이 녀석의 수염 하나라도 건드린다면 네놈들은 다 내가 죽인다."
 날개를 하늘 쪽으로 펼치고 몸을 최대로 부풀린 채로 상대를 위압하고 있는 괭이갈매기 이사부의 날갯죽지가 경직되기 시작했다.
 하늘에서는 진눈개비가 내리기 시작했다. 갯벌에 내리자마다 쌓이지 않고 녹아 버렸다.
 밀려 들이치는 파도에 이사부는 날개와 몸이 계속 젖어 몸이 차가워졌지만 강치가 의식을 찾을 때까지, 상대가 사라질 때까지는 갯벌에 쓰러져 있는 강치 옆에 서서 버텨야 했다.
 해는 벌써 서산 쪽으로 기울기 시작했다. 기온은 더욱더 떨어졌다.
 '이 밤을 버텨 내야 한다. 강치를 지켜 내야 한다.'
 상대의 움직임을 하나도 놓치지 않으려는 이사부의 검은 눈동자는 점점 작아지고 빨리 움직였다.
 상대는 큰부리까마귀 떼였다.

전신주 위에 있다가 갯벌로 내려앉은 검은 눈동자들이 이사부 뒤쪽 갯벌에 머리를 처박고 쓰러져 있는 어린 바다사자를 노리고 있었다.

이사부는 처음 상대해 보는 큰부리까마귀로 인해 온몸이 팽팽하게 긴장돼 있었다.

독도로 날아온 몇 마리의 길 잃은 까마귀들과는 몇 번 부리를 맞대고 쫓아낸 적이 있었지만, 무리들과 협공이 아닌 혼자서 수십 마리의 큰부리까마귀 떼와 싸우는 건 처음이었다.

그것도 낯선 땅에서.

불리한 싸움이었다. 아니, 승산이 없었다.

이사부는 우산도가 생각났다.

'금방 만날지도 모르겠네, 친구.'

강치를 노리며 이사부 앞에 진을 치고 있는 이 몇십 마리의 큰부리까마귀 떼는 무리에서 이탈한 녀석들이었다. 혹독한 겨울을 나려니 수백, 수천 마리의 무리에서 먹이 경쟁은 너무나도 힘겹고, 많은 날 동안 배를 곯았다.

이런 추운 겨울, 대나무 숲 속 잠자리를 차지하는 경쟁 또한 생사를 결정짓는 일이라 더욱 치열했다.

이 무리들도 잠자리 경쟁에서 밀려 쫓겨나듯 무리로부터 이탈했다.

또한 무리를 벗어나는 것이 먹이 경쟁에서도 잠자리 경쟁에서도 훨씬 쉽다고 생각했다.

원래 까마귀 무리는 우두머리가 없는 것이 특징이다. 우두머리는 없지만 사회성이 좋아 서로가 서로의 보호자로, 때로는 배려하는 경쟁자로 무리지어 살아간다.

수확이 끝난 논에서 떨어진 낟알을 먹을 때도 다 같이 경계 태세를 취하며 먹이를 먹는다.

만약 살쾡이 같은 천적이 나타나면, 먼저 발견한 녀석이 '까악까악' 날카로운 울음소리로 경고를 해서 모두들 날아오르게 만든다.

이런 방식으로 우두머리가 없이도 서로가 서로를 보호하며 믿고 같이 살아간다.

그런데 이 녀석들에게는 우두머리가 있었다. 지금도 맨 앞에서 무리를 이끌고 있는 바로 그놈이었다.

우두머리는 잠자리 경쟁에서 차지한 집을 덩치 큰 놈에게 빼앗기자 분노를 참지 못하고 그를 죽였다. 까마귀 무리에서 동족을 죽이는 일은 금기였기에, 그는 무리에 남을 수 없었다. 결국 일부 무리를 데리고 도망쳐 이 바닷가 갯벌로 온 것이었다.

무리를 떠나면 먹이와 잠자리 경쟁에서 자유로워질 수 있다고 판단한 것도 이유였다.

큰부리까마귀는 이름처럼 부리만 큰 게 아니라, 몸도 다른 까마귀보다 훨씬 컸다. 사냥 실력은 맹금류에 비할 만큼 뛰어나 공중에서도 발톱으로 먹이를 낚아챌 수 있었다.

곤충, 열매, 동물의 사체까지 닥치는 대로 먹는 잡식성이지만, 소심하고 조심스러운 성격 탓에 맹수나 큰 동물의 사체는 욕심

내지 않았다. 하지만 이번엔 달랐다. 혹독하게 추운 겨울은 배고픈 까마귀들에게 너무 잔인하게 길었다. 육지의 땅은 얼어붙어 먹을 곡식이 남아 있지 않았다. 농가에서 뭔가 훔치려 하면 삵, 살쾡이, 여우 같은 맹수에게 잡혀 먹히기 일쑤였고, 갯벌에서는 갈매기 수백 마리가 빨간 눈에 불을 켜고 바다 생물을 지키며 떼를 지어 경계했다. 무리를 이탈한 몇십 마리의 까마귀는 먹이 경쟁에서 밀려 굶주리는 날이 다반사였다. 그런 상황에서 상처 입은 바다사자가 백상아리나 범고래의 밥이 되지 않고 해안가로 떠밀려 온 건 배고픈 큰부리까마귀들에게는 하늘이 내린 선물이었다.

하지만 여기는 까마귀의 구역이 아니었다. 이곳은 갈매기의 영역이었기에 이곳에서 바다사자를 먹이로 삼으려면 큰 용기가 필요했다. 그런데 이놈들은 용기를 내고 있었다. 배고픔이 소심함과 두려움을 이기고 있는 것이었다.

'푸드득'

갯벌 위로 검고 커다란 그림자가 땅 바로 위에서 잠시 멈춘 듯 머무르더니 내려앉았다.

두 날개를 크게 펼쳤다.

먼저 자리를 잡았던 무리의 다른 놈들이 움찔하며 한 발짝 물러섰다. 그는 다른 놈들보다 한 뼘은 커 보였다.

우두머리였다.

우두머리가 옆으로 앉아 괭이갈매기를 바라보다가 고개를 돌려 정면으로 쏘아봤다.

외눈박이였다.

그 외눈의 까만 눈동자와 괭이갈매기의 작고 날카로운 두 눈동자가 맞부딪혔다.

이사부는 시선을 우두머리 외눈박이에 고정한 채 천천히 머리를 숙였다. 발밑 따개비 바위에 부리 끝의 빨간 부분을 스윽스윽 갈기 시작했다. 흑두루미에게 배운, 부리를 날카롭게 가는 방법이었다. 싸움 전마다 반복하던 의식이지만 이번에는 더욱 신중했다. 떨리는 심장을 감출 수 없어 움직임을 작게 하며 적에게 틈을 보이지 않으려 했다. 정적이 흘렀다.

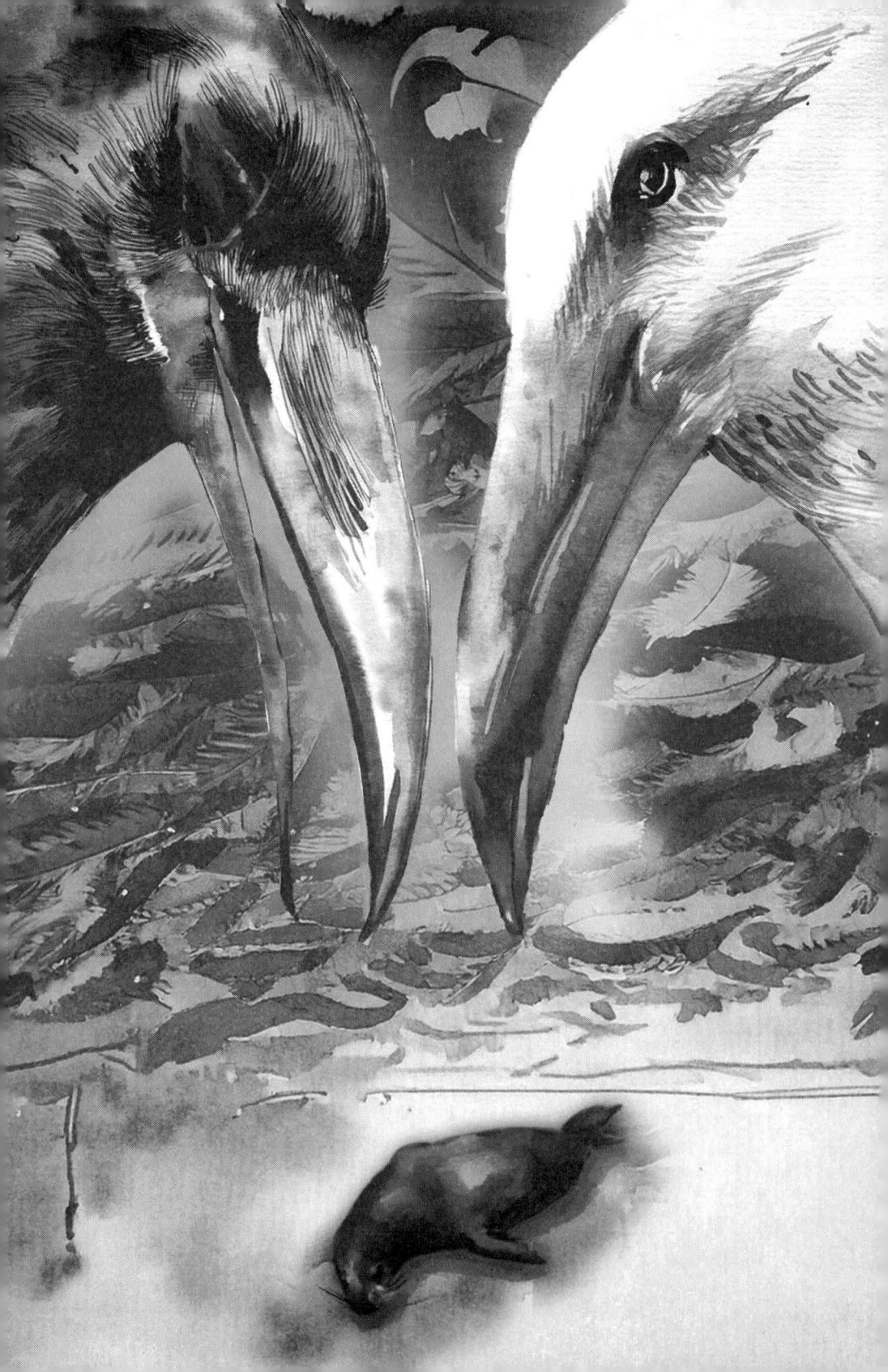

'삐익 삐익, 스릅 습습.'

갯벌 위 손가락 굵기의 맛조개들이 구멍에서 쑥 나오더니, 기다리다 지쳐 짠 바닷물만 뱉고 다시 들어갔다. 갯벌 여기저기서 구경꾼들의 웅성거림과 야유 소리만 들릴 뿐이었다. 순간, 먼저 움직인 건 우두머리 외눈박이였다. 두세 발짝 도움닫기와 큰 날갯짓 한 번에, 괭이갈매기 머리 앞까지 두 발의 날카로운 발톱이 날아왔다. 깃털 속에 감춰졌던 다리가 예상보다 훨씬 길었다. 이사부는 하마터면 가슴을 움켜잡힐 뻔했다.

"아오!!!!"

그 순간 이사부는 괭이갈매기 특유의 날카로운 고양이 울음소리를 내지르며 빨간 부리로 외눈박이의 남아 있는 한 눈을 공격하고 하늘로 날아올랐다.

갈매기 중에서 괭이갈매기는 중형 갈매기에 속했다. 몸길이는 40-50cm이며 양쪽 날개를 편 길이는 1m가 조금 안 됐다.

큰부리까마귀와는 비슷한 몸집을 가지고 있지만 발톱이 없는 괭이갈매기는 전력상으로는 까마귀보다 열세였다. 더군다나 이놈은 이사부와는 몸길이에서도 차이가 꽤 날 정도로 컸다. 흡사 예전에 한 번 만났던 검독수리를 생각나게 할 정도의 크기였다.

하지만 이사부에게 지금 상황에서는 그 어떤 이유나 핑계도 고려할 여유가 없었다.

이사부는 수많은 전투를 겪어 본 갈매기였다. 까마귀 떼나 독수리 떼와도 싸운 경험이 있었다. 사실, 오른쪽 눈 위아래에 난 상처도 독수리의 발톱에 의해 생긴 것이었다.
 그 순간, 큰부리까마귀들이 일제히 날아올랐다. 자기네 우두머리를 공격하고 날아오른 괭이갈매기를 잡기 위함이었다.
 '딱 딱 탁 타탁!'
 이사부의 부리와 큰부리까마귀들의 부리가 어둠 속에서 날카롭게 부딪혔다. 마치 검투사들이 칼을 부딪히는 소리처럼 날카롭고 강렬했다.
 그와 동시에, 큰부리까마귀 한 마리가 바닥으로 떨어졌다.
 또 다른 한 마리는 갯벌로 머리부터 처박히며 고꾸라졌다.
 갯벌 위로 흩날리는 까마귀들의 검은 깃털이 흡사 검은 눈이 내리는 듯했다. 갯벌 위로 검은 눈이 쌓였다.
 공중에서 싸우던 이사부와 한 마리의 큰부리까마귀는 서로 엉켜 바닷물로 떨어졌지만, 잠시 후 이사부는 힘차게 날아올랐다.
 또 다른 큰부리까마귀 한 마리는 하늘 높이 쭉 뻗은 바다 소나무 위로 도망쳤다.
 또 한 마리가 날아올라 전신주 위로 도망쳐 내려앉았다.
 이사부가 뒷걸음을 치며 잠시 거친 숨을 고르는 사이, 커다란 검은 그림자가 그의 뒤를 덮쳤다. 외눈박이였다. 한쪽 눈에서 피를 흘리며 양 발톱으로 이사부의 날개를 노리고 빠르게 돌진했다. 앞에 까마귀 무리를 경계하던 이사부에게 등 뒤를 겨냥한 치명적인 공격이었다. 순간, 이사부는 날개를 접어 피해를 최소화하려 했다. 외눈박이는 이를 보더니 발톱이 아닌 큰 부리로 공격 방향을 바꿨다. 그의 날개 사이에 날카로운 부리가 깊숙이 박혔다. 이사부는 갯벌에 처박혔다. 치명타였다. 흐릿한 눈으로 하늘을 본 이사부는 외눈박이가 날개를 접고 심장을 향해 급강하하는 모습을 보았다. 몸을 움직일 수 없던 그는 눈을 질끈 감았다.

그때였다. '콱!' 하는 둔탁한 소리와 함께 외눈박이의 짧은 비명 소리가 들렸다.

차원이 다른 공포가 의식을 잃어 가던 이사부의 눈을 번쩍 뜨이게 했다.

외눈박이는 거대한 새의 발톱에 가슴 쪽을 움켜잡힌 채 갯벌을 스치며 하늘로 끌려 올라갔다가 갯벌로 떨어뜨려졌다. 더 이상 외눈박이 까마귀의 움직임은 없었다. 이사부는 경악했다. 그렇게 신경을 곤두세우고 있었음에도 저 거대한 새가 다가오는 것을 전혀 감지하지 못했다. 아니, 듣지 못했다고 하는 편이 더 정확했다.

갯벌 위로 내려앉는 새의 날갯짓은 놀라울 정도로 소리 없이 부드러웠다. 만약 지금이 깜깜한 밤이었다면, 사냥감은 보지도, 듣지도 못한 채 그 거대한 발톱에 잡혀갔을 것이다. 지금 외눈박이가 당했던 것처럼.

'밤의 패왕.'

'소리 없는 포식자.'

'낮의 하늘을 검독수리가 지배한다면, 밤의 하늘은 수리부엉이가 지배한다.'

수많은 수식어가 붙은 비밀의 새, 수리부엉이였다.

이사부도 소문으로만 전해듣던 수리부엉이를 이 상황에서 보게 된 것이다.

독도의 수호자로 불리던 이사부조차도 그 앞에서는 본능적인 전율을 느꼈다.

수리부엉이는 해가 지는 서쪽 하늘을 등지고 고요히 서 있었다. 사냥해서 옆에 떨군 외눈박이 까마귀에게는 전혀 관심도 없는 듯, 그저 큰 날개를 접고 침묵을 지키고 있었다. 그 모습은 마치 고요한 왕처럼 위엄이 넘쳤다. 커다란 몸집, 어두운 밤과 하나가 된 듯한 검은색과 갈색 깃털, 몸길이만 해도 60~70cm에 달했고, 날개를 펼치면 2m는 훌쩍 넘을 것 같았다. 머리 위로 솟은 귀깃은 악마의 뿔처럼 날카로웠고, 긴 다리와 날카로운 발톱은 사냥감을 한번 움켜쥐면 절대 놓아주지 않을 듯 강력했다.

전신주 위로 도망친 큰부리까마귀 무리는 지는 해가 드리운 어둠 속에 몸을 숨긴 채 눈만 반짝이고 있었다.

성질 급한 몇 마리는 불안한 듯 날개를 퍼덕이며 이 광경을 지켜보았다. 그러다 한순간, 마치 수리부엉이를 피하려는 듯 혹은 더 추운 밤을 대비해 새로운 거처를 찾으려는 듯, 까마귀 무리는 일제히 날아올라 군무를 펼치며 산 너머 숲으로 사라졌다.

그때였다. 서쪽을 바라보던 수리부엉이의 머리가 기괴하게 270도 이상 회전하더니, 이사부를 정면으로 노려보았다.

수리부엉이의 크고 동그란 눈, 괴조의 붉은 눈동자에 비친 팽이갈매기의 죽음을 무릅쓴 결기 가득한 눈.

서로의 시선이 맞닿는 순간, 공기마저 얼어붙는 듯했다.

수리부엉이는 소리 없이 날개를 펼쳐 이사부 쪽으로 내려와 앉았다.

이사부는 그 순간 알았다.

자신 앞에 내려앉은 이 상대는 결코 대적할 수 있는 존재가 아님을.

그의 의지와는 상관없이 온몸에 힘이 빠져나가고 있었다.

이제 파도조차 차갑게 느껴지지 않았다. 날개를 펼치면 닿을 수 있을 만큼 가까운 곳에 쓰러져 있는 강치가 보였다.

그 순간, 이사부의 눈이 감겼다.

"미안하다, 강치야. 미안하네, 이사부."

이제 가랑눈으로 바껴 내리는 회색 구름 아래, 태양은 마치 작별을 고하려는 듯 잠시 동안 얼굴을 내밀고 바다로 들어가고 있었다.

겨울서해의 낙조, 그 풍경은 아름답지만 슬펐다.

겨울 태양은 그렇게 바닷속으로 사라져 갔다.

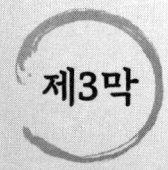

제3막

바다의 심연으로

8. 점박이물범 점이와 박이

갯벌 위에는 수십 마리의 까마귀들이 쓰러져 있었다. 그들 위로, 이사부를 움켜잡고 날아간 수리부엉이의 깃털 하나가 차가운 갯벌 모래 위로 떨어졌다.

그때, 바닷속 검은 바위 뒤에서 점박이물범 두 마리가 투닥거리며 모습을 드러냈다.

"시방, 니두 다 봤지? 장난 아니네…. 나 웬만하면 누워서 오줌도 안 지리는데, 이번엔 자칫 쌀 뻔했슈우…."

"그렇다고 어렵게 잡은 주꾸미를 놓치면 어떡해??!!! 큰일 났네, 캘리가 가만 안 있을 텐데… 아이씨."

"저거 보느라 그랬지…. 니도 넋 놓고 보고 있드만 뭐… 괜찮여~ 걱정 말어~ 캘리가 잡아 올 껴. 언제 우덜이 잡은 적 있남? 캘리가 다 혀지."

"지랄지랄, 캘리 개지랄 떠는 건 니가 다 받고."

박이는 캘리를 생각하니 고개가 푹 숙여졌다. 점이와 박이는 점박이물범 남매였다.

원래 북쪽 오호츠크 해안에서 서식하던 이들은 계절에 따라 무리와 함께 이동하다가 한반도 북부를 지나갈 때 폭풍우에 휘말려 무리와 떨어지게 되었다.

그리하여 서해 남부까지 흘러 들어와 이곳에 터를 잡고 살게 된 것이다. 은색 몸에 점이 있는 암컷 점박이물범이 점이였다. 점이는 까마귀들을 앞발로 툭툭 차다가 다시 바다사자를 바라보며 누구라도 들으면 얼른 일어나라는 듯이 큰 소리로 외쳤다.

"죽었네…. 다 뒈졌어."

갈색 몸에 점이 듬성듬성 있고 얼굴이 항상 웃고 있는 수컷 점박이물범이 박이였다. 박이는 소심한 걸음걸이로 조심스레 바다사자 쪽으로 다가가, 점이가 까마귀를 찬 것처럼 쓰러져 있는 바다사자가 죽었는지 툭툭 건드려 보았다.

몇 번을 툭툭 쳐 봐도 바다사자가 움직이지 않자, 박이의 웃상은 더 환하게 밝아졌다. 그러곤 아까 괭이갈매기의 싸우는 모습이 멋지다고 생각했는지, 괭이갈매기의 기합 소리를 따라 했다.

"야오 야오! 아까 그 괭이갈매기 끝내주지 않았냐? 막판에 수리부엉이만 안 나타났어도 내가 '빠빡' 하고 도와주려고 그랬는데… 빠빡!!"

박이가 짧디짧은 앞발로 발차기를 하다 중심을 잃고 경사진 갯벌 쪽으로 데구르르 굴러갔다. 다시 꿈틀꿈틀 배 밀기로 기어 올라와 바다사자를 이리저리 뒤집어 본 박이는 화들짝 놀라 점이에게 소리쳤다.

"얘 안 죽은 거 같은데? 얘 바다사자야! 바다사자!! 그리고 수컷이야. 아 짜증나. 암컷 점박이물범인 줄 알고 괜히 좋아했네. 아이 좋다 말았네…. 그냥 가자. 해 떨어진다."

수리부엉이가 날아간 쪽을 계속 살피던 점이는, 당연한 걸 지금 알았냐는 듯 고개를 좌우로 살짝 저으며 대꾸도 하지 않았다.

박이는 강치를 한 번 머리로 툭 박아 갯벌 위로 한 바퀴 굴렸다.

"켁켁!!!"

갑자기 터진 강치의 기침 소리에 깜짝 놀란 박이가 중심을 잃고 바다 쪽으로 떼구르르 굴러 내려갔다. 강치는 목에 있던 바닷물을 뱉어 내며 깨어났다.

"안 죽었네!!"

점이도 깜짝 놀라 강치에게로 가서 등을 쳐 줬다.

강치의 코에 차갑고 짠 내 나는 공기가 쑤욱 하고 들어왔다.

희미하게 엄마가 보였다. 엄마가 자기를 바라보고 있었다.

"엄마 엄마~~~!!!"

점이가 화들짝 놀라며 뒤로 물러났다

"깜짝이야!!!! 이거 왜 이래!!! 시집도 안 간 아가씨한테… 정신 차려 이 친구야!"

강치가 눈을 비비고 다시 보니 엄마가 아니었다. 강치는 갑자기 뭔가 생각난 듯 주변을 이리저리 살피더니,

"엄마 엄마 엄마~~~~~~~~~!!!!!"

엄마를 불러 봤다. 그리곤 점이한테 달려들어 점이의 목덜미를

잡으며 소리쳤다

"우리 엄마 어떻게 됐는지 알아? 우리 엄마 잡혀갔어? 안 죽었지? 우리 엄마는 예쁘게 생기고 몸이 하얀색인 바다사자야."

강치는 주변을 뛰어다니며 둘러보더니 다시 점이한테로 달려들었다.

"엄마 좀 찾아 줘. 엄마가 인간들한테 잡혀갔어. 우리 엄마 좀 찾아 줘!!!"

뒤에서 박이가 강치의 뒤통수를 후려쳤다.

"야, 니 엄마를 왜 우리한테 찾아??? 미쳤어?"

유난히 몸통에 점박이 무늬가 많은 녀석이 앞에서 강치를 노려보며 소리쳤다.

바다사자와 비슷하게 생겼지만 다른 종류의 동물이 강치 앞에 있었다.

갑자기 뭔가를 발견한 강치의 두 눈에 엄청난 공포가 서리더니 크게 소리쳤다. 그러곤 네 발로 급하게 기어 바위 뒤에 숨었다.

"도망쳐!! 도망쳐야 해! 인간들 배야!! 빨리 숨어 안 그러면 우리 다 죽어! 저 놈들은 총이랑 몽둥이를 가지고 우리는 때려죽이고 잡아간단 말야!!!"

점이, 박이는 강치를 멀뚱멀뚱 신기하게 쳐다봤다.

강치는 점이, 박이 뒤의 바다에 멀리 떠 있는 인간의 배를 보고 너무나도 놀랐다. 그것도 한 대가 아닌 여러 대가 바다에 떠 있었다.

"니들은 안 보여? 저 인간들의 배가 안 보이냐구? 인간 사냥꾼들 모르냐구? 왜 태평하게 있어! 그러다 다 죽어!! 도망가!! 숨어!숨으라고!!"

강치는 커다란 바위 밑 바다로 들어가 숨어 버렸다.

팔짱을 끼고 강치의 모습을 지켜보던 박이가 점이를 보고 말했다.

"쟤 맛이 갔어. 그냥 가자, 가자고!!"

박이가 점이의 팔을 잡고 발길을 돌리며 강치를 향해 소리쳤다.

"미친놈아 여기 대한민국 서해 바다여. 인간들이 어떻게??? 우리를 잡아가????"

소리치던 박이가 갑자기 귀여운 몸짓을 하더니,

"우리는 귀염둥이 점박이물범이라고~~ 멸종위기 야생생물 2급이고 천연기념물이야!! 멍청아! 누가 우릴 잡아가냐?

사람들은 우리를 보고 싶어서 맨날 찾아다니고 안달이 나 있는데…. 니 앞에 있는 그 물범바위 위로 우리가 나타나기만 하면 카메라로 찍고 방송에 내보내고 난리거든……."

점이도 부끄럽지만 한마디 거든다.

"우린 인기 스타야."

물범바위 위로 겨우 눈만 내놓고 두 녀석의 얘기를 듣고 있는 강치는 너무나 혼란스러웠다.

'인간 사냥꾼이 안 온다구? 안 잡아간다구?

그리고 쟤들은 바다사자가 아니라 점박이물범? 이라구??'

그랬다. 지느러미도 다르고 기어다니는 모습도 다르고 귓바퀴도 없고 몸에 점박이 무늬도 그렇고 아직까지 한 번도 본 적이 없는 그런 녀석들이었다. 바다사자 냄새도 나지 않았다. 바다사자가 아닌 다른 동물인 걸 확실했다. 점박이물범?

숨어 있던 강치는 물범들이 하는 말이 무슨 말인지 도통 알아들을 수가 없었다.

그중에 한 단어는 정확히 알아들을 수 있었다.

서. 해. 바. 다.

이곳은 어둠도 독도와는 달랐다. 독도는 달빛과 별빛으로 따뜻하고 포근한 어둠이었지만… 이곳의 어둠은 별빛이라고 하나도 없고 인간이 만든 불빛들로 어둡지도 밝지도 않은 희한한 어둠이었다. 정신없이 왔다 갔다 하는 인간의 그림자는 키 큰 괴물이 먹이 사냥을 하듯 강치를 쫓아오고 있었다.

점박이물범들이 저 멀리 가고 있다.

강치는 혼자 있는 게 무서워서 물범바위 뒤에서 부리나케 나왔다. 그러곤 잠깐의 고민도 없이 물범들을 쫓아갔다.

강치는 점박이물범들한테 자기가 누군지 설명하고 여기가 어딘지 물어봤다.

점박이물범들도 바다사자한테 자기들이 누군지, 여기가 어딘지, 언젠지도 자세히 설명해 줬다. 열 번은 족히 넘게 설명을 했다.

"그래, 다시 마지막으로 정리하면, 우리는 바다사자가 아니라 점박이물범!! 귀염둥이 천연기념물! 그리고 너는 독도바다사자

제3막 바다의 심연으로 131

그리구 여기는 독도가 아니고 서해야! 대한민국 서해 바다!! 너 번지수 잘못 찾아왔어! 알아듣냐구? 제발 이해가 안 되면 그냥 외워라!!"

점이가 답답한 듯 짧은 앞발로 가슴을 치며 갯벌에서 떼구르르 굴렀다.

'진짜로 여기가 망둑 할아범이 얘기하던 서해 바다라구??'

그리고 깨달았다. 물의용이 자기를 독도에서 데려와 서해에 떨어뜨렸다는 걸.

이곳은 독도와 멀리 떨어져 있는 서쪽에 있는 바다. 서해 바다였다.

어둠이 갯벌을 점점 더 검게 만들고 있었다.

이번엔 박이가 나섰다.

"그러니까 너는…… 너 강치라고 했냐? 독도 강치! 니 집은 독도구?!!!! 일본 어부 놈들이 니들을 사냥해서 엄마 아빠도 친구들도 다 죽고 너는 엄마를 구하려고 하다가 일본 어부 놈이 너를 때려죽일라고 하는 찰나에 용오름!! 아니 물의용이라 그랬지?! 그려 물의용이 나타나서!!!! 글로 짬프해서 공중으로 올랐다가 기절했다가… 깨어났더니… 여기에 정신 줄 놓고 자빠져 있었다, 이런 얘기네!! 차암내… 환장하겄네!!"

강치는 두 물범들의 어이없는 표정을 살피며 기어들어 가는 목소리로 말했다.

"나도 정말 이상한데… 사실이야."

박이가 강치의 머리에 지느러미 끝으로 찍어 먹어 보며 고개를 흔들며 점이한테 말했다.

"얘 맛이 갔어! 완전 맛이 갔어!"

그러곤 점이한테 다가서며 속삭이듯 말했다.

"근데 참 신기햐…. 얘는 바다사자가 맞거든! 캘리랑 같자녀…. 다리가 길고 귓바퀴가 있고! 근디 내가 알기론, 아니 내가 아는 게 아니라 우리나라에서는 얘들! 독도바다사자는 멸종했거든, 그건 다 아는 사실인디… 세상이 다 아는디… 근디 이게 떡하니 여 있네…. 참 신기혀. 글구 쟈가 말한 걸 들어 보면 쟈가 살았던 때는 아주 옛날옛날 시대배경을 가지고 있다, 이 말이여. 그것이 참말로 이해가 안 돼야!!!"

점이는 바닷속으로 해가 지는 걸 바라봤다.

"이제 어두워져… 이제 집으로 가야 해. 여기도 밤이면 무서워. 백상아리가 나타날 시간이거든. 너도 가자, 우리랑 같이…. 난 점이, 쟨 내 동생 박이."

박이가 점이를 향해 미소 지으며 점이와 강치사이로 끼어들며 강치한테 자기 몸을 부딪힌다.

"그래, 우리랑 같이 가. 우리 같은 애들을 보살펴 주는 아주 좋은 분이 계시단다…. 가자."

박이가 앞으로 달려가며 외친다.

"야호 우리에게도 드디어!! 나에게도 꼬붕이 생겼다!!!"

강치를 보며 점이가 재촉하듯 말했다.

제3막 바다의 심연으로

"해가 떨어졌어…. 이제 집으로 가야 한다구…. 밤엔 여기도 그리 안전하진 않아. 그리고 할 일도 있고."

"빨리 가서 준비하자. 늦으면 킬러한테 제대로 발린다고!! 빨리 뛰어!!"

소리치며 잡아끄는 대로 못 이기는 척 갈 수밖에 없는 강치였다.

강치는 자꾸 뒤를 돌아보았다.

그때 갯벌 위에 뭔가가 꿈틀대는 게 보였다 금세 다시 갯벌 속으로 물거품처럼 사라졌다. 하지만 강치는 왠지 그 뭔가와 눈이 마주친 거 같은 느낌이 들었다.

강치와 점이 박이는 어둠 속으로 들어가 보이지 않았다.

아무도 없는 갯벌 바닥에서 기괴한 움직임으로 나타나는 뭔가는 강치가 잡아서 먹던 작은 문어였다. 진짜 이름은 주꾸미, 문어과 문어목이고 주꾸미라 불렸다.

아까 점이와 박이한테 잡혔다가 물범들이 한눈 판 사이 도망친 그 주꾸미였다.

이 호기심 많은 주꾸미는 처음부터 모든 걸 지켜보았다. 서해 바다의 날씨가 요동치고 갑자기 회오리 비바람이 일고 물의용이 하늘에서 내려온 그때부터 지금까지. 강치가 물의용에서 떨어진 후부터 지금 이곳에 쓰러진 순간까지 계속 쫓아다니며 지켜보았다.

그리고 바다사자를 지키려는 괭이갈매기와 큰부리까마귀의 절체절명의 결투 장면을 정신 놓고 지켜보다가 점이와 박이한테 잡힌 것이었다.
 호기심 많은 이 주꾸미는 또 한 번 강치와 물범들이 간 쪽으로 쏜살같이 달렸다.
 점박이물범들이 강치를 데려간 것처럼 저녁 해는 빨간 노을을 데리고 바닷속으로 완전히 사라졌다.
 주꾸미도 금세 내려앉은 어둠속으로 사라져 버렸다.

9. 보물 위에 앉은 바다 모기

이제 밤의 시간이다.

짙고 진한 군청색 하늘 속에서 달이 먼저, 그 다음으로 별들이 순서를 지키며 빛나기 시작했다. 그런 하늘과 마주한 바다는 잠이 들려는 아기처럼 숨을 고르며 새근새근 춤추기 시작했다.

바다와 하늘은 하루를 치열하게 살아 낸 모든 생명들에게 쉼을 선물하려는 듯 오랫동안 그렇게 고요히 잠잠했다.

그러나 모두가 잠든 고요한 시간을 훼방하려는 듯 누군가에 의해 바다는 잠에서 깨었다.

어디서 출발해 이곳에 왔는지 알 수 없는 검은 배 한 척이 먼 바다에서 해안으로 빠르게 달려오고 있었다.

배가 지나간 자리는 마치 잘 다려진 천을 가위로 자른 듯 고요하던 수면을 가르며 바다에 그 흔적을 남겼다. 검은 배는 잠든 아기의 콧잔등에 앉아 피를 빨려는 암컷 모기처럼 조심스럽고 은밀하게 다가왔다. 해안 가까운 바다 위에 멈춘 검은 배는 작은 전등 하나 켜지 않고 자신들이 하는 일을 남들에게 알리지 않으려는 듯 몸짓 하나하나가 신중했다.

　잠수복을 입은 검은 인간들이 하나 둘씩 배에서 바닷속으로 떨어졌다. 한참 시간이 지난 후, 산소통을 맨 잠수부들이 수면으로 올라왔다. 그리곤 바다에서 건져 올린 무언가를 확인하는 듯했다. 이들은 몇 년 전부터 서해안에 나타나 바다에 가라앉은 보물선을 찾는 해양 유물 유적 도굴꾼들이었다.

　낮에는 민관 합동의 합법적인 탐사팀이 보물선 발굴을 위해 작업을 하고, 밤에는 얼굴에 검은 칠을 한 어민을 포함한 불법 문화재 도굴꾼들이 보물을 찾기 위해 바닷속으로 잠수해 들어갔다. 이들 중에서도 가장 악착같은 도굴꾼들은 일본 도굴꾼들이었다. 그들은 난파선의 보물이 옛날 자기 조상들의 것이라며, 대한민국 영해에 몰래 들어와 해양경찰들의 눈을 피해 도굴을 빈번하게 하고 있었다. 좀 전에 조용한 바다를 깨우며 바닷속 보물을 찾으러 잠수해 들어간 검은 인간들도 일본 도굴꾼들이었다. 하지만 바다는 그런 존재도 넉넉히 품는 듯 잠잠했다.

　'삐용삐용 삐~~~~~ 삐잉 삐용삐용 삐~~~~~~~~~'

　갑자기 밝게 켜진 조명과 커다랗고 날카로운 사이렌 소리가 깊게 잠든 바다를 깨웠다. 대한민국 해양문화재 연구소의 수중 발굴 전용 인양선 '아크호'였다. 야간작업을 하러 유적지로 오던 아크호는 불법 도굴꾼들을 보고 수리부엉이처럼 조용히 다가갔다가 현장을 급습했다.

　"이곳은 보물 유적지로 지정된 지역입니다. 이곳에서는 어업 행위가 금지되어 있습니다. 소속 선박과 신분을 밝혀 주십시오!!!"

쩌렁쩌렁 울리는 아크호의 스피커 소리가 도굴꾼들을 압도하는 듯했지만, 도굴꾼들의 검은 배는 크게 당황하지 않는 모습이었다. 그리고 물속에 들어간 잠수부들을 태울 생각도 하지 않고, 커다란 물보라를 일으키며 전속력으로 도망쳤다. 모터에서 뿜어져 나오는 물보라를 보니, 분명 출력이 높은 엔진이 달린 배였다.

아크호도 최대한 속도를 올려 검은 배의 뒤를 쫓았지만, 순시선이 아닌 일반 출력을 가진 아크호의 속도로는 검은 배를 따라잡을 수 없었다. 검은 배를 쫓는 것을 포기하고 바닷속으로 잠수한 도굴꾼들을 기다리기로 한 아크호는 잠수부들이 들어간 지점을 중심으로 선회했다.

아크호의 신고를 받은 대한민국 해양경찰 순시선도 곧 도착했다. 잠수부들의 산소통은 한 시간 이상 버티기 어렵다. 해양경찰과 아크호의 탐사대원들은 도굴꾼들이 산소 부족으로 나오기를 기다렸다. 하지만 한 시간 이상 기다려도 잠수부들은 나타나지 않았다. 해양경찰 순시선은 더 이상 기다릴 수 없어 뱃머리를 돌려 해안경비대로 돌아갔다.

아크호의 오늘 밤 탐사는 일본 도굴꾼의 등장으로 취소되었다. 그러나 아쉬운 마음에 다시 돌아와 크게 한 바퀴를 돌고 돌아갔다. 잠수부들은 끝내 나타나지 않았다. 여러 번의 시뮬레이션을 통해 터득한 그들만의 탈출 방법으로 해양경찰을 따돌리고, 약속된 장소에서 검은 배와 다시 만나 돌아갔을 것이다.

바다는 마치 무슨 일이 있었냐는 듯 다시 잔잔한 파도 소리를 자장가 삼아 새근새근 잠을 청했다.

보물선의 무덤

　우리나라 서해는 역사적 고증을 통해 '보물선의 무덤'이라 불리며 1960년도 후반부터 '보물선 탐사'라고 불리는 해양유물 탐사가 본격적으로 시작되었다. 과거 우리나라는 10세기 삼국 시대에서 통일신라와 고려로 이어지는 14세기까지 문화적 부흥기를 맞았다. 중국 송, 원 왕조의 발전된 문화는 고려와 일본에 많은 영향을 끼쳤다.
　일본은 막부 시대가 열리면서 송과 원나라의 문물을 고려를 통해 받아들이며 문화가 활짝 꽃핀 시기였다.
　동아시아 여러 나라들은 해양 실크로드를 통해 대항해 시대를 맞이했다. 각국은 서로 다른 문화를 탐닉하며 교류하고 싶어 했고, 해상 무역상들이 그 길을 열었다.
　무역상들은 귀한 보물들과 생필품을 바닷길을 통해 운반했으며, 배는 그 일을 한 번에, 빠르고 넉넉하게 해냈다. 육로의 운송 수단과 비교할 수 없을 만큼 효율적이었다. 비록 항해술이 완벽하지는 않았지만, 바다를 통한 교역은 점차 커졌고 선박 제조 기술도 발전했다.
　송, 원나라, 고려, 일본의 해상 무역상들은 가장 빠른 바닷길을 찾기 위해 조선의 서해안을 따라 뱃머리를 돌렸다.

조선의 서해안은 조수간만의 차와 빠른 유속, 울퉁불퉁한 해안 지형 덕분에 다른 바다보다 더 거칠고 예측하기 어려운 바다였다.

각 나라들은 나름대로 배를 만드는 기술과 항해술을 발전시켰지만, 서해안처럼 어려운 항로 개척은 결코 만만한 일이 아니었다. 게다가 갑작스럽게 끼는 안개는 노련한 뱃사람들조차 바닷길을 한 치 앞도 볼 수 없게 만들었다. 이러한 자연환경과 기후는 서해 바다를 항해하는 배들을 침몰시키기에 충분했다. 그래서 한반도의 서해안을 지나가는 배는 4척 중 1척은 목숨을 걸고 항해를 해야만 한다는 소문이 중국, 조선, 일본에 널리 퍼져 있었다. 조선 서해안 을 통과하는 해상 무역은 뱃사람들에게 황금을 낳는 거위이면서도 동시에 목숨을 건 모험이었다. 실제로 많은 교역선들이 침몰했다. 지금 서해안의 깊지 않은 바닷속에는 400~500척 정도의 보물을 실은 무역선들이 침몰하여 수장되었다고 옛 문헌에 기록되어 있다. 이런 이야기들은 점점 과장되어 유적 도굴꾼뿐만 아니라 어부들까지 보물을 찾아 '보물선탐사'에 불나방처럼 달려들게 만들고 있었다.

10. 비밀의 산호동굴 그리고 보물선

강치는 처음 만난 점이와 박이를 따라 어둠이 내려앉은 낯선 바닷속으로 들어갔다. 독도에서 나고 자란 강치에게는 서해의 바닷물이 정말 이상했다. 뭔가가 물속에 섞여 있는 듯 텁텁하고 흐릿한 느낌이었고, 시야를 확보하려면 눈을 자주 깜빡여야 할 것 같았다. 차갑기도 하고 따뜻하기도 했다. 그래도 독도의 겨울 바다보다는 덜 차가운 게 다행이라는 생각이 들었다.

하지만 독도를 떠난 적이 없는 강치에게 서해의 갯벌과 바닷물, 그리고 앞서 헤엄쳐 가는 물범들 모두 낯설고 무서운 존재였다. 박이가 앞에서 헤엄쳐 가고, 그 뒤를 따라가던 점이가 슬쩍 돌아서 강치를 바라봤다.

"눈 자꾸 감지 마! 눈 뜨고 헤엄쳐! 따가워도 자꾸 깜빡거리지 마. 갯벌 모래랑 조개껍데기 가루가 눈에 상처를 내서 더 따가워. 눈 뜨고 참으면 어느 정도 익숙해질 거야."

점이의 말에 강치는 고개를 끄덕이며 눈을 크게 뜨고 더 조심스럽게 헤엄쳤다.

점이는 퉁명스레 말을 쏘아붙인 뒤, 다시 앞서서 헤엄쳤다. 강치는 말없이 점박이물범들을 따라 바닷속을 헤엄쳤다.

바닷속 거대한 해산의 주변을 따라 헤엄치자 커다란 동굴이 나타났다. 점이와 박이는 익숙한 듯 크고 긴 바닷속 동굴로 헤엄쳐 들어갔다. 강치도 따라 들어가다가 갑자기 빨라진 유속에 휩쓸려 물속에서 굴러 버렸다.

"크크크 킥킥!"

박이가 돌아보며 재밌어했다. 그리고 힘주어 헤엄쳐 와 강치를 동굴 벽 쪽으로 밀쳤다.

"깜짝 놀랐지? 동굴 가운데는 물살이 빨라! 고속도로처럼 쌩쌩 지나가거든. 고속도로 모르지? 으이구! 아무튼 그래서 벽 쪽으로 붙어서 헤엄쳐야 해. 바깥쪽은 천천히 흘러서 괜찮아!"

점이가 끼어들며 말했다.

"작은 물고기들은 너처럼 빠지기도 해. 이 빠른 유속 때문에 대부분은 여기를 못 들어와. 그보다 이 동굴 안엔 무시무시한 괴물이 살고 있다는 소문 때문에 안 들어오지만!"

"괴물??"

강치의 눈이 동그래졌다.

더 이상 말을 하지 말라는 듯 박이가 점이한테 눈짓을 줬다. 그러자 점이도 씨익 웃었다. 그리고 강치를 뒤에서 밀며 서둘러 동굴 안으로 들어갔다.

박이가 강치 앞으로 얼굴을 들이밀더니 어깨에 으쓱 힘을 주며 말한다.

"그래서!!!! 여긴 우리밖에 아무도 모른다는 사실!!! 인간들도 그 좋은 장비로도 여기는 알 수가 없어 찾을 수 없고 바다 물고기들도 여긴 얼씬도 안 하고!!"

"우리만의 동굴이야!! 산호동굴!"

박이가 비키자 강치는 눈앞에 펼쳐진 환상적인 풍경에 눈이 휘둥그레졌다.

푸른색, 복숭아색, 에메랄드색 등 형형색색의 아름다운, 크고 작은 여러 모양의 산호들이 낮의 햇빛을 머금고 있다가 밤이 되자 동굴 벽과 바닷물 속을 상상 그 이상으로 황홀하게 아름답게 비추고 있었다.

점이, 박이의 자랑처럼 너무나도 멋진 그리고 은밀한 동굴이었다.

강치는 처음 본 광경에 눈을 뗄 수가 없었다.

동굴 끝 쪽에는 투명한 해파리들이 문 앞의 드리운 커튼처럼 유영하고 있었다. 박이와 점이가 헤엄쳐 나가자 해파리들이 길을 비켜 주었다. 강치도 해파리들을 피해 그들의 뒤를 따라 동굴 끝으로 나왔다. 동굴을 빠져나오니 훨씬 넓고 밝은 바닷속 공간이 펼쳐졌다. 그곳의 땅바닥은 부채꼴 모양으로, 시작은 좁지만 끝으로 갈수록 넓어지는 공간이었다. 그 넓은 공간 끝에는 바위로 된 큰 벽이 바닷속부터 해수면 위 높이까지, 왼쪽 끝에서 오른쪽 끝까지 해안 절벽을 이루고 있었다.

이 해안 절벽은 이곳을 아무한테도 알리고 싶지 않은 듯 높고 비밀스럽게 서 있었다.

산호동굴은 이 공간을 위해 마치 누군가 의도적으로 파 놓은 통로처럼 보였다.

그때 강치의 귀가 쫑긋 섰다. 그리 멀지 않은 곳에서 들려오는 흥겨운 노랫소리가 들렸다. 고개를 돌려 보니, 형형색색의 물고기들이 춤추며 노래하는 모습들이 보였고 그 뒤로 커다란 무언가가 희미하게 보였다. 그때, 구름 사이로 커다란 보름달이 모습을 드러내며 수면 아래를 환하게 비추었다. 그 희미한 것이 모습을 드러냈다.

배였다. 인간의 배가 있었다.

바닷속에 얼마나 있었는지 모를 정도로 부진 낡은 배는 바닷속 절벽에 걸려서 갯벌 바닥에 거꾸로 박혀 있었다.

선체 대부분이 소금기 가득한 바닷물 속에 잠겨 있어서 그런지 부식은 심하지 않았다. 배의 후미는 물속에 잠기지 않고 수면 밖으로 나와 있었고, 그 뒤로 하얀색의 큰 고래 뼈가 바닥에 깔려 있었다. 크기로 보아 흰수염고래인 듯했다. 그리고 배와 주변에는 반짝이는 물건들이 가득했다. 인간의 것으로 보이는 물건들이 배를 덮을 만큼 쌓여 빛을 발하고 있었다. 그 물건들 주변으로 밝은 빛을 내는 해파리들과 춤추며 노래하는 물고기들이 신나게 헤엄쳐 다니며 반짝이는 물건들과 어우러져 빛의 잔치를 벌이고 있었다.

"놀고들 있네, 여기 살게 허락해 줬더니 지들 집인 줄 알아."

박이가 신경질적으로 말했다. 그러고는 물고기들과 해파리들 사이를 헤엄치며 훼방을 놓기 시작했다. 커다란 점박이물범의 등장에 물고기들과 해파리들이 모두 도망쳤다.
"나만 없으면 저 지랄들이야. 여기가 지들 안방인 줄 아나봐!"
점이에게는 익숙한 풍경인 듯 고개를 저으며 박이에게 말했다.
"쯤! 배에 붙은 먹이 좀 떼어 먹으러 오는 건데, 좀 놔두면 안 되냐? 우린 좋잖아, 배 청소도 안 해도 되고!"
점이가 박이를 보고 한탄하듯 말했다.
점이와 박이가 옥신각신 하는 동안 강치의 시선은 인간의 배 쪽을 향했다.
이런 모든 걸 처음 보는 강치는 신기하기만 했다.
동그란 눈을 더 크게 뜨며 신기하게 쳐다보는 강치한테 박이가 다가와 어깨를 툭 쳤다. 그러곤 반짝거리는 물건 쪽으로 헤엄쳐 가더니 우쭐대듯 그 위를 한 바퀴 빙 돌았다.
"야 이 보물들 멋지지 않냐?"
"보물?"
"그래! 이걸 보물! 보물이라고 한다고! 그리고 이 아름다운 보물이 잔뜩 실려 있는 이 배를 보물선이라고 한다고!!! 보물선! 신기하지??"
"보… 물… 선?? 이라고?"
강치는 너무나 놀랐다. 망둑 할아범이 얘기했던 전설 속 서해의 보물선이 실제로 눈앞에 있는 것이었다. 물의용도 보물선도 다 진짜로 존재했다.
"이 보물이라는 것들 신기하지 않아?? 지금 깜깜한 밤인데도 얘네들은 빛을 내. 한낮의 햇빛을 머금고 있다가 어두운 밤에도 빛을 낸단 말씀이야…. 너무나도 아름답지 않아?"

아름다웠다. 망둑 할아범의 얘기를 듣고 상상한 보물선과 보물선 왕국보다 그 이상으로 아름다웠다.

어느새 점이가 보물선 뒤에서 나오며 자랑인 듯 자랑이 아닌 듯 한마디 거들었다.

"인간들은 이 보물들을 찾으려고 난리야!! 낮에는 하얀 배를 타고 오는 인간들이 바다를 샅샅이 뒤지고 밤에는 검은 배를 탄 인간들이 몰래 와서 보물을 훔쳐 가려 한다니까. 다들 이 보물에 목숨을 건 듯이 달려들고 있어. 뭐 좋은 거라고! 박이 쟤는 다른 보물선에 있는 거랑 여기저기 흩어져 있는 보물들 중 진짜 멋진 것들만 주워서 여기로 가져다 쌓아 놔. 엄청 멋지대나 어쨌대나! 먹을 수도 없는데."

점이의 말을 곧이곧대로 알아들은 박이가 반박하듯 얘기했.

"왜? 욕심나잖아. 가지고 싶게 생기지 않았어? 반짝거리고 매끈거리고! 나는 이걸 보고 있으면 황홀해져. 암튼 우리 거야 다 우리 거라고!!!"

박이가 금으로 된 커다란 두꺼비를 들고 강치에게 보여 주더니 그대로 뒤로 던진다.

보물선 주변으로 쌓여 있는 다른 보물들처럼 금두꺼비는 갯벌 바닥에 툭하고 떨어졌다.

깜짝 놀라는 강치를 보고 점이가 피식 웃었다.

"이런 거 많아."

그리곤 쿨하게 배의 선체를 따라 수면위로 헤엄쳐 올라갔다. 박이도 강치도 쫓아 올라갔다.

물 밖에는 또 하나의 새로운 세상이 있었다.

하얀색의 산호가 덮여 있는 모래 해변이 펼쳐져 있었고 그 끝자락에 서 있는 절벽은 마치 왕이 사는 성의 성벽처럼 모래 해변을 사방으로 빙 둘러싸고 있었다. 그리고 인간의 배의 뒷부분이 그 절벽에 기댄 체 서 있었다. 이 산호해변도 밖에서 보이지 않게 은밀하게 위치하고 있었고 아늑했다.

바닷물 밖으로 나와 있는 배의 후미 부분은 조종키 부분만 심하게 훼손되어 있었고 바닷물 의해 유목처럼 하얗게 변색돼 있었다.

점이와 박이가 검은 바위를 계단 삼아 배 위로 올라갔.

강치도 같은 방법으로 점이와 박이를 따라 배 위로 올라갔다. 나무로 만들어진 꽤 넓고 반듯한 공간이 있었다.

"우리 아지트야!! 여기서 놀기도 하고 잠도 여기서 자…."

"너도 여기서 자고 싶으면 자도 돼!!"

배 위는 참 좋았다. 해변과 절벽들이 한눈에 보이고 배 위까지 가지를 뻗은 큰 나무들이 있어 아늑했다.

"비밀의 산호해변과 보물선!!"

박이가 배위 제일 높은 곳으로 올라가더니 큰 소리로 외쳤다.

"점이가 이름을 지었어. 어때 멋지지 않냐?!! 비밀의 산호해변과 보물선이라니…."

너무 신나 호들갑을 떨던 박이는 산호해변을 떼구르르 구르며 소리 내어 웃더니 웃상인 얼굴을 더 큰 웃상으로 만들었다.

"진짜 여기 인간들은 못 찾아. 밖에서는 보이지도 않아!! 인간들뿐만 아니라 백상아리들도 여긴 몰라. 너도 봤지? 산호동굴의 빠른 유속!! 그것까지 통과해야만 올 수 있는 곳이거든…. 여기 우리들만의 왕국이야."

박이는 그렇게 비밀의 산호해변과 보물선 산호동굴에 대해 한참을 자랑했다. 그리고 이곳을 찾은 자기들은 엄청 운 좋은 점박이물범이라고 신이 나서 말했다.

말 많은 박이, 점잖은 누나 점이였다. 둘은 남매였고, 엄마 아빠가 없는 고아들이었다. 폭풍우 때문에 무리와 헤어졌다고 했지만 실제로는 무리에서 쫓겨나 지들끼리 살고 있는 아성체 점박이물범들이었다. 아빠인 우두머리가 다른 수컷과의 싸움에서 패하자 그 자식들이었던 젊은 수컷들도 새로운 수컷 우두머리에 의해 쫓겨나게 되었다.

자연의 섭리였다.

그래서 살아남기 위해 아무 경쟁자도 없는 이 서해 구석까지 오게 됐고 우연히 산호동굴을 발견하고 자기들만의 보금자리를 만들고 살고 있었다.

서해안 일대에 무리 생활을 하는 토박이 점박이물범들도 있었으나 그 개체수가 그리 많지 않았고 박이가 수컷이다 보니 다른 무리 속으로 들어갈 수가 없었다.

그래서 무리에서 쫓겨난 후부터는 다른 무리들처럼 계절마다 서식지를 이동하지 않고 계속 이곳에서 살기로 하였다.

점이와 박이도 둘만으로는 사냥이 쉽지 않았다. 특히 서해 바다 일대에서 악명이 높은 백상아리 때문에 바닷속에 들어가서 사냥하는 것이 여간 무서운 일이 아닐 수 없었다.

이곳 산호동굴도 그 안에 있는 비밀의 산호해변도 백상아리들한테 도망치다가 우연히 발견한 곳이기도 했다.

"우리는 이곳에서 다시 무리를 이루고 행복하게 사는 것이 소원이야."

점이가 이렇게 말하고 박이를 쳐다봤다. 박이가 웃음으로 점이의 시선을 받았다.

"야!! 저기로 가자."

박이가 강치를 다시 물속 보물선으로 데리고 갔다.

강치도 박이를 따라가면서 생각했다.

'여긴 너무나 안전하고 아름답고 멋진 곳인 거 같아.'

진짜 그랬다. 또 이런 곳이면 인간들한테 절대로 발견될 일이 없을 것 같았다. 사냥당할 수 없는 절대 안전한 천국 같았다. 그리고 신기한 보물과 보물선이라니.

이런 곳에 살고 있는 점이와 박이가 부러웠다.

강치도 바다 밑에 이런 인간의 배가 가라앉아 있다는 건 어릴 적부터 들어 알고 있었다.

배가 바위에 부딪쳐 밑바닥이 깨져서 바다 밑으로 가라앉아 있다는 말을 들었었고…. 커다란 고래가 화가 나서 인간의 배를 침몰시켰다는 말도 들었다.

실제로 독도 앞바다에도 커다란 총을 달고 불을 뿜는 배가 가라앉아 있다고 어른들은 말했다.

"그런 배들은 백상아리들의 집이야!!! 얼씬도 말어!!"

인간의 배가 너무 궁금했지만 백상아리의 집이라는 어른들의 말에 가 볼 생각은 엄두도 못 냈다.

근데 지금 상상만 했던 광경이 강치의 눈앞에 나타난 거였다.

인간의 배와 신기하게 빛나는 보물까지 처음 보게 된 것이었다. 강치는 이 순간만큼은 자신의 처지가 생각나지 않을 만큼 신이 났다.

강치는 배의 이곳저곳을 헤엄쳐 다니며 구경했다.

"주꾸미는 잡아 왔어?"

갑자기 박이 얼굴 옆으로 자기 얼굴을 들이밀며 목청 좋게 소리치는 또 다른 점박이물범이 배 뒤편에서 나타났다

"아이씨 깜짝이야! 아줌마!!!"

"아이씨 깜짝이야! 아줌마!!!!"

"내가 몇 번을 말했어!!"

"내가 몇 번을 말했어!!"

"따라 하지 말랬지?!!!!"

"따라 하지 말랬지?!!!"

박이가 말을 할 때마다 얄밉고 우스꽝스럽게 따라 하는 나이 든 아줌마 점박이물범은 강치를 발견하고 한 발 뒤로 물러났다.

뒤에 찌그러져 눈만 멀뚱거리고 있는 꾀죄죄한 강치를 보고 뭔가 깨달은 듯 급 고개를 떨구고 쑥스러워하며 앞지느러미를 밀어 뒤로 헤엄쳐 물러나며 눈으로 박이한테 묻는다.

"누구? 손님이 있었네. …미안해, 내가 또 그랬지…. 버릇이야 버릇…. 내가… 또 미안해."

박이도 거의 동시에 아줌마 점박이물범을 따라 '미안해'라고 말했다.

"알았어, 알았으니까 아줌마 제발 놀래키지도 말고 따라 하지도 마셔. 에?!!!"

아줌마 점박이물범은 박이한테 한 소리를 들었다. 하지만 익숙한 듯 특별히 대거리를 하지 않았다.

아줌마 점박이물범은 '수니'로, 이곳에서는 앵무새 아줌마, 아니 그냥 수니 아줌마라고 더 많이 불렸다.

아줌마는 처음 보는 어린 바다사자가 반갑기도 하고 애들한테 핀잔을 들은 걸 들킨 게 무안한지… 강치 앞으로 나와 말을 하려고 입술을 달싹달싹거렸다.

"안녕? 나는 앵무새 수니 아줌마야…. 그냥 수니 아줌마라고 불러도 돼…. 내가 말야……."

"내가 말야!!"

박이가 아줌마의 말꼬리를 자르더니 여자 목소리로 수니 아줌마의 말투를 따라 했다.

"내가 말야… 수족관에서 태어나 어릴 적 엄마를 잃고 외롭게 혼자 살았거덩…. 글쎄 옆 칸에 앵무새 아줌마가 살았었어. 근데 그 아줌마가 나를 너무 아껴 주고 사랑으로 키워 준 거지…. 그래서 앵무새 아줌마의 말버릇을 배웠지 모야…. 인간들 말을 엄청 잘 따라 하는 거야, 내가…. 그래서 조련사가 나를 사람들 앞에서 공연을 시켰지…. 나 엄청 잘 나갔어…. 수족관 인싸… 10년 동안, 아니 그것보다 훨씬 더 많이…."

어느새 박이의 말을 가로챈 수니 아줌마가 말을 이어 갔고 잠자코 듣고 있던 점이가 뭔가 생각난 듯 가슴을 부풀려 공기를 가득 채우고 고함치듯 수니를 불렀다.

"아줌마!!!"

"깜짝이야!!"

다들 깜짝 놀라 점이를 쳐다봤다.

수니는 놀란 게 화가 나서 점이한테 핀잔을 주기 시작했다.

"넌 얘가 다 괜찮은데… 갑자기 분위기 싸하게 만드는 재주가 있더라…. 너 그거 좀 고쳐. 너 그러다 버릇돼."

"아줌마! 오늘 아줌마가 주꾸미 잡는 날인데 우리가 대신해서 주꾸미를 잡으려고 얼마나 고생을… 어쩌구저쩌구…… 괭이갈매기가 17대 1로 어쩌구… 수리부엉이 어쩌구저쩌구, 바다사자를 살리고 어쩌구… 주꾸미는 못 잡…."

점이는 오늘 있었던 얘기를 딸이 엄마한테 하듯 수니한테 주절

주절 늘어놓았다

"앗! 차거! 아니 아 따거!!"

그때 박이 얼굴로 주꾸미가 철썩 붙었다.

암컷 바다사자 한 마리가 들어오면서 주꾸미를 박이 얼굴로 던진 것이었다. 먹물을 쏴 대며 발악하는 주꾸미와 박이는 한바탕 소동을 벌였다.

암컷 바다사자는 '캘리'였다.

캘리가 앞지느러미로 주꾸미가 붙어 있는 박이의 따귀를 갈겼다.

"아!!!아프다구!"

주꾸미는 기절해 떨어졌다.

"헉헉헉, 어디 갔다 지금 나타나서 멋지구 지랄이야 넌?"

얼굴이 벌게진 박이가 당장이라도 달려들 태세로 캘리를 향해 부릉부릉거리며 말을 이었다.

"우린 지금까지 바다를 샅샅이 뒤져서 주꾸미를 찾다가… 이 이상한 놈을 발견하고 죽을……"

"바다사자네. 쟨 어디서 주워 왔냐?"

박이의 말을 개똥으로 듣지도 않고 강치를 쏘아보던 캘리가 박이의 말을 그냥 가차 없이 자르며 점이에게 물었다.

강치도 자기 앞에 서 있는 점박이물범이 아닌 암컷 바다사자를 반갑고 신기하게 바라보았다.

"어? 얘? 떠돌이 바다사자야. 얘도 너 같은 고아 바다사자!"

점이보다 먼저 대답하며 속을 긁어 놓는 박이를 캘리가 쏘아보

제3막 바다의 심연으로 157

앉다.

"앞으로 얘도 여기서 살 거야. 내가 허락했어. 자긴 해가 바다에서 뜨는 독도에서 살다 왔대…. 맛이 좀… 갔어!! 해가 어떻게 바다에서 뜨냐고…. 바다로 들어가지."

신나 떠드는 박이와 반대로 점이가 벽을 보고 누우며 말했다.

"킬러가 좋아할까? 요즘 킬러 상태가 좀 그렇잖아…. 하긴 뭐, 자기가 우릴 먹여 살리는 것도 아니고. 우리가 지를 먹여 살리고 있으니."

말에 뼈가 있었다. 캘리의 눈꼬리가 치켜 올라갔다. 점이도 캘리를 째려보았다.

박이가 점이랑 캘리 사이로 끼어들며 실실 눈치를 보며 말했다.

"근데 킬러도 어쩜 좋아할 수도 있어. 삐뚤이소라에만 취하면 맨날 바다 위로 해가 뜰 때 헤엄치는 게 얼마나 좋았는지 모르겠다는 둥, 뻘이 싫다는 둥, 뻘소리를 하니까…. 얘도 지랑 같다고 좋아할 수도…. 털 색깔도 비슷하잖아…. 하얀 털에 목덜미에 커다랗게 검은 털도 있고… 낄낄."

박이가 아줌마 점박이물범을 밀쳤다.

"아줌마, 좀 비켜요. 거슬리게시리…."

"아줌마, 좀 비켜요. 거슬리게시리… 미안."

박이가 또 말을 따라 한 수니 아줌마를 째려보며 캘리 귀에다 대고 으스대며 말했다.

"쟤… 우리 꼬붕으로 쓸 거야. 넌 국물도 없다… 알았냐?? 쳇!!"

'우르르 쨍그랑 퍽퍽'

갑자기 배 뒤편에 큰 고래 등뼈 어둠 속에서 뭔가 엎어져 부서지는 듯한 커다란 소리가 났다.

몇 마리 남아 있던 물고기들과 해파리들이 게 눈 감추듯 사라졌다.

수니 아줌마가 당황하며 헐레벌떡 큰 고래 등뼈 쪽으로 달려갔다. 박이와 점이는 소리가 나는 반대편 배 뒤로 슬슬 돌아 들어갔다. 강치는 박이와 점이를 따라 배 뒤로 가고, 캘리만 그 자리에서 꼼짝하지 않고 고래 등뼈 쪽을 향해 몸을 돌려 노려봤다.

고래 등뼈 속으로 들어갔다가 넘어지며 나온 아줌마 물범은 다시 고래 등뼈 쪽으로 들어갔다가 또 넘어지듯 뒷걸음질 쳐 나왔다. 그와 함께 보물들도 굴러 나왔다. 강치는 아줌마 물범이 누구한테 맞은 건 아닌지 걱정이 되어 몸을 숨기고 조심스럽게 점이와 박이를 지나 소리 나는 배 갑판 뒤쪽으로 가 보려 했다.

점이가 강치를 막아섰다.

"가만히 있어, 어딜 끼어들어? 따라와, 우린 나갈 거야."

그렇게 두 물범은 산호동굴 쪽으로 헤엄쳐 갔다.

강치는 그래도 궁금해서 소리 나는 갑판 모퉁이를 돌아보았다. 그 순간 숨이 멎을 뻔했다. 눈앞에 커다란 눈이 있었다…. 박이가 얼핏 흘리듯 말했던 괴물, 그 괴물의 눈이었다.

흰자위가 없는 까만 눈동자가 강치를 노려보았다. 그 커다란 눈은 새끼 바다사자 따위는 안중에도 없는 듯, 눈동자를 뒤로 돌리며 몸을 휙 빼고 물 위로 올라가서 "푸우" 하고 숨을 내뱉었다. 강치는 몸이 굳어 움직이지도 못했지만, 아주 잠깐 동안 그 까만 눈과 마주쳤다. 그 눈은 살기나 공포를 담은 눈이 아니었다. 슬픔이 깃든 깊은 눈이었다.

눈 주위에는 하얀 점이 커다랗게 있었고, 몸 전체는 새까맣게 검은색이었지만 배 부분은 하얀색으로 나뉘어 있었다. 균형 잡힌 유선형의 다부진 몸을 가진 그 커다란 물고기는 길이가 9~10m에, 무게도 10톤은 족히 돼 보였다. 강치는 아빠 엄마가 얘기했던 백상아리보다 더 강한 바다사자의 천적을 바로 알아볼 수 있었다. 그것은 바로 범고래였다.

바다 최상위 포식자이며 바다사자의 천적인 범고래가 바로 강치 앞에 있는 것이었다.

강치의 심장은 멈춘 듯 뛰지 않았고 숨도 쉬어지지 않았다. 도망치기는커녕 할 수 있는 건 눈동자로 천적의 뒷모습을 쫓을 뿐이었다.

피비린내가 날 것 같은 긴 쇠막대기가 범고래의 2m나 되어 보이는 등지느러미 가운데를 관통하여 머리와 등지느러미 가운데쯤에 섬뜩하게 박혀 있었다.

고래작살. 인간의 것이었다.

고래작살이 박혀 있기 때문인지 범고래의 등지느러미는 꽤 많이 휘어 있었다.

범고래가 지나간 자리에서 녹슨 쇠 냄새가 스치는 듯했다.

강치는 저 범고래의 과거가 궁금해졌다.

'저 범고래는 왜 혼자일까? 왜 여기서 사는 것일까?'

아빠의 말씀으로는 범고래는 무리 생활을 한다고 하였다. 한 마리 범고래가 보이면 10마리 이상은 있는 거라고 생각하고 무조건 전속력으로 도망쳐 바위 위로 올라와야 한다고 말씀하셨던 게 기억이 났다.

그런데 저 범고래는 자기들 무리와 살기는커녕 지금 먹잇감인 물범들과 바다사자와 같이 살고 있는 듯했다.

강치로서는 이해할 수가 없는 상황이었다. 그리고 저 고래작살은 또 무어란 말인가.

"아줌마!!!!"

날카로운 젊은 암컷 바다사자의 쨍그랑거리는 목소리가 점점 깊어져 가는 강치의 상상을 깨뜨렸다.

"아줌마는 뭐 하는 동물이야?? 취했자나 또 취했자나. 이번엔 얼마나 먹은 거야? 그러니까 더 이상 삐뚤이소라는 잡아다 주면 안 된다고 했어, 안 했어."

그 상황을 꼼짝도 안하고 지켜보던 캘리가 아줌마를 향해 역정내며 소리쳤다. 수니 아줌마는 억울하다는 듯 바닥에 뎅구르르 굴렀다.

"나라고 잡아 오고 싶어서 잡아 와? 어? 저 작살 때문에 욱신거린다고 삐뚤이소라 내놓으라고 저 지랄을 하는데. 내가 용빼는 재주가 있어? 힘이 있어, 어?"

캘리도 당연히 알고 있었다. 매번 반복되는 일이니까.

킬러는 등에 박힌 작살 때문에 통증이 계속되고 주기적으로 몸에 경련이 일어났다. 그럴 때마다 삐뚤이소라 내장을 먹으면 취한 듯 쓰러져 갔다. 삐뚤이소라의 내장 속 독소가 고통을 진정시키고 취하게 하여 잠을 잘 수 있게 하였다.

하지만 고통이 치유되는 것이 아니라 일시적으로 잊게 해 주는 정도였기에… 삐뚤이소라의 효과가 떨어지면 킬러의 경련은 예측하지 못한 상황에서 발생했다. 커다란 몸이 주체되지 않고 뒤틀리고 크게 움직이다 보니 보금자리인 보물선이나 주변이 엉망이 되기 일쑤였다.

그런 킬러를 보살피고 뒤처리하는 건 수니 몫이었다.

캘리는 맨날 당하듯 힘들게 살고 있는 수니 아줌마를 보면 화부터 났다. 수니 아줌마가 안스럽고 불쌍해서 또 애꿎게 수니 아줌마만 잡는 것이다.

"다시 말할게. 저 새끼 삐툴이소라만 먹이지 마!! 깡소라는 안 된다구!! 뭐라도 같이 먹여야 쟤도 회복되고 우리도 좀 편하게 살지…."

"말을 듣냐? 저놈이…."

"아이 씨!! 돌겠네 진짜아!!!

그렇게 신경질을 내고 바다 쪽으로 몸을 돌리다 수니를 바라보며 얘기한다.

"나갔다 올께 아줌마!! 저 새끼 또 지랄발광하면 그냥 혼자 죽든지 말든지… 그냥 나와…. 알았지?"

"알았어…. 근데 어디 가게?"

밖으로 나가려던 캘리는 수니를 휙 쳐다보며 짜증 가득한 말로 쏘아붙인다.

"가긴 어딜 가겠어? 주꾸미 잡으러 가지! 저 새끼 취한 거 깨게 하려면 주꾸미 먹여야지, 그냥 냅둬? 타우린 함량 가득! 숙취 해소! 진짜 돌아 버릴 것 같아!!!"

"점아, 박아~~ 주꾸미 잡아 왔지?"

수니는 아까부터 보이지 않는 점이와 박이를 불렀다.

캘리는 또 한 번 소리 지른다.

"그 새끼들을 믿어??? 등신들을. 왜 나만 맨날 이래, 왜 나만이 안달이냐고?????"

"………………."

수니아줌마가 돌아앉으며 울먹이며 말했다.

"내가 그때 그러지만 않았어도… 니가 이러고 안 있어도 되는데…."

"시끄러 또 저 소리…. 고만 좀 해!!! 지난 얘기 하면 뭐가 달라져?

진짜 미치겠어!!!

킬러 저 새끼 삐뚤이소라 안 끊으면 내가 곧 저 작살을 더 깊이 박아서 심장까지 박히게 만들어 버릴 거야!!! 내가 하나 못하나 두고 봐!!!!"

캘리는 수니 아줌마한테 모든 화풀이를 내지르고 쌩하고 헤엄쳐 나가 버렸다.

수니아줌마는 캘리의 뒷모습을 잠시 바라보다가 이내 잰 몸짓으로 범고래가 깽판 쳐 논 보물들을 정리했다

"야!!!"

박이가 어느새 돌아와서는 강치 옆에 딱 붙어 실실 쪼개며 으스대기 시작했다.

"범고래 첨 보지? 크흐흐 킬러야. 내가 말한 그 괴물. 이름은 킬러! 이름도 졸라 무섭지…. 크기도 졸라 커.

너 쫄았지? 겁 먹은 거 같은데? 근디 난 안 무서워. 저 킬러 새끼 우리 없으면 굶어 죽어…. 저 작살 때문에 헤엄도 안 치고 사냥하러 나가지도 않는단 말여."

강치가 이 상황이 도무지 이해가 되지 않았다.

"근데 말야… 왜 범고래와 니들 점박이물범이랑 바다사자가 같이 살고 있어……? 아니, 어떻게 같이 살 수 있는 거야? 그리고 저 등에 작살은 또 뭐고?"

강치의 질문에 얘기하길 좋아하는 박이가 주변을 바르게 살피더니 강치의 눈앞으로 바짝 다가왔다. 그리고 사뭇 진지해지며 목소리를 낮춰 이야기를 시작했다.

"그게 말여, 워치케 된 거냔 말여……… 수니 아줌마와 킬러랑 캘리는 저쪽 일본이라는 섬나라에 있는 수족관에서 인간한테 재롱을 부리면서 살았다야….

근디… 수족관 앞 화산이 폭발을 한 겨…. 이어서 지진도 난 겨…. 그래서 수족관이 무너지고 난리난리가 난 겨…. 근디 그게 다행인지 불행인지 모르겠지만 그때 바다로 탈출을 한 겨…. 그리고 이 바다도 오게 됐고 우리를 만난 거지….

참 희한하지 않냐…. 그리고 참 많은 일이 있었어. 궁금하지?

하지만 지금 말고… 내가 천천히 얘기해 줄게."

그러더니 잽싸게 헤엄쳐 나가더니 어질러진 보물선을 치우기 시작했다.

"이리 와서 너도 빨리 정리해! 이 소중한 내 보물들!"

다들 매일 하던 일처럼 익숙했다.

범고래

 범고래는 모계사회에서 살아가며, 수컷은 30~50년, 암컷은 50~90년의 긴 수명을 자랑한다.

 이들은 뛰어난 신체 능력과 지능을 바탕으로 무리를 이루어 다니기 때문에, 먹이 동물들에게는 그야말로 공포의 대상이다.

 범고래는 최대 시속 56km로 헤엄칠 수 있으며, 수면 위로 15m 높이로 뛰어올라 20m 거리를 도약하면서 먹이를 추적한다.

 그 속도로 헤엄쳐 머리로 먹이를 강하게 박치기하여 기절시키는 방식으로 사냥을 한다.

 주로 연어, 청어, 바다사자 등을 사냥하지만, 때로는 상어나 고래와 같은 큰 바다 생물도 사냥하여 먹이로 삼는다.

 이런 뛰어난 사냥 능력 덕분에 범고래는 바다 생태계의 최상위 포식자라는 명성을 얻게 되었다.

11. 호랑이와 늑대 무리

　수니는 깨진 보물들을 조각조각 찾아내 끼워 맞췄다. 수니도 보물을 좋아했다. 보물 자체를 좋아한다기보다는 아이들이 좋아하고 모두의 보금자리인 이 보물선과 보물을 소중히 생각했다. 그래서 할 수 있는 한 최대한 잘 가꾸려 했다.
　한참을 정리하던 박이가 강치한테로 다가와서 노래로 만들어 놓은 내무반 규칙을 불러 주며 가르쳐 줬다.
　점이도 어질러진 물건들을 치우면서 박이를 따라 같이 노래했다.
　수니와 점이, 박이 물범들은 대청소를 끝내고 기진맥진하여 아무 데나 머리를 기대고 잠들었다.
　강치는 구석진 곳에서 웅크리고 앉아 있었다. 눈물이 났다.
　'엄마… 아빠… 절 집으로 데려다주세요.'
　독도의 엄마, 아빠, 친구들이 달빛 아래 잠시 보였다가 금세 사라졌다.

　"야, 야!!"

누군가 속삭이듯 작은 목소리로 강치를 불렀다.

소리 나는 쪽을 바라보니 아까 잡혀 온 주꾸미가 소라 감옥에 갇혀 강치를 부르고 있었다.

강치는 캘리가 주꾸미를 잡아 올 때 이 주꾸미를 알아봤었다.

자기가 잡으려 했다 기절해서 못 잡은 그 작은 문어였다. 여기 서해에서만 사는 주꾸미란 놈이었다. 독도에서는 주꾸미가 없어서 본 적이 없으니 그냥 작은 문어라고 생각했던 것이었다.

강치는 주꾸미가 누구를 부르는지 몰라 뒤를 돌아보았다.

"야, 너 말야, 너 바다사자!! 너 물의용 타고 여기에 떨어졌잖아? 그때부터 내가 다 보고 있었어…. 너 괭이갈매기랑 친구지? 그 친구도 여기에 있어!!"

"뭐라고!!!!??? 괭이갈매기???"

"그래!! 날 풀어 주면 내가 널 도와줄게. 내가 그 용감한 괭이갈매기를 찾을 수 있을 거야…. 아마 수리부엉이가 제정신이 돌아오지 않았다면 죽이진 않았을 거고."

"이사부 아저씨를 봤어? 아저씨가 여기로 왔어? 어디 있어?"

강치의 목소리가 커졌다. 그 바람에 범고래의 몸이 움직였다. 잠에 취한 눈이 반쯤 떠지며 강치와 주꾸미를 쏘아보았다.

강치와 주꾸미는 그대로 얼어붙은 듯 움직이지 못했다. 숨이 멈췄다. 그렇게 아슬아슬한 몇 초가 흐른 뒤 범고래는 다시 눈을 감았다.

그렇게 강치와 주꾸미는 또 한 번 숨을 멈추고 그대로 굳어 있어야만 했다.

주꾸미는 강치가 물의용에서 떨어져 나와 해안으로 떠밀려 올 때까지 모든 일을 다 알고 있었다. 그리고 자기가 본 신기한 광경을 무용담 써 내려가듯이 강치에게 소상히 그리고 신나서 얘기해 주었다.

강치는 점이와 박이의 이야기를 들었을 때에는 이 모든 것이 쉽게 믿어지지 않았다.

하지만 주꾸미의 얘기까지 듣고 나니 점이와 박이의 얘기가 사실인 거 같았다. 그래서 믿기로 했다. 아니 믿어야 했다. 그래야 이곳에서 살아갈 수 있을 거라는 생각이 들었다.

그리고 강치는 이사부 아저씨를 다시 만날 수 있다는 주꾸미의 말을 믿고 싶었다. 그래서 강치는 한참을 망설이다가 주꾸미를 소라 감옥에서 꺼내 놓아주었다.

이사부 아저씨를 만날 수 있다면 범고래한테 잡아먹히더라도 주꾸미를 풀어 줘야 했다.

주꾸미는 8개의 다리를 크게 오므렸다 펴면서 누구 쫓아오기라도 하는 듯 줄행랑을 쳤다.

도망치던 주꾸미는 뒤돌아보며 다시 한번 고맙다는 인사와 함께 좋은 소식을 가지고 꼭 다시 찾아오겠다는 말을 하였다.

"난 꾸미야!"

"난 강치…."

강치는 산호동굴 끝을 향해서 멀어지는 주꾸미를 보며 기대보다는 왠지 모를 외로움이 밀려왔다. 그리곤 몸을 말아 웅크렸다.
 그리고 잠을 청하려고 듯 눈을 감았다.
 하지만 잠이 올 리가 없었다. 강치는 엄마가 생각났다.
 범고래 킬러는 살짝 뜬 눈으로 강치와 주꾸미를 바라보고 있었다. 그러고는 다시 눈을 감았다.

 얼마나 시간이 지났을까. 잠을 설치며 생각이 복잡하던 강치는 낯선 잠자리에서 일어났다. 그러곤 산호동굴을 통과해 큰 바다로 나왔다.
 엄마와 형제들, 독도 생각에 가만히 있을 수가 없었다. 미칠 것 같았다. 빨리 이사부 아저씨를 찾아야 했다.
 수면 위로 부는 겨울바람은 강치의 피부를 칼로 베는 듯했다.
 "이사부 아저씨~~ 이사부 아저씨! 주꾸미야! 주꾸미! 어디 있니?"
 아무도 없는 바다로 하염없이 헤엄쳐 다니며 목이 터져라 외쳤다.
 한참을 그렇게 헤엄쳐 다녔다. 멀리 인간 배에서 나오는 환한 불빛이 보였다.
 인간들은 바닷속으로 커다란 불빛을 비추면서 뭔가를 열심히 찾는 듯했다. 검은색 옷을 입은 인간들이 바닷속으로 연신 잠수했다 올라왔다를 반복했다. 점박이물범들이 얘기한 것처럼 인간들은 바다사자나 물범들을 사냥할 것 같은 기미는 전혀 보이지 않았다. 점이와 박이의 말이 맞는 것 같았다. 하지만 인간들 근처는 얼씬도 하기 싫었다.
 그때 갑자기!
 강치는 물속에서 커다란 뭔가가 자기를 향해 솟구쳐 오른다는 것을 느꼈다.
 위기가 감지된 순간, 빠른 속력의 묵직한 덩치가 강치를 들이받았다.
 꼬리를 받친 강치의 몸이 물 밖으로 튕겨져 올라 한 바퀴 반 이상을 공중에서 돌더니 고무로 만든 인형처럼 바다로 떨어졌다.
 큰 바위에 부딪친 것과 같은 충격이 강치의 온몸에 퍼졌다.
 백상아리다!! 독도와 마찬가지로 이곳에서도 백상아리가 있었다. 얼핏 봐도 500-600㎏, 5m는 넘는 큰 놈이었다.
 이정도 크기의 백상아리들은 1톤이 넘는 치악력으로 먹이를 반 토막 내거나, 40㎞/h 속도를 실은 머리로 먹이를 들이받아 기절시켜 잡아먹는다.
 강치는 겨우 정신을 차리고 귀를 쫑긋 세우고 눈을 크게 떴다.
 강치가 백상아리의 위치를 파악하려고 뒤를 돌아보는 순간 이번에는 백상아리의 이빨이 강치의 옆구리를 스쳤다. 살짝 스쳤지만 옆구리에서 흘러나오는 피는 바닷물로 금방 퍼졌다.
 설상가상으로 피 냄새를 맡고 다른 백상아리가 나타났다. 이놈도 언뜻 봐도 4m는 족히 넘는 백상아리였다.
 강치는 한 마리도 아닌 두 마리의 백상아리들한테 쫓기는 상황이 되었다.

제3막 바다의 심연으로

두 마리의 백상아리는 강치를 사이에 두고 빙글빙글 돌며 상대방을 탐색하는 듯했다.

그렇게 몇 바퀴를 돈 두 번째 백상아리는 먼저 온 백상아리의 주위를 점점 크게 돌며 멀어지더니 안 되겠다 싶어 이내 머리를 돌려 성급히 도망가듯 사라졌다.

물속을 헤엄치는 속도는 바다사자도 빠르지만 백상아리를 따돌리기는 역부족이었다.

어린 바다사자는 갑자기 힘을 내더니 허리를 U 자로 굽혀 급선회해 백상아리 꼬리 쪽으로 바짝 붙었다.

바다사자 같은 기각목 해양포유동물들이 백상아리에게 잡아먹히지 않고 도망치려면 최대한 백상아리 꼬리를 따라 헤엄치다가 백상아리가 지치면 도망가는 방법이 최선이었다.

강치도 어릴 적부터 아빠한테 배운 생존 방법이었다. 허리를 굽혀 방향전환을 할 수 없는 백상아리한테 잡아먹히지 않는 유일한 방법.

하지만 이 방법도 백상아리보다 체력적으로 더 버틸 수 있어야 했다.

앞서 쫓아가는 백상아리가 더욱더 성난 꼬리짓으로 물보라를 일으키며 최대한 원을 작게 그리며 어린 바다사자를 쫓았다.

강치의 아직 회복이 덜 된 꼬리는 큰 힘을 낼 수가 없었고 옆구리에서는 피가 나고 있었다.

'힘이 점점 빠진다…. 참아야 한다. 백상아리가 지칠 때까지 참고 계속 헤엄쳐야 한다….'

강치는 한계에 다다랐다. 네 개의 지느러미들도 이제 맘대로 움직여 주질 않았다.

백상아리는 먹잇감이 지쳤다는 걸 알고 이빨을 드러내며 어린 바다사자를 반 토막 낼 기세로 달려들고 있었다.

그 순간, 갑자기 백상아리가 멈칫하더니 방향을 바꿔 강치와 멀어졌다.

강치는 이때다 싶어 온 힘을 다해 백상아리 반대쪽으로 헤엄치기 시작했다.

근데 아뿔사…….

백상아리의 지느러미보다 더 크고 더 우뚝 솟은 검은색 지느러미가 강치 쪽으로 다가오고 있었다.

범고래다!!

그것도 백상아리보다 훨씬 큰 범고래였다. 범고래는 바다사자한테 백상아리보다 더 위험한 존재였다. 잔인한 천적이었다.

다 자란 수컷 범고래의 크기는 9m에 가깝고 몸무게는 8톤을 육박한다. 이 범고래는 그보다 더 커 보였다.

백상아리는 이 범고래를 보고 피한 것이 확실했다.

하지만 강치는 백상아리나 범고래로부터 더 이상은 도망갈 힘이 남아 있지 않았다. 강치의 몸은 의지와는 달리 자꾸 물 위로 떠올랐다.

 강치는 이번에는 온 힘을 다해 범고래의 반대 방향으로 헤엄치려 머리를 돌렸다.

 하지만 범고래 반대 방향에서도 백상아리의 등지느러미가 물살을 가르며 강치를 향해 돌진하고 있었다.

 백상아리가 도망가지 않은 것이었다.

 범고래를 피해 도망가는 척하다가 범고래의 눈을 피해 크게 선회하여 강치를 사이에 두고 범고래 반대편에서 기회를 노리고 있었던 것이다.

 눈동자가 없는 허연 눈과 시뻘건 입이 강치 바로 눈앞에서 솟구쳐 올랐다. 300개도 넘는 백상아리의 이빨이 강치를 향해 다가온 순간 강치는 눈을 꽉 감았다.

 '퍽!!!!!!!!!!'

 둔탁한 소리와 커다란 물 파장과 함께 500kg도 넘는 백상아리가 물 위로 튕겨져 올랐다 떨어졌다.

 범고래가 꼬리지느러미로 백상아리의 몸통 중앙을 아래서 위로 때려 쳐 올린 것이었다.

 범고래와 백상아리는 바닷속 최상의 포식자들이다. 그래서 서로의 영역으로 잘 침범하지 않고 각자의 사냥을 하며 서로에게 위협을 주지 않는다.

 그런데 환경오염 등 여러 가지 이유로 바닷속 먹이 개체수가 현저히 줄면서 덩치가 큰 포식자들의 먹이 수급이 예전만큼 원

활하지 않은 게 현실이었다.

 특히나 서해 바다에는 바다사자나 점박이물범들이 개체수가 거의 없다시피 해 백상아리와 범고래들은 이런 먹잇감을 맛본 지 오래됐다.

 이럴 때 시절 모르는 어린 바다사자가 밤바다를 헤엄치고 다닌 것이다.

 그것도 굶주린 백상아리의 영역을 말이다.

 배를 곯은 지 여러 날이 되는 백상아리의 후각에 걸린 바다사자의 냄새는 포기할 수 없는 먹잇감이었다.

 특히 밤 시간에 돌아다니는 어린 바다사자는 너무나도 좋은 야식거리가 아닐 수 없었다. 바다사자의 지방은 백상아리가 10일 이상은 버틸 수 있게 해 주는 **훌륭한 에너지원**이었다.

 또한 범고래에게도 바다사자는 이보다 좋을 수 없는 먹잇감인 것은 당연했다.

 그러니 싸울 수밖에….

 백상아리와 범고래의 싸움으로 잔잔했던 바다는 폭풍우가 치는 것 같은 큰 파도가 일었다.

파도는 다행히도 강치를 싸움 한복판에서 밀어냈다.

기진맥진한 강치의 눈꺼풀이 자꾸 감겼다.

저 멀리 인간의 배가 보였다.

그 배는 강치 쪽으로 빠르게 다가오고 있었다. 이번에는 인간으로부터 도망가야 했다. 독도에서의 인간들이 생각났다.

몽둥이에 묻은 엄마의 피… 불꽃을 내뿜던 인간의 총….

강치는 인간의 배가 오는 반대 방향으로 몸을 돌렸지만 그 자리에 멈춰 버렸다. 뒤에서 백상아리가 또다시 입을 벌리고 다가오고 있었기 때문이었다.

강치는 백상아리를 피해 인간의 배로 헤엄쳤다. 파도에 밀려 배 뒤쪽에 부딪혔다.

"이리 와. 이쪽으로 와. 힘내!"

인간들의 목소리였다.

하지만 힘이 빠진 강치는 또 다른 파도에 밀려 인간의 배를 지나쳐 흘러갔다.

강치의 눈에 손짓하고 소리치며 바라보는 인간들이 보였다. 그들의 눈빛은 독도에서 자기들을 무참히 학살하던 인간들과는 달랐다.

탐욕에 이글거리는 눈빛이 아니라 엄마가 죽어 가면서 자기를 쳐다보던 그런 느낌의 눈빛이었다.

백상아리의 꼬리지느러미가 수면을 가르며 빠르게 다가오고 있다. 강치는 선택을 해야 했다.

제3막 바다의 심연으로

강치는 순간 몸을 돌려 인간의 배로 죽을힘을 다해 헤엄쳤다. 뱃머리에 다다라서 뛰어오르려 했지만 높은 선체 벽에 부딪히면서 다시 바닷속으로 떨어졌다.

인간들은 배 뒤편에 있는 계단 쪽으로 손짓을 하며 강치를 유도했다. 인간의 의도를 겨우 알아차린 강치는 뒤쪽으로 가서 배의 계단을 앞지느러미로 밟고 올라오려 했다.

그 순간 강치의 꼬리 쪽을 공격하려는 백상아리의 입이 물 밖으로 튀어나왔다.

'빠각'

인간 중 한 명이 막대기로 백상아리의 머리를 때렸다. 백상아리가 맥없이 물속으로 사라졌다.

강치는 그 틈을 타 온 힘을 다해 보트 위로 올라왔다. 백상아리도 다시 등지느러미를 물 밖으로 내보이며 탐사선 주위를 돌았다.

인간들과 강치는 아무 말 없이 숨죽인 채 백상아리를 바라봤다. 탐사선 주위를 돌던 백상아리는 범고래의 커다란 등지느러미가 큰 원을 점점 좁히며 다가오는 것을 알아차리고 바다사자를 포기하고 배로부터 멀리 도망쳤다. 백상아리의 위치를 확인한 범고래도 배 주위를 크게 한 바퀴 더 돌더니 뒷모습을 보이며 사라져갔다.

'작살'

등지느러미를 통과해 등 가운데에 꽂힌 작살. 바로 킬러였다.

'킬러가 나를 도와준 건가?'

강치는 킬러가 사라진 쪽에서 눈을 뗄 수가 없었다.

아까 막대기로 백상아리를 때린 인간이 물안경을 쓰고 바닷속으로 머리를 집어넣었다. 그때 비명을 지르며 온몸을 떨었다.

옆에서 지켜보던 다른 인간이 너무 놀라 다급한 몸짓으로 머리를 바다로 처박고 있던 인간의 다리를 잡고 끌어 올렸다.

"프하하하…"

"놀랐자나, 야이 ×끼야. 심장이 목구멍으로 나오는 줄 알았네!!! 백상아리가 입을 벌리고 있을지도 모르는데 바닷속에 어떻게 머리를 밀어 넣냐???!!"

"아까 상어가 도망친 거 보고 들어간 거지"

강치한테 젊은 여자가 다가 왔다. 그러곤 여자의 손이 강치의 머리를 향했다. 강치는 뒷걸음쳤다.

하지만 여자의 손이 강치의 머리를 살짝 스쳤다. 여자는 다시 한번 용기 내어 조심스레 손을 뻗어 어린 바다사자의 머리를 쓰다듬었다.

강치는 더 이상 여자의 손을 피하지 않았다.

따뜻하고 부드러운 손이었다. 엄마가 볼을 비빌 때와 비슷한 느낌이었다.

"얘 아가야… 큰일 날 뻔 했네…. 놀랐겠구나. 잠시 여기 있다가 안전해지면 그때 가렴."

무슨 말인지는 모르겠지만 여자 인간의 말과 표정은 참 따뜻했다.

강치는 한참이나 있다가 배에서 내려왔다.

강치를 배에서 내려보낸 인간의 배는 긴 물결을 남기고 강치와 멀어졌다. 강치는 환호하는 인간들을 바라보았다.

아마도 점이와 박이가 얘기했던 보물선을 찾는 유물탐사선과 탐사원인 거 같았다.

"정말 고마워요. 오늘 일을 절대 잊지 않을 게요."

강치는 탐사선이 안 보일 때까지 쳐다보다가 산호동굴로 향했다.

강치가 보물선으로 살그머니 들어왔다.

킬러는 보이지 않았다. 아직 들어오지 않은 것 같았다.

수니아줌마도 캘리도 점이, 박이도 잠들어 있었다.

강치도 빈자리를 찾아 웅크리며 잠을 청했다. 감은 눈에서 눈물이 흘러 보물선의 나무 바닥으로 떨어졌다.

똑.

똑.

똑

12. 백상아리들

밤이 깊어졌다.

산호동굴, 비밀의 산호해변에 사는 바다 생물들이 깊이 잠들어 가는 것과 다르게 먼 바다 깊은 곳 고래 뼈 무덤에 터를 잡고 사는 이 백상아리들한테 오늘 밤은 억울해서 잠이 오지 않는 밤이었다.

"인간들이 왜 내 대갈빡을 때려??? 아니 내가 지들헌티 이빨을 들으댔기를 했어어? 잡아먹기를 했어어??

지들이 우덜 앞마당에서 물괴기를 잡아서 국을 끓여 먹든 보물 캐 가든 내가 뭐라고 한마디라도 했어? 지들 생각혀서 내가 바다 위로 올라가덜 안 혀??? 내 등지느러미 보고 놀래 자빠질까 봐!

그런 내가 바다사자 한 마리 잡것다는디 응? 지들이 뭐라고 거서 몽둥이를 들고 나타나 내 대갈빡을 치냔 말여?"

조금 전 강치를 공격했던 덩치 큰 두목 백상아리가 고래 뼈 무덤 소굴로 돌아와 부하 백상아리들한테 침을 튀기며 열변을 토하고 있었다.

"그리고 내가 말여… 서해 바다 울프여!! 울프!! 내가 뭐 미국 죠스 갸들처럼 무섭게 못해서 안 하는지 아나 비네? 안 하는 겨 내가!! 이 서해 바다의 안녕과 평화를 지키려고 그러는 겨! 알기나 알어? 마져 안 마져?"

"맞습니다! 형님! 무지한 인간들이 형님의 한량없는 은혜와 큰 뜻을 몰라보고 부화뇌동하며 실수한 거 같습니다. 제가 한번 따끔하게 교육시키겠습니다!"

제비가 깔끔하게 대답한다.

"부화뇌… 음 좋은 말이구먼. 제비 넌 항상 맞는 말만 한단 말여!! 역시 내 부하여! 아주 똑똑혀!"

체면이 말이 아니게 구겨진 상황에서 부하의 립 서비스를 받은 울프는 입꼬리가 쓰윽 올라갔다.

"부하뇌…? 어려운 말 쓰지 말어, 이 재수 없는 제비 새끼야! 그리고 야 제비!!! 간지러워서 못 듣것네! 그냥 사투리 써어어, 인마아! 어서 되도 않는 서울말이여. 서울말은?"

울프 옆에 착 붙어서 아부를 떨고 있는 제비를 대가리가 좋지 않은 눈으로 꼬나보았다.

까만색의 날렵한 백상아리가 제비, 앞 이빨이 다 빠지고 머리가 큰 백상아리가 대가리다. 그리고 두목 백상아리는 울프다.

대가리가 제비를 어깨로 쿵하고 밀면서 울프 앞으로 나선다.

"아니 형님! 근디 범고래 그 새끼는 뭐유? 왜 갑자기 우리 구역 나타났대? 그것도 지금은 밤이잔유? 밤바다는 우리가! 낮바다는 지들이! 이게 우리 룰인디…. 어디 우리 형님 식사하실려고 저 고귀한 영체를 이끌고 밤 사냥을 나가셨는디 말여. 어?? 형님 얼굴에 똥칠을 해 쌌고! 형님!! 그 싸가지 없는 범고래 새끼를 내가 가서 이 대가리로 빠악 하고 박아 버려유? 그냥 그 허연 눈탱이를 밤탱이로 만들어서 눈이 어딘지 몸탱이가 어딘지 모르게 깔맞춤을 해 줄라니까… 말만 허요 형님!!! 해유? 말어유?"

흥분해서 머리로 고래 뼈를 쿵쿵 박으며 얘기하는 대가리를 향해 제비가 혀를 끌끌 찬다.

"형님 하시던 말씀 계속하십시오."

"계속혀? 그려 근데 어디까지 하다 말았지? 대가리 너 때문에 까먹었자나 어!!"

울프는 옆에 있던 대가리의 힐끗 노려보더니 꼬리지느러미로 대가리의 머리를 사정없이 때리고 씩씩거린다.

제비가 다시 한번 울프 옆으로 착 붙더니 점잖게 얘기한다.

"요즘 보물 찾는 인간들이 더 극성스러워졌다. 낮에는 한국 애들이, 밤에는 일본 애들이 나타나서 여기저기를 들쑤시고 다니는데 이게 여간 신경 쓰이지 않는다. 보자 보자 하니까 우릴 보자기로 보는 거 같다, 여기까지 말씀하셨습니다."

"제비 니가 가만 가만 있으니까 우리까지 가마니로 보는 거 아녀어? 그리고 오늘 밤에 나타나서 형님을 때린 건 한국 탐사선이야 이 제비 븅신 새끼야!!"

구석에 찌그러져 있던 대가리가 혼잣말처럼 중얼거린다. 제비는 대가리의 말을 듣는 척 마는 척 울프에게 진지하게 얘기한다.

"형님 이걸 어떻게 하는 게 좋을까요?"

울프가 멋진 척 헛기침을 하며 입을 떼려는 순간, 대가리가 눈치 없이 울프의 말을 끊으며 울프와 제비 사이로 끼어들어 왔다.

"너는 그걸 왜 울프 형님한테 물어봐아~~? 형님이 그걸 워쳐케 아러어?? 우리 울프 형님은 말여, 인간들 냄새만 나도 밤에 나가딜 안 혀! 인간들 무서워서 근처에도 안 가! 배가 등짝에 붙어도 사냥을 안 한다니께…. 그날부터 그냥 다이어트여. 우리 울프 형님 허리가 26인치여. 미스코리아 나가도 돼야! 큭큭큭!!"

대가리는 자기 얘기가 재밌는지 신이 났다.

"대가리!!! 내 방으로!!"

대가리는 울프한테 끌려 바위 뒤로 헤엄쳐 들어갔다.

'퍽 퍽 퍽!!!!'

잠시 동안의 소란이 멈추고 바위 뒤에서 울프가 나오고 그 뒤로 고개를 푹 숙인 대가리가 뒤따라 나왔다. 울프가 헛기침을 두어 번 하고 작고 낮은 소리로 말을 시작했다.

"잘 들어 내가 정리를 딱 해줄 테니께…."

울프의 눈꺼풀이 다시 휙 하고 흰자위로 바뀌었다.

"대가리 말이 맞어! 나를 때리고 바다사자 새끼를 태운 배는 한국 인간들의 배였어. 한국 인간들이랑 바다사자… 그리고 범고래라…."

울프의 눈이 회까닥하고 흰자위가 사라지더니 검은색으로 변했다. 그리고 이빨이 보이게 웃었다.

울프가 나쁜 짓을 머릿속에 떠올릴 때 보이는 잔인한 웃음이었다. 그리고 큰 목소리로 백상아리들 무리를 향해 소리쳤다.

"초승달이 뜨는 어두운 밤이 거사일이다!!! 제비!! 알아냈냐?"

"네, 형님! 그들이 사는 동굴로 들어가는 것까지 보고 왔지 말입니다!!"

"잘했다! 그럼 바다사자 새끼를 잡아서 애피타이저로 먹고 범고래로 배를 채운 다음 우리가 보물과 보물선 왕국을 차지하는 거야. 그리고 나서 보물선을 찾아 들어오는 인간들을 잡아 디저트로 만찬을 즐기는 거야 …캬캬캭캬캬."

대가리가 빙글빙글 돌며 흥분해서 소리쳤다.

"그럼 우리도 미국 백상아리들 같은 죠스가 되는 건갑유?? 오예 오예, I am jaws."

"그렇지…. 우리는 바다의 빌런에서 공포의 식인 백상아리로!!!!!!"

울프는 바다 수면 위로 보이는 달 쪽으로 고개를 들어 울부짖었다.

"우우우워우어어워~"

백상아리들의 검은 그림자가 어두운 밤바다 속을 어지러이 움직이며 피의 사냥을 기리는 군무를 췄다.

제3막 바다의 심연으로

산호해변, 다들 잠든 깊은 밤이었다.

"어!!! 으으으… 이, 인… 인간들… 백상아리…… 도망쳐, 도망쳐…. 엄으으으…."

언제 다시 돌아왔는지 보물선 뒤에서 킬러의 잠꼬대인지 신음 소리인지 모를 소리가 들렸다.

강치가 선잠이 들었다가 놀라 기겁하여 구석으로 가 웅크렸다. 자다 깬 수니도 강치 옆으로 와 강치를 다독였다.

"맨날 밤마다 저런다…. 놀라지 않아도 돼, 강치야."

강치는 좀 전에 바다로 나갔다가 벌어진 일을 수니 아줌마한테 얘기했다.

"강치야 밤에는 맘대로 나가면 안 된다. 밤바다는 무서운 곳이야. 너도 이제 알았지? 이제 자라, 아까 백상아리한테 받친 데는 괜찮니?"

"괜찮아요. 범고래… 킬러… 덕분에 살았어요…."

강치는 킬러를 바라보았다. 킬러 등에 꽂힌 작살로 눈이 갔다. 수니도 강치가 바라보는 킬러의 등으로 시선이 갔다가 다시 강치를 바라보며 얘기했다.

"킬러는 다들 잠이 든 밤이면 헤어진 자기 가족들을 만날 수 있을까 하고 산호동굴을 나가 바다를 헤엄쳐 다닌단다. 그러다가 위험에 빠진 너를 보고 구했던 거 같다. 너를 자기 같다고 느꼈을 거야. 가족을 잃고 헤매는….

그리고 킬러는 언젠가는 가족들을 꼭 만날 거라고 굳게 믿고 있단다. 티는 내지 않지만 아도나이님께 항상 기도하고 있지. 가족들을 다시 만나게 해 달라고 말이야."

강치는 수니의 얘기를 들으면서 아빠가 믿었던 아도나이님이 생각났다.

"아빠도 아도나이님은 우릴 항상 지키시고 도와주신다고 했어요."

수니는 하늘을 올려다보았다. 그리고 나지막이 노래를 불렀다.

"아름다워라 나의 사랑 아름다워라
너울 속 그대의 눈동자는 비둘기 같고 그대의 머리채는
울돌목 사이로 헤엄쳐 내려오는 반짝이는 물고기 떼 같네.

스닐얼 꼭대기에서 스닐과 헤르몬 협곡까지,
사자들이 사는 굴에서 표범들이 사는 언덕에서 내려오라
사랑하는 아들아 사랑하는 내 딸아
내 사랑의 열심이 너를 지키리라
너희와 함께 걸어가는 아름다운 내 사랑을 맞이하라

북풍아 불어라 남풍아 일어라 나의 동산으로 불어오너라
그 향기 풍겨라 사랑하는 나의 임이 이 동산으로 와서
맛있는 과일을 즐기게 하여라"

처음 듣는 노래였지만 아도나이를 사랑하는 수니의 마음이 가득 담긴 찬양이었다.

노래를 마친 수니가 고백하듯 읊조렸다.

"다들… 누군가의 도움을 받고 죽을 뻔했다가 살아난 적이 있어…. 아도나이님의 열심이시지."

강치는 킬러를 다시 한번 바라보았다. 그리고 강치는 수니가 시키는 대로 보물선 갑판 위에 누워 잠을 청했다.

하지만 잠이 올 거 같진 않았다.

이 상황이 낯설고 무서웠다.

강치의 마음을 살핀 수니가 어느새 강치 옆으로 와 강치에게 말을 걸어 주었다.

"킬러에 대해 궁금하지? 아니, 우리들에 대해 궁금하지? 우리도 여기 온 지 몇 년 안됐는데 참으로 오래된 거 같네…."
 이렇게 운을 뗀 수니의 이야기는 밤이 새도록 천천히 천천히 읊조리듯 흘러갔다.
 수니의 이야기는 범고래 킬러, 바다사자 캘리 그리고 수니 자신의 이야기였다.
 그리고 점이와 박이의 이야기까지.
 이들의 이야기는 아주 어릴 적부터 시작되었다.

제4막

지나온 길, 가야 할 길

13. 앵무새 점박이물범 수니

사쿠라지마의 사쿠라지마 화산 분화구에서 나오는 연기가 한 달째 계속되고 있다. 최근 며칠 동안은 그 연기의 양과 모양이 확연히 달라졌다.

큰 카메라를 든 사람들이 화산을 촬영하러 분주히 돌아다니고 방송 중계차들도 하루에도 여러 번 오갔다. 그래서 그런지 가고시마 수족관을 찾아오는 관객들은 며칠 새 부쩍 늘었다.

일본 규슈 지방의 바닷가 도시 가고시마는 사쿠라지마와 4km 떨어져 있으며, 규모는 작지만 그 매력은 큰 도시 못지않았다. 활발한 화산활동을 하는 사쿠라지마 화산과 마주하는 위치와 이곳 자연의 경이로운 풍경 그리고 관광객들이 만드는 이국적인 분위기가 조화를 이루며 특별한 장소가 되었다.

특히 화산에서 뿜어져 나오는 연기와 그 웅장한 모습은 많은 사람들에게 신비로운 매력을 발산했다.

사쿠라지마 화산과 가고시마 수조관. 이 두 가지 요건으로 가고시마는 일본 내에서 관광수입으로도 꽤 상위권에 속했다.

특히 가고시마 수조관 안에는 가고시마를 일본에서 꽤 유명한 관광도시로 꼽히게 만든 인기스타가 있었다.

그 인기스타는 바로 앵무새 점박이물범 수니였다.

수니는 어릴 적부터 이 가고시마 수족관에서 살았다. 이곳에서 태어나서 아주 새끼 때부터 인간들의 구경거리로 살았다.

불행하게도 수니의 아빠는 병들어 먼저 세상을 떠났고 짝을 잃어 듀엣공연을 할 수 없게 된 엄마는 다른 동물원으로 옮겨졌다. 하지만 수니는 엄마를 따라가지 못하고 어린 나이에 혼자가 되었다.

다 큰 물범이나 바다사자들은 조련사들의 훈련을 받고 공연을 해야 했지만, 수니는 너무 어린 탓에 유리관 안에 있어야 했다. 하지만 유리관 안에서 노는 것만으로도 인간들의 귀여움을 받고 돈벌이가 되는 수족관의 인기 동물이었다.

그때 옆방에 나이 든 앵무새 캐롯이 살고 있었고 수니와 캐롯은 많은 시간을 함께 보냈다.

인간들의 말 중 간단한 문장 정도는 완벽한 발음으로 따라 하는 캐롯은 가고시마 수족관에서 꽤나 인기 있는 동물이었다.

그런 앵무새 캐롯이 점박이물범 수니를 사랑하였다.

노래도 불러 주고 어두운 밤이면 수니가 잠들 때까지 이야기도 해 주었다.

수니는 캐롯이 인간들의 말을 하는 것이 너무나 근사해 보였다. 수니는 인간의 말을 따라 하는 캐롯을 따라 했다. 신기하게도 따라 했더니 따라 해졌다. 캐롯도 열심히 가르쳐 주었다

어느 날부터 수니의 인간의 말은 캐롯만큼은 못했지만 사람들이 알아들을 수 있을 정도로 실력이 많이 늘었다.

그러다 우연히 수니가 인간의 말을 하는 것이 조련사들에 의해 발견되었다. 수족관의 모든 이들이 너무 깜짝 놀랐다. 그도 그럴 것이 점박이물범이 앵무새처럼 인간의 말을 따라 하니 신기하고 신기했다.

방송국과 신문사에서 한바탕 취재소동이 일어난 후 수니는 '앵무새 점박이물범 수니'라는 닉네임을 가지고 가고시마 수족관의 귀염둥이이자 수족관의 인기 스타가 되었다. 매스컴을 접한 많은 사람들이 수족관을 찾아왔다.

수니는 참 행복한 시간을 보냈다.

그러는 사이 시간이 많이 흘렀고 수니도 나이가 들어 아줌마 앵무새 점박이물범이 되었다.

그만큼 사람들도 '말하는 점박이물범'에 익숙해졌고 더 이상 신기해하지 않았다.

수니도 사람들의 호응이 예전만큼 달콤하거나 우쭐될 정도로 좋진 않았다. 나이가 들어 만사가 심드렁해진 아줌마 수니는 사람들이 아무리 말을 시켜도 인간의 말을 잘 따라 하지 않았다.

그러는 사이 가고시마 수족관에서는 이제 갓 어린 티를 벗은

암컷 바다사자 캘리와 아성체 범고래 킬러의 액티브한 수중 쇼들이 수니의 인기를 빼앗아 가 버렸다.

"바까야로!!! 그 노무노 인기 개나 줘 버려데쓰…. 아무짝에도 쓸모가 업스므리다."

수니는 목소리도 걸걸해졌다. 목소리처럼 입담도 걸걸했다.

수니의 인기가 예전만큼은 아니었지만, 왕년의 인기 스타로서의 아우라와 카리스마는 여전했다. 수니의 카리스마는 억압적이지 않고, 오히려 따뜻하고 애정이 가득했다. 부드럽고 온화한 수니는 주변의 모든 이들에게 편안함과 사랑을 전했다.

이런 수니를 캘리와 킬러는 깊이 좋아하고 따랐다. 수니도 이 둘을 자식처럼 대했다. 서로가 서로를 사랑하고 의지하며 지내는 그들의 모습은 마치 가족처럼 따뜻하고 끈끈했다. 수니는 캘리와 킬러와 죽을 때까지 함께 사는 것이 소원이었다.

수니의 사랑 때문에 어린 바다사자 캘리와 범고래 킬러한테는 가고시마 수족관의 제1, 제2 수중 쇼 풀장은 항상 따뜻하고 행복한 집이었다.

제2 수중 쇼 풀장의 범고래 킬러의 쇼가 끝난 후 관광객들은 다음 볼거리를 향해 우루루 서둘러 나갔다.

관광객들이 흘린 과자 부스러기를 주워 먹으려는 갈매기들이 조명탑 위에서 기다렸다가 풀장 주변으로 내려앉았다.

갈매기들은 바닥에 떨어진 과자 등을 쪼아 먹으며 수족관 동물들을 향해 한마디씩 했다.

"니들은 거기 갇혀서 맨날 물속에서 쇼를 하면서 사는 게 괜찮니? 우리는 하늘을 날며 가고 싶은 곳으로 가고… 자고 싶을 때 자고, 먹고 싶을 때… 먹… 음… 아무튼 니들 참 불쌍하다."

킬러는 갈매기들의 우쭐대며 거만 떠는 게 매우 못마땅했다. 킬러는 늘 속으로 그들을 혼내 줄 생각을 하고 있었다.

'인간들이 흘린 음식이나 주워 먹는 주제에… 말만 번지르르하게 하고 똥만 많이 싸는 갈매기들, 걸리기만 해 봐…. 내가 다 잡아먹어 줄 테니까.'

킬러는 예전부터 갈매기를 잡으려고 몇 번을 덤벼 봤지만 갈매기들도 맹탕은 아니기에 그리 쉽게 잡히진 않았다.

그래서 갈매기들도 킬러를 항상 경계하며 놀려 댔다.

어느 날 킬러는 한 갈매기가 풀장 물가 가장자리까지 내려와 조련사가 흘리고 간 작은 정어리 한 마리를 잡아채 가는 것을 보았다.

경계심이 많아서 물가까지는 내려오지 않는 녀석들인데 정어리의 유혹을 이길 수 없었던 것 같았다.

킬러의 입가에는 씨익 하고 보일 듯 말 듯 한 미소가 생겼다가 사라졌다. 그 순간 킬러의 머릿속에는 오랫동안 벼려 왔던 갈매기 놈을 끝장낼 작전이 떠올랐던 것이다.

흐린 날이었다. 수족관을 찾은 사람들이 그리 많지 않았다. 이런 날은 갈매기들은 주워 먹을 먹이들이 많지 않아 항상 배가 고프다. 풀장 지붕에서 기다리던 갈매기들은 공연을 끝낸 조련사가 나가자마자 사람들이 앉아 있던 스탠드로 내려앉았다. 사람들이 뭐 좀 떨어뜨린 것이 없나 살피며, 다른 놈들보다 먼저 먹이를 먹으려고 분주하게 날개를 푸드덕거리며 이리저리 바빴다.

킬러는 여유롭게 풀장을 크게 한 바퀴 돌았다.

평소보다도 한껏 여유를 부리며 헤엄을 치지만 사냥감을 살피는 바다 포식자의 눈은 더 까맣게 변해 번뜩였다.

그의 눈은 한 갈매기에 고정되어 있었다.

풀장 물가 가장자리까지 내려와 호기를 부리는, 평소에 제일 깝죽거리는 회색 깃털이 유난히 짙은 놈.

킬러는 모든 갈매기들을 싫어했지만 유독 깐족대던 회색 깃털 놈을 가장 못마땅해했다.

수족관 주변 유리벽을 따라 헤엄치던 킬러는 난간에 앉아 있는 하얀 갈매기를 향해 입을 크게 벌리고 달려들었다.

'턱'

빈 이빨 부딪히는 소리가 수족관을 쩌렁대로록 크게 울렸다. 하얀 갈매기는 쉽게 킬러의 입을 피해 하늘로 날아올라 바로 옆 난간에 다시 내려앉았다.

허탕 치는 킬러를 보고 회색 깃털 놈이 고개가 하늘로 젖혀질 정도로 크게 웃어 댔다.

"키킥 킥킥 키키 끼익. 뭐냐 장난 치냐…. 야 덩치!! 넌 우리한테 안 된다니까!!"

하지만 킬러의 입은 보일 듯 말 듯 미소가 번졌다.

킬러의 눈은 회색 깃털 놈을 주시하며 입은 무언가를 준비하듯 오물거리며 옴짝달싹했다.

킬러는 공연이 끝나고 조련사들이 상으로 주었던 작은 정어리를 먹지 않고 입안에 감춰 두었다. 갈매기들이 너무나도 좋아하는 정어리를 미끼로 회색 깃털 놈을 잡을 계획을 세워 두고 있었다.

아까 난간에 앉아 있던 하얀 갈매기도 회색 깃털 놈을 안심시키고 속이기 위해서 일부러 안 잡으면서 허탕 친 이빨 소리만 크게 낸 것이었다.

큰소리치고 허세를 부리고 있지만 회색 깃털 놈의 두 발은 범고래와 일정 간격을 계속 유지하기 위해 분주히 움직였다.

'푸드득 푸드득'

'키익 끼-익'

그때 옆에 있는 갈매기 두 놈이 과자를 발견하고 서로 먹이를 먹겠다고 싸웠다. 회색 깃털 놈의 시선이 잠깐 그쪽으로 향했다.

킬러는 그 회색 깃털 놈의 시선이 잠깐 다른 곳으로 간 사이를 놓치지 않고 입안에 숨겨 두었던 작은 정어리를 물가와 비스듬한 바닥이 만나는 경계에 '퉤' 하고 뱉어 놓고 뒤로 물러났다. 그러곤 다른 곳을 쳐다보는 척했다.

과자를 놓고 싸우는 두 놈이 회색 깃털 놈보다 정어리를 먼저 발견하고 흥분해서 소리쳤다.

"끼륵 끼륵 끼이이"

그리곤 소란스레 서로의 날개를 부딪히며 부리나케 정어리를 향해 뛰어갔다. 회색 깃털 놈이 깜짝 놀라 두 놈이 향하는 곳으로 시선을 돌렸다.

'정어리다!!'

회색 깃털 놈도 정어리를 발견했다. 두 놈들보다 먼저 정어리를 부리 속으로 넣어야 했다. 정어리와 경쟁자들 때문에 회색 깃털 놈은 범고래가 앞에 있다는 것도 까먹었다. 고개를 쭉 빼고 두 다리에 힘을 주어 앞으로 나아갔다. 출발은 늦었지만 조금 더 가깝게 있던 회색 깃털이 두 놈보다 빨랐다.

킬러의 눈이 번뜩였다. 킬러의 꼬리지느러미가 힘차게 물을 밀어내더니 순간 엄청난 속도로 앞으로 나아갔다.

'터억!!!!!'

킬러의 입이 크게 벌렸다가 빠르게 닫혔다.

회색 깃털 놈이 사라졌다.

몸의 반 이상이 수변으로 올라온 킬러는 조용히 후진해 물속으로 잠수했다.

잠수하는 킬러의 입꼬리 밖으로 회색 깃털 놈의 오른쪽 날개 끝이 살짝 보였다가 그마저도 물속으로 사라졌다.

제2 수중 쇼 풀장은 시간이 멈춘 듯 고요해졌다.

회색 깃털 놈의 존재는 이제는 가고시마 수족관 제2 수중 쇼 풀장에는 없다. 아니 세상 어디에서도 더 이상은 볼 수 없게 되었다.

그러곤 갈매기들은 새답게 방금 회색 깃털한테 일어난 무시무시한 일을 다 까먹고 정어리를 향해 달려들어 서로 먹으려고 난리법석을 떨었다.

킬러는 지능이 높은 범고래였다.

범고래 중 인간의 5-7살 정도의 어린아이 정도의 지능을 가지고 있는 범고래도 있다. 서로서로 그들만의 언어를 사용하여 작전이 필요한 무리사냥까지 가능할 정도이다.

될성부른 나무는 떡잎부터 알아본다고, 킬러는 수족관에 온 새끼 때부터 영특했다.

구경하러 온 인간들한테 입으로 물총을 쏴서 골탕을 먹인다든가, 쇼를 진행하는 조련사를 장난삼아 물속에 빠뜨린다든가, 먹이를 더 많이 줄 때까지 조련사를 물고 안 놔준다든가… 하는 머리 좋고 장난기 많은 행동을 밥 먹듯이 하였다.

당연히 인간들 앞에 쇼를 할 때도 관광객들의 박수를 절로 치게 하여 조련사들을 감탄하게 만들 때가 많았다. 별 다를 게 없어 보이는 행동도 타이밍을 어떻게 잡느냐에 따라 달라지는데 킬러는 타이밍을 계산하고 행동할 줄 알았다.

킬러는 그렇게 가고시마 수족관에서 인기 스타로 어린 시절을 보내며 살고 있었다.

더 어릴 적 헤어진 가족들을 그리워하며.

14. 실패한 해안 상륙 사냥

킬러가 태어난 지 1년이 조금 넘었을 때였다.

범고래는 태어날 때 보통 2m, 180㎏ 정도였다가 1년이 지나면 3m 정도로 성장한다. 범고래의 새끼가 1년을 넘기고 생존하며 커 가는 건 그리 흔한 일도, 쉬운 일도 아니다.

게다가 킬러는 또래보다 더 컸고 머리가 좋고 활동적이었다.

그래서 우두머리와 엄마 범고래는 킬러가 아직 젖을 뗀 아성체 범고래가 아님에도 불구하고 사냥에 데리고 나왔다.

이날의 사냥 대상은 점박이물범이었다.

무리의 우두머리가 전날 한 마리 물범을 발견하고 바로 사냥하지 않고 몰래 뒤를 밟아 물범 서식지를 발견했다.

무리의 13마리의 범고래가 며칠 동안 먹이 걱정 없이 살려면 한 마리만 잡아서는 해결이 되지 않음을 우두머리는 너무나 잘 알고 있었기 때문이다.

물범 무리들은 육지에서 그리 멀지 않은 곳에 위치한 작은 섬 모래 해변에 40-50마리정도가 무리지어 있었다.

'커엉 커엉'

물범 무리들도 범고래 무리들의 냄새를 맡고 해안가에 앉아 있기만 할 뿐 바다로 헤엄치러 나오질 않았다.

물범의 우두머리로 보이는 커다란 덩치의 수컷 물범은 무리들이 바다로 들어가지 못하게 연신 커엉커엉 대며 위험을 알리고 단속을 하고 있었다.

해가 뜰 때부터 시작된 사냥은 기다림으로 바껴 이제 해가 뉘엿뉘엿 바닷속으로 들어갈 때까지도 계속되었다. 젊은 범고래들은 배고프고 지쳐서 연신 바다 위로 올라와 화풀이하듯 머리 위 분수공으로 물을 내뿜었다.

그걸 보고 있는 점박이물범들은 더욱더 바닷속으로 들어올 생각을 하지 않았다.

13마리의 범고래 사냥꾼들은 우두머리를 바라보았다.

우두머리의 결정을 기다리고 있는 것이었다.

범고래는 수컷보다도 암컷이 훨씬 오래 살고 그만큼 경험도 많았다. 그래서 나이 든 암컷이 모계사회를 구성하고 이끌었다.

이 13마리의 범고래 무리의 우두머리는 50살이 넘은 할머니 오르쿠스였다.

오르쿠스는 결정을 하였다. 그리고 무리들한테 지시했다.

범고래는 다른 동물들과는 달리 좀 더 우월하고 특별한 그들만의 언어를 사용하며 어미가 자식에게, 우두머리가 동족에게 학습시킨다.

작전을 짜는 모습은 인간들에게도 많이 목격되어 학계에서도 언어를 가지고 소통을 하는 지능적 동물로 인정되고 있다.
'끼이익 끼이 끼이익 끼익 끼이이이이 끼끼익 찌르리 끼이 끼익'
인간의 모스부호 같은 길고 짧은 범고래의 언어가 무리들 사이에서 부딪혔다.
해변 상륙 사냥.
우두머리 할머니 오르쿠스가 무리를 향해 뱉은 작전이었다.
해변 상륙 사냥이란 범고래들의 대표적인 사냥법이기보다는 매우 극소수만이 사용하는 전술이고 위험이 따르는 사냥법이라 노련한 범고래일지라도 여간해선 잘 취하지 않는 사냥법이었다.
바다사자나 물범 등 먹이생물들이 해변에서 번식할 때 이들의 새끼들이나 약한 먹이를 사냥하는 방법인데, 모래 해변 위로 돌진하여 먹이를 낚아챈 후 밀려 나가는 파도를 타고 바다로 돌아가야 했다.
자칫 잘못하면 먹이를 물었다 해도 모래 해변 위에서 바다로 내려오지 못하고 자기 몸무게에 자기 폐를 눌려 숨을 못 쉬어 죽게 되는 것이다.
이렇듯 해변 상륙 사냥은 여건이 따라 주지 않는다면 사실상 자살 행위였다.

보통의 범고래의 물범 사냥은 헤엄치는 물범을 머리로 받고 꼬리로 쳐 기절시키는 것이 일반적이고 비교적 쉬운 방법이었다.

하지만 물범들이 바다로 나오지 않고 있었다.

오르쿠스는 생각했다.

무리들이 배를 곯은 지 수일이 되었고 눈앞에는 지방이 많아 충분한 열량을 낼 수 있는 훌륭한 먹잇감이 널브러져 있다. 몇 마리만 잡는다 해도 한동안은 먹이 걱정은 하지 않을 수 있었다.

물범들이 바닷속으로 나오지 않는다 하여 다른 먹잇감을 찾아 바다를 헤맬 수도 없고, 젊고 혈기 넘치는 배고픈 범고래들을 설득시킬 수도 없었다.

또한 이런 실전 상황에서 무리들한테 사냥법을 가르치고 자신도 우두머리로서 위치를 곤고히 할 수 있는, 두 마리 토끼를 잡는 좋은 기회가 왔다고 판단하였다.

해변 상륙 사냥은 오르쿠스도 젊을 때 노련한 엄마 범고래들과 함께 사냥할 때 몇 번 해 본 게 다인 익숙하지 않은 사냥법이었다.

그만큼 오르쿠스의 결정도 쉽진 않았다.

하지만 오르쿠스는 자신 있었다. 아니 자신 있어야 했다.

'이 해변은 가능하다. 모든 조건이 딱 맞는 것은 아니지만 성공하면 가족들이 며칠간 물범으로 배를 불릴 수 있다.'

오르쿠스는 이렇게 생각하고 물길이 제일 깊은 수로를 향해 꼬리지느러미를 차며 돌진했다. 기합 소리도 내었다.

"끼이이익!!!"

오르쿠스가 노리는 것은 혼자 떨어져 있는 새끼 물범이었다.

아직 눈이 완벽히 뜨이지 못한 새끼 물범은 오르쿠스의 커다란 입에 그대로 물려 버렸다.

오르쿠스는 때마침 밀려온 파도와 함께 지느러미로 모래와 바닷물을 반대로 밀어내며 경사진 모래사장을 미끄러지듯 뒤로 헤엄쳐 나왔다.

"끼익익 끼익 끼익이 키익!!!!!"

무리들이 일제히 소리치며 환호했다.

오르쿠스는 바로 엄마들을 쳐다보았다. 5마리의 엄마 범고래들이 우두머리의 지시를 받고 출격했다. 오르쿠스의 사냥을 바라본 엄마 범고래들은 오르쿠스보다 더 힘찬 꼬리짓과 큰 소리를 내며 해안 경사면을 올랐다. 그리고 각자 크고 작은 새끼 물범들을 물고 왔다.

오르쿠스는 흐뭇했지만 긴장을 늦출 수는 없었다.

썰물이 다가오고 있고 파도는 점점 더 세지고 있었다.

이번에는 젊은 수컷들의 차례였다. 젊은 수컷들은 긴장을 주체하지 못하고 자기들의 사냥 순서를 기다리는 동안 물 위로 점프를 하고 난리법석이다.

엄마 중 가장 노련한 킬러의 엄마, 올라가 젊은 수컷들을 붙잡고 주의를 줬다.

"정신 차려!!!! 생각보다 파도가 세단 말이야!! 파도와 같이 출발했다가 물이 빠질 때 바로 나와야 한다. 만약 한 번에 잡지 못하더라도 그냥 나와야 해, 안 그러면 바다로 못 돌아와!!!"

엄마 범고래 올라의 묵직한 지시가 젊은 수컷 범고래들의 흥분을 가라앉히고 노련한 사냥꾼의 자세로 바꾸어 놓았다.

젊은 수컷 5마리 중 한 마리만 허탕치고 4마리는 사냥에 성공하고 돌아왔다.

킬러는 안달이 났다. 똑같이 구경만 하는 누나들은 얌전히 있는데 킬러만 이리 뛰고 저리 뛰고 난리였다.

킬러는 허탕 친 형 범고래 주위를 돌며 엄청 놀려 대고 있었다.

"너는 할 수 있을 거 같아??? 아직 젖도 못 뗀 어린놈의 시끼가!!!"

형 범고래도 자신을 놀리는 킬러만큼이나 킬러를 도발하고 있었다. 그러는 사이 달이 떴다.

바닷물은 썰물로 자세를 고쳐 잡고 해안을 모래에게 양보하듯 물러나고 있었다.

환호성을 지르며 저녁 만찬을 기대하는 범고래 무리와는 반대로 해안 안쪽까지 물러난 물범 무리 속에서는 새끼를 잃은 슬픈 울음소리만 파도 소리 사이사이로 새어 나와 모래 위를 흘렀다.

오르쿠스는 이제 돌아가야 할 때라고 무리들한테 지시했다.

"끼이익 끼이익!!"

엄마 올라가 비명 같은 다급한 소리를 내질렀다.

킬러가 해안가로 돌진하고 있었다.

킬러는 혼자 된 새끼물범을 몇 분 전부터 계속 예의주시하고 있었다.

형들을 이기고 싶은 마음이 너무 커진 킬러에게는 오르쿠스의 지시도 어둠도 들리지도 보이지도 않았다.

엄마를 발견한 새끼물범이 해안 안쪽으로 달렸다. 킬러는 다급해졌다.

'형은 못했지만 난 할 수 있다 말이야!!'

킬러는 엄마 올라가 애타게 불렀지만 그 소리가 안 들리는 듯 모래사장으로 돌진했다. 하지만 지금은 썰물이 한참 진행된 후였다.

파도가 힘 있게 왔다 갔다 하기보다는 뒤로 계속 빠지고 있는 힘없는 물때다. 킬러는 썰물의 개념을 아직은 몰랐다.

킬러가 빠른 속도로 해안으로 돌진했다. 킬러의 새까만 눈동자 안으로 새끼 물범이 가득 찼다.

킬러는 새끼 물범의 몸뚱이를 향해 입을 벌렸다.

'딱'

새끼 물범이 킬러의 이빨에서 미끄러지듯 빠져나가며 윗니와 아랫니가 큰소리를 내며 부딪혔다.

킬러도 아직은 새끼였기에 입도 작고 이빨도 크지도 않아 아무리 작은 새끼 물범이라도 한 입에 물기는 역부족이었다.

새끼 물범은 모래 해변 위로 튕겨져 올려졌다. 그리고 도망쳤다.

사냥은 실패였다.

킬러는 그대로 모래사장에 갇혀 버렸다. 범고래 무리들은 썰물 때문에 이제는 보이지도 않을 정도의 거리까지 후퇴해 있었다. 무리의 애처로운 탄식 소리가 검은 하늘에 멈출 줄 모르고 울려 퍼지고 있었다.

얼마의 시간이 흘렀다.

밤하늘을 지켜야 할 별들이 진영을 갖춘 뒤, 오르쿠스는 나지막이 입을 열었다.

"이동하자!!!"

우두머리의 결정이었다. 오르쿠스는 알았다. 킬러는 곧 죽을 것이라는 것을. 엄마 올라와 가족들도 그 사실을 알았다. 몇백 번을 듣고 시뮬레이션했던, 피해야 할 최악의 상황이 벌어진 것이다. 범고래 무리들이 한 마리씩 물속으로 사라졌다.

자리를 뜨지 못하는 올라가 다시 한번 킬러 쪽으로 고개를 돌렸다. 그렇게 잠시 동안 킬러를 눈 속에 담더니 올라도 물속으로 들어갔다.

올라의 울음소리만 아무도 없는 바다 위로 떠다녔다.

'끼이이, 끼이이익.'

킬러는 사냥에 성공하지 못하고 바다로 돌아가지 못해 죽었던 범고래들의 얘기를 많이 들었다.

그 범고래가 과연 내가 될 거라고 어떻게 상상이나 했을까? 킬러는 숨이 잘 쉬어지지 않았다. 자기의 몸이 바닥에 깔린 폐를 짓누르고 있었다. 가느다란 호흡만 가능했다. 발버둥 칠 때마다 바닥에 모래가 눌려 더 단단해졌다. 그리고 몇 번 기절했다가 깼다가를 반복하다가 다시 기절했다. 그러곤 다시 깨어나지 않았다. 점박이물범 무리들도 더 이상 힘없는 범고래 따위에게 신경 쓰지 않고 잠이 들었다.

'철썩, 철썩.'

그리고 몇 시간이 지나 새벽 동이 트기 시작했고, 바닷물도 다시 밀려오기 시작했다. 새벽 어업을 마치고 집으로 돌아오던 어선이 킬러를 발견하고 관청에 알렸다. 그렇게 킬러는 인간들의 손에 구조되어 제일 가까운 가고시마 수족관으로 이송됐다. 오랜 기간 손상된 폐 치료를 거친 후, 건강하게 지금까지 살고 있다. 그리고 가고시마 수족관의 '바다의 포식자, 범고래 킬러'로 거듭났다.

15. 캘리와 봉희

캘리와 킬러는 같은 날, 가고시마 수족관으로 입양되었다. 서로 가족과 떨어져 새로운 환경에 적응해야 했고, 두 마리는 서로를 의지하며 함께 자라났다. 캘리는 미국의 한 수족관을 거쳐 일본 가고시마 수족관으로 오게 되었고, 킬러는 일본 시마네현 해안에서 구조되어 수족관으로 이송되었다. 어릴 적부터 함께 자란 캘리와 킬러는 매일 함께 훈련하고 밥도 나눠 먹으며, 수족관의 하루 일정을 소화했다. 낮에는 각자의 훈련과 쇼에 참여하느라 떨어져 있기도 했지만, 밤이 되면 항상 함께 지냈다. 킬러는 몸이 약한 캘리를 여동생처럼 챙기며 보호했다. 캘리는 한 살도 되지 않은 어린 새끼였을 때 떠다니던 플라스틱 버킷을 가지고 놀다가 몸통에 끼어 버렸다. 그 상태로 1년을 넘게 바다에서 살아갔다.

캘리는 버킷 때문에 몸통 가운데가 쑤욱 들어간 상태로 성장했다. 플라스틱 버킷이 장기를 눌러 목숨을 잃을 위험에 처했을 즈음, 다행히 해양 환경 보호단체에 의해 구조되어 목숨을 구할 수 있었다. 그 이후, 캘리는 인간들과 함께 수족관에서 바다사자 쇼를 하며 살게 되었다.

 가고시마 수족관의 간판 쇼인 '돈키호테와 바다사자 산초의 대모험'이 캘리의 쇼이다. 이 쇼는 우스꽝스러운 인간 돈키호테와 그를 조련하는 바다사자 산초가 펼치는 모험극으로 관객들로부터 많은 사랑을 받았다.

 총 맞고 쓰러지기, 앞발로 눈 가리고 술래 찾기, 돈키호테 똥꼬 찌르기 등 캘리의 연기에 관객들은 박장대소하며 웃음을 터뜨렸다.
 "푸하하하하하하 캘리 최고!!"
 캘리는 이렇게 사람들의 사랑을 받으며 행복하게 살았다.
 하지만 어릴 때부터 몸이 작고 약했던 캘리는 공연을 할 때보다 아파서 회복실에 있을 때가 더 많았다. 킬러는 그런 캘리를 항상 안쓰럽게 생각하며 자신이 강해져서 캘리를 지키고 보살펴야 한다고 생각했다. 캘리 또한 킬러를 오빠처럼 따르고 더 각별하게 생각했다.

 캘리에게 또 하나의 특별한 존재가 있었다. 바로 조련사며 돈키호테인 봉희였다. 봉희는 캘리를 진심으로 아꼈고, 캘리는 그런 봉희를 무척 사랑했다. 봉희는 영국인으로, 본명은 보니였다. 대학생 시절 미국 해양 환경 보호단체 자원봉사자로 활동하던 중 플라스틱버킷에 몸이 끼인 캘리를 발견하고 구조했다. 그 후, 캘리와 남다른 정이 들어 미국에서 일본으로 이송되는 캘리를 따라 가고시마 수족관의 사육사로 취직하게 되었다.

봉희와 캘리는 그때부터 특별한 우정을 쌓아 갔고, 봉희는 노련한 사육사로, 캘리는 능숙한 연기자로 성장해 왔다.
캘리는 오랜 시간 치료를 받았지만, 플라스틱 버킷 때문에 장기가 불균형하게 자리 잡아 소화력도 떨어지고 배변 상태도 그리 좋지 않았다.
그래서 공연을 한번 하면 캘리는 죽은 듯 쓰러져 잠만 잤다. 그럼에도 불구하고 캘리를 지극정성으로 돌보아 주고 사랑해 주는 봉희가 있어 캘리는 조금씩 회복되었다. 옆에는 항상 킬러도 함께했고, 캘리를 사랑해 주는 앵무새 점박이물범 수니 아줌마도 있었다. 그래서 캘리는 항상 웃을 수 있었다. 가고시마 수족관은 캘리에게 따뜻하고 행복한 집이었다. 이곳에서 캘리는 봉희와 킬러, 그리고 수니 아줌마와 함께 나날을 보내며, 사랑과 위로를 받으며 조금씩 강해져 갔다.

바다사자 캘리, 범고래 킬러, 앵무새 점박이물범 수니는 이렇게 가고시마 수족관에서 만나 서로 사랑하며 가족처럼 함께 살아갔다. 그들은 서로에게 큰 힘이 되어 주었고, 매일을 따뜻하게 보내며 행복을 나누었다.
몇 년 후, 사쿠라지마 화산이 폭발하는 사건이 일어나기 전까지 말이다.

제5막

전설이 깨어나다

16. 사쿠라지마 화산

　며칠 전부터 가고시마 수조관에 바다생물들이 이상증세를 보이는 걸 수니는 느꼈다. 다들 불안해하며 안절부절 못하고 먹이도 제대로 먹지 못했다.
　정확히는 알 수 없지만 본능적으로 위험을 느끼는 듯했고 어떤 생물들은 공포감에 부들부들 떨며 몸살을 앓는 개체들도 있었다.
　점박이물범 수니도 이 가고시마 수족관에서는 나이가 꽤 든 축에 속하지만 그녀 역시 거의 모든 생을 수족관 안에서만 살아와서 이런 상황은 처음 경험하는 것이었다.
　그래서 이 원인 모를 불안한 공포감을 다른 젊은 친구들한테 설명해 줄 수가 없었다.
　이런 수족관 생물들의 반응에 노련한 조련사들도 이상하다는 느낌을 받긴 했지만 이유를 알 수 없어 특별한 조치를 취하지는 않았다.
　수족관 생물들은 또 그렇게 그 불안함에 적응하면서 오늘도 똑같은 날을 보내기로 맘먹은 듯 먹이도 평소처럼 지내기 시작했다.

한데… 제일 이상한 건 바다거북 할아범이었다.

평소에도 이 바다거북 할아범은 자기한테 앞날을 예측하는 능력이 있다고 항상 떠들고 다녔다.

"담달부터 먹이가 바뀔 거야."

"얼마 있다가 수족관에 새로운 식구가 들어올 거야."

"조련사 중 한 명이 결혼을 할 거야."

"주말엔 관광객들이 생각보다 많이 올 거야."

등등… 다들 알 만한 시시껄렁한 사실들을 가지고 미래를 예측한다며 하루 종일 떠들어 댔다. 바다거북 할아범의 떠드는 소리에 다들 귀를 막고 살아야 할 지경이었다.

그런데….

그 말 많던 바다거북 할아범이 열흘 넘게 입을 꾹 닫고 수족관 너머 사쿠라지마 화산을 계속 노려보고만 있는 것이다.

다들 말을 안 하는 바다거북 할아범을 의아해했지만 대수롭게 생각하는 이도 없었다.

"이제 고만할 때도 됐어."

"혀가 아픈 걸 꺼야."

"그럴 만도 하지 뭐."

"저렇게 쳐다보다가 갑자기 화산이 터질 거라는 둥 그러겠지?"

"맞아 몇 년 전에도 한번 터졌잖아. 별거 아니었지만…."

다들 한마디씩 하며 바다거북 할아범이 입을 닫아 조용해진 수족관을 반겼다.

그런데… 며칠 전부터 갑자기 입을 열었다. 그러곤…
"도망가 도망가야 해. 물의용이 나타날 거야."
이 말만 계속, 하루에도 수없이 고장 난 녹음기처럼 되풀이해 오고 있었다.

모두들 '나이가 너무 많이 든 바다거북 할아범이 드디어 노망이 났나?'라고 생각했다.
'미쳤네, 미쳤어. 대체 어디로 도망가? 그리고 물의용이 뭐야?'
다들 그냥 그렇게만 생각했다. 하지만 수니 혼자만은 조금 다른 생각을 하고 있었다.
수니는 어쨌거나 나이가 많은 점박이물범이었다. 그만큼 수족관 유리를 통해서라도 세상 돌아가는 것이 어느 정도 파악됐다.
특히 사쿠라지마 화산 분화구에서 연기 양이 많이 올라올 때마다 바다거북 할아범은 입은 더욱 빨라졌다.
그리고 수니의 마음을 더욱 두렵게 했던 건 바다거북 할아범의 눈빛이었다. 특히 '물의용'을 얘기할 때의 눈빛은 너무나도 또렷한 맑은 눈빛이었다. 평소에 흐리멍덩한 노인네의 눈빛이 아니었다.
수니도 자신한테도 느껴지는 이상한 기운이나 화산의 연기의 양이 꽤나 신경이 쓰이며 두려운 마음이 들기 시작했다.
수니의 눈에도 사쿠라지마 화산은 평소와 확실히 달랐다. 수족관 동물들의 행동 또한 얼마 전과는 확실히 달라졌다.
동물들의 직감은 사람들보다 몇십 배는 민감하다.
이유를 알 수 없는 불안감에 수족관 안을 정신없이 왔다 갔다 하고 수족관 아크릴 벽에 부딪히기도 했다.
하지만 인간들은 전혀 이 상황을 인식하지 못하는 듯 보였다.
분명 화산에 무슨 일이 벌어질 거 같았다.
'수족관이 위험하다.'

수니는 더 이상은 잠자코 있을 수만 없어 인간의 말을 해서 조련사들한테 이 위험을 알리기로 마음을 먹었다. 하지만 인간의 말을 따라만 해 봤지 스스로 먼저 인간의 말을 한 적은 없었다.

조련사들이 많이 시켰던 '안녕', '사랑해', '보고 싶어', '밥 먹자', '바보', '멍청이', '진짜' 등은 조금 생각해 보니 할 수 있었다. 하지만 이 상황에서 써야 하는 말은 도통 생각하기가 쉽지 않았다.

하지만 생각하고 또 생각했다. 그리고 마침내 생각해 냈다.

캘리의 공연 중에 봉희가 캘리에게 했던 말이었다. 그 말을 들으면 캘리가 뒤돌아가 빠르게 달려갔다.

바로 '도망가!!'였다.

"도망가아, 도망가아, 도망가아, 진짜아아 도망가아!"

사람의 말을 따라만 해 보았지, 사람의 말을 생각해서 스스로 말을 한 거는 처음이었다.

조련사들은 신기해했지만 그뿐이었다.

"도망가아, 도망가아, 도망가아, 진짜야아 도망가아!"

수니는 자기가 할 수 있는, 최대한의 인간과 비슷한 발음으로 소리치고 또 소리쳤다.

하지만 아무도 수니의 말을 귀담아 듣지 않았다. 수니는 그냥 앵무새 점박이물범이었을 뿐이었다.

그렇게 며칠이 지났다.

'앵~~~~~~~~~~ 앵 애~~~~~~~~~~~~~~~~ 앵'

귀를 찢을 듯한 사이렌 소리.

인간들이 화재나 전쟁 등의 위급 상황을 훈련할 때 울리는 귀 따갑고 신경을 곤두서게 하는 소리이다.

수족관 식구들도 가끔은 들었던 소리지만 이런 새벽에는 처음 겪어 보는 일이었다.

다들 원하지 않는 조기 기상을 했다.

그리곤 수조관 유리 넘어 벌어진 광경을 보고 다들 입을 다물지 못했다.

화산이 폭발했다.

진짜 화산이 폭발했다.

동이 트지 않은 수족관 벽은 화산에서 뿜어져 나오는 용암의 빛으로 온통 붉게 물들어 있었다.

'콰과과광!'

화산의 무시무시한 폭발음이 수족관을 울렸다. 사육사들도 출근하지 않은 시간, 당직 근무자의 발소리와 전화벨 소리만이 급박한 상황을 알리고 있었다.

잠시 후 헬리콥터의 둔탁한 엔진 소리가 수족관 위로 지나가며, 가고시마의 스피커에서 다급한 방송이 울려 퍼졌다.

"사쿠라지마 화산이 폭발했습니다! 긴급 대피 명령을 내립니다!"

하늘은 순식간에 사쿠라지마 화산에서 뿜어져 나오는 화산재와 밀려오는 먹구름으로 가득했다.

'쿠크릉콰콰곽!'

무서운 화산폭발음이 계속해서 수족관을 덮쳤다. 모든 생명체는 그 강력한 충격에 몸을 떨며, 무슨 일이 일어나고 있는지 직감적으로 느끼고 있었다.

지진이 발생했다.

진도 7.2 규모의 강력한 지진이 수족관의 외벽 유리가 깨뜨렸다. 이어 콘크리트 벽이 무너지기 시작하고, 수족관 안의 생물들은 비명을 지르며 요동쳤다. 일부는 물 밖으로 튀어나오기도 했다.

킬러가 있는 제1 수족관과 수니, 캘리가 있는 제2 수족관은 50㎝ 두께의 아크릴 벽을 사이에 두고 맞닿아 있었다.

이 아크릴 벽은 그 어떤 충격에도 끄떡없을 것 같았지만, 이번 지진은 달랐다. 지진은 제1 수족관의 아크릴 벽을 갈라지게 했고, 그 사이로 물이 새기 시작했다.

이윽고 '퍽' 하는 소리와 함께 아크릴 벽이 무너져 내렸다.

"이때야, 헤엄쳐!!!"

킬러가 제1 수족관안 바다생물을 향해 외쳤다.

그러곤 앞장서서 장애물을 헤치고 나갔다. 킬러는 아까부터 하나의 생각밖에 없었다.

'잘못하면 죽는다. 수족관 벽이 터져 무너질 때 쏟아지는 물과 함께 바다로 나가야 한다.'

킬러의 생각은 틀리지 않았다. 수족관의 급류는 물고기들을 바다로 향하게 했고, 그들은 빠르게 바다를 향해 헤엄쳐 갔다. 킬러에게도 마침내 바다가 보였다. 그러나 그의 눈에 가장 먼저 들어온 것은 제2 수족관 속에 갇힌 수니와 캘리였다.

제2 수족관도 금이 가고 물이 새기 시작했지만 아직 완전히 무너지지 않아, 수니와 캘리 등 다른 생물들은 빠져나갈 수 없었다. 수조관의 아크릴 벽보다 먼저 철근 콘크리트 천장이 무너질 것 같았다.

시간은 없었다. 킬러는 급류를 거슬러 헤엄쳐 제2 수족관 쪽으로 달려갔다.

"시간이 없어, 물이 다 새어 빠져나갈 거야!"

수족관 안의 물이 빠르게 빠져나가고 있었다. 제1 수족관에서 빠져나온 물은 아직 내부를 채우고 있었지만 곧 바다로 빠져나갈 것 같았다. 작은 바다 생물들은 부서진 건물 잔해 사이로 빠져나가며 바다로 떠내려가고 있었다.

바다거북 할아범도 바다로 나가며 킬러를 바라보았다.

'빨리 나와, 그러다 죽어.'

킬러는 더 이상 지체할 수 없었다. 다른 수족관 생물들처럼 물을 타고 바다로 탈출해야 했지만, 캘리와 수니를 구해야 했다. 킬러는 물 밖으로 얼굴을 내밀고 크게 숨을 들이마셔 폐 속에 공기를 가득 채웠다.

'흐으읍!'

그리고 다시 한번 힘을 내어 캘리와 수니가 있는 제2 수족관 쪽으로 헤엄쳐 들어갔다.

'쿵!'

킬러가 제2 수족관의 금이 간 아크릴 벽을 머리로 받았다.

'쿵', '쿵', '쿵', '쿵!'

금이 간 아크릴 벽의 날카로운 단면들이 킬러의 머리를 파고 들어가 피가 나게 했다. 하지만 킬러는 멈추지 않았다. 더 강하게 부딪히기 위해 뒤로 물러서서 다시 세게 부딪혔다.

"그만해, 킬러! 그냥 가! 소용없어, 너라도 살아야지!"

캘리와 수니는 온 마음을 다해 킬러를 타일렀다.

"그래, 고만해도 된다, 킬러야! 그러다 다 죽어!"

그들의 목소리에는 간절함과 절박함이 가득했다.

하지만 킬러는 자신만의 탈출을 생각하지 않았다.

그는 몇 번이고 아크릴 벽에 부딪혔다. 잠시 후 아크릴 벽의 틈이 조금씩 벌어지기 시작했고, 마침내 큰 아크릴 벽이 무너졌다. 물이 폭발적으로 쏟아져 나오며 거친 물살이 킬러와 캘리, 수니를 밀어냈다.

그들은 수족관 건물을 빠져 나오는 수족관 물에 휩쓸려 수족관 난간 밑 바다로 떨어졌다.

'풍덩!' '풍덩!' '콰악!'

캘리, 수니, 킬러가 차례로 바다에 떨어졌다. 그들의 몸에 닿은 바닷물은 수족관의 물과는 달랐다. 차갑고 짰다. 수니는 처음으로 바다를 만났고, 그저 신기했다.

하지만 지금의 바다는 너무나 성이 나 있었다. 파도는 엉크렁성크렁대고 바람은 그런 파도를 더욱 부채질했다. 그들은 큰 파도를 피해 바다 아래로 헤엄쳤다. 수족관에서 평화롭게 보았던 바다는 이제 그들에게는 치명적인 위험으로 다가왔다. 가고시마 수족관은 그들이 탈출하는 동시에 물속으로 가라앉았다. 이제 수니, 캘리, 킬러에게는 돌아갈 집이 없었다.

바다는 이전까지의 그들에게는 꿈이었다. 하지만 지금의 바다는 악몽처럼 다가왔다.

"이제 수족관은 없고 바다만이 있다."

바다는 더 이상 꿈이 아닌 살아 내야 할 현실이 되었다.

해가 떴는지 졌는지 알 수 없었다. 하늘은 끝없이 어두웠고, 바다는 계속해서 화를 거두지 않았다.

수니는 두려움에 떨며 아도나이님을 계속 찾았다. 그저 무서워서, 그리고 누구든지 도와주기를 바라는 마음으로 하늘을 올려다보았다.

수니와 캘리, 킬러는 해양 포유류였다.

그래서 그들은 바닷속에서만 살 수 없었고, 주기적으로 물 위로 올라와야만 했다. 하지만 그게 쉽지 않았다. 거세게 밀려오는 파도에 다시 깊은 물속으로 끌려가곤 했다. 바다에서 살아가는 동물들에게도, 지진과 파도가 겹쳐 치는 이런 바다는 공포였다.

기각류 포유류인 캘리와 수니는 바닷속에서 30분 정도 숨을 참으며 헤엄칠 수 있지만, 범고래와 같은 고랫과에 속하는 포유

동물들은 2~3분 정도만 숨을 참을 수 있었다. 킬러는 이미 위험에 처해 있었다.

킬러는 숨을 쉬기 위해 무거운 파도를 뚫고 필사적으로 수면위로 올라와야 했다.

며칠째 성난 파도와 싸웠던 킬러는 이제는 더 이상 물 위로 올라와 호흡을 하는 것이 불가능할 것만 같았다. 수니와 캘리는 킬러의 몸을 필사적으로 밀어 올렸다. 길이가 10m, 몸무게가 8-9톤에 달하는 거대한 킬러를 물 위로 밀어 올리면서 수니와 캘리도 점점 지쳐 갔다.

끝나지 않을 것 같은 무시무시하던 밤이 지나자 파도가 잠잠해졌다. 모두들 너울거리는 수면 위에 떠 있었다. 셋은 기절하듯 잠에 빠져 있었다.

얼마나 시간이 지났는지 모를 정도로 깊이 잠든 캘리와 수니를 거대하고 큰 소리가 깨웠다.

'우우우우우----- 파푸악!!!'

소리가 들린 뒤쪽에서, 아직까지 본 적이 없는 큰 파도가 그들을 덮쳤다. 너무나도 거대한 파도였다. 무방비 상태에 있던 캘리와 수니 그리고 킬러의 몸 위로 떨어진 파도는 그들의 몸을 바다 깊은 곳으로 처박히게 했다.

'이렇게 죽는 것인가….'

수니는 깊은 바닷속에서 눈을 감았다. 주변은 어두웠고, 캘리와 킬러의 모습은 보이지 않았다. 성난 바다는 그들을 숨기고,

그들의 생명 따위는 안중에도 없는 듯했다.

수니는 바다 밑으로 가라앉으며 기도했다.

'아도나이님, 도와주세요….'

그리고 점차 의식을 잃어 갔다.

반면, 캘리는 다행이도 정신을 차릴 수 있었다. 파도가 덮치는 순간, 킬러는 재빨리 캘리 위로 헤엄쳐 올라와 그녀를 막아 주었다. 하지만 그 대가로, 킬러는 큰 파도를 맞고 어디론가 휩쓸려갔다.

"킬러야!!!!! 수니 아줌마!!!"

아무리 물속과 물 위를 오르내리고 주위를 둘러봐도 그들의 모습은 보이지 않았다.

캘리의 절망적인 눈이 바다를 바라봤다. 하지만 바다는 더 큰 절망으로 다가왔다.

왼쪽 바다에서는 또 다른 거대한 파도가 팔을 벌려 덮쳐 오고 있었고, 오른쪽 바다에서는 하늘과 바다를 잇는 거대한 소용돌이가 미친 듯이 돌며 캘리에게 다가오고 있었다.

탈진 상태에 빠진 캘리는 이제 더 이상 파도나 소용돌이를 피해 헤엄칠 수 없었다. 숨이 가빠지고, 점점 바닷물의 무게가 느껴지며 물속으로 잠겨 들어갔다. 그저 바다의 거대한 힘에 휘말려 들어가는 것 같았다.

'그냥 이렇게 끝이 나는 건가?'

캘리는 눈을 감았다.

그리고 먼저 캘리를 집어삼킨 건… 소용돌이였다.

17. 이제 바다에서 살아야 해

'찰랑 찰랑 철썩철썩'
작은 파도 소리가 수니의 귀에 닿았다. 그녀가 눈을 떴을 때, 어딘지 모르지만 폭풍우가 없는 육지라는 것과 '살았다'라는 사실을 깨달았다.
저 멀리 모래 해변 위에 범고래의 지느러미가 보였고, 작은 파도가 밀려올 때마다 그 지느러미가 옆으로 눕다가 다시 일어나는 모습이 반복되었다. 바로 킬러의 지느러미였다.
"아줌마, 수니 아줌마, 수니 아줌마!!!!!"
캘리의 목소리가 멀리서 들려왔다. 힘겹게 헤엄쳐 오며 그녀의 이름을 부르고 있었다.
"캘리야!!!!"
둘은 얼싸안으며 서로의 생존을 확인하고 기쁨을 나누었다.
"저기 킬러도 있어."
캘리와 수니는 킬러가 있는 쪽으로 온 힘을 다해 헤엄쳐 갔다. 킬러는 그동안의 싸움과 탈진으로 제대로 중심을 잡지 못한 채,

계속해서 파도에 의해 옆으로 눕다가 일어나는 상황을 반복하고 있었다. 그는 도움이 필요한 상태였다.

킬러는 수족관에서 캘리와 수니를 구할 때 큰 상처를 입었다. 깨진 콘크리트 벽 파편이 그의 머리 위에 떨어져, 숨구멍인 분수공을 강하게 타격했다. 그 충격으로 숨을 제대로 쉬지 못한 채, 그는 끝없이 밀려오는 파도와 싸우며 버텨 왔다. 그의 몸 상태는 심각했다. 캘리와 수니도 마찬가지였다. 그들은 소용돌이에 휩쓸린 후 떨어져 눈을 뜬 곳이 바로 이 작은 섬이었다. 여기에는 인간도 없고, 그들의 천적도 보이지 않았다. 아직까지는 안전한 곳처럼 보였다.

주변 바닷물은 그리 얕거나 깊지 않아서, 킬러는 물속에 몸을 담글 수 있었다. 바위와 모래가 섬 주변에 있어 수니와 캘리가 몸을 눕힐 수 있는 곳도 있었다. 그러나 킬러의 상태는 여전히 나을 기미가 보이지 않았다. 그의 호흡은 가빠지고, 몸은 계속 중심을 잡지 못하고 있다.

밤이 되자, 수니는 더욱 불안했다. 이 밤이 킬러에게는 중요한 고비가 될 것 같았다. 그녀는 다시 기도했다.

"아도나이님, 킬러를 살려 주세요."

수니와 캘리는 밤새 킬러를 돌보았다. 킬러가 잠이 들면, 둘은 여기가 어디인지, 어떻게 여기 오게 되었는지, 그리고 그 무서운 소용돌이가 무엇이었는지 대해 나누었다. 그리고 막막했지만 이제 어떻게 살아가야 할지에 대해 얘기했다. 수니는 수족관이 그리웠고, 캘리는 봉희를 생각했다.

　캘리는 기억 속에서 소용돌이를 떠올렸다. 하늘에서 내려와 바다에 꽂힌 거대한 소용돌이는 하늘과 바다를 잇는 거대한 물기둥이 되었다. 소용돌이의 위세는 대단했다. 그 소용돌이는 캘리를 덮치려는 커다란 파도마저 그대로 삼켰다. 캘리는 어쩐지 그 소용돌이가 파도를 막아 자신을 살려 준 것 같은 느낌을 받았다. 하지만 캘리는 너무 지쳐 정신을 잃으려는 듯 눈이 자꾸만 감겼다. 캘리는 정신을 차리려고 눈을 겨우 떴을 때, 희미하지만 물기둥 꼭대기에 있는 용의 머리를 보았다. 하얀 물과 파도로 만들어진 거대한 용의 얼굴, 무엇이든 삼킬 것 같은 용의 입이 캘리의 눈앞에 다가왔다. 그리고 용은 캘리를 삼켰다. 그 물의용은 그대로 하늘로 올라갔고 캘리는 정신을 잃었다.

　"나도 나도! 나도 똑같았어! 물의용이었다구!!!"

　수니가 호들갑을 떨며 말했다.

　수니는 물의용이 그들을 이곳으로 오게 만든 것 같다고 확신했다. 캘리도 수니와 얘기하다 보니 소용돌이가 자기를 구해 준 게 맞다는 생각이 들었다. 킬러도 아마 같은 경험을 했을 것이라 믿었다.

　수니는 아도나이님이 물의용이 되어 자신들을 구했다고 생각했다.

　수니와 캘리도 깊은 잠에 빠졌다.

　밤은 지나갔고, 태양이 떠오르며 그들의 무거운 눈꺼풀을 뜨게 했다.

킬러는 밤새 병마와 싸우며 죽음과 맞서 싸웠다. 다행히 죽음의 고비를 겨우 넘겼다.

중심을 잡을 수 있었고 꼬리지느러미도 움직였다. 수니와 캘리는 깨어난 후 환한 얼굴로 킬러에게 헤엄쳐 갔다. 모두는 자신들이 겪었던 무시무시한 지진과 가고시마 수족관에서의 탈출, 죽을 뻔한 파도, 그리고 물의용에 대한 이야기로 한참을 떠들었다. 그때, 캘리의 뱃속에서 소리가 났다.

'꼬르륵'

캘리는 봉희가 생각났다. 이 시간만 되면 봉희가 출근해서 맛있는 아침밥을 가져다주며 자기를 꼭 안아 주곤 했었다.

'봉희한테는 아무 일 없겠지?'

봉희가 걱정되었다. 하지만 지금은 일단 먹을 것을 구해 배를 채워야 했다.

사냥이라는 것은 수니에게는 전혀 경험이 없는 일이었다. 캘리도 아주 어릴 적 기억만 남아 있었고, 킬러는 엄마들이 사냥하는 모습을 보긴 했지만, 낯선 바다에서 혼자서 사냥하는 것은 처음이나 마찬가지였다.

킬러는 모래해안에 남겨 두고, 캘리와 수니는 바다로 헤엄쳐 나갔다.

바다는 수족관과는 확연히 달랐다. 수족관의 물은 깨끗하여 멀리 있는 것까지 보였지만, 갯벌 모래가 섞인 이 바닷물은 겨우 몇 미터 앞 정도만 볼 수 있었다.

캘리는 어릴 때 엄마 아빠와 헤엄치던 맑은 바다를 기억하고 있었고, 수니의 기억 속의 바다는 너무 맑고 아름답기만 하였다. 하지만 이 바다는 기억 속의 바다와는 많이 달랐다.

'파닥!'

먼저 물고기를 발견하고 움직인 것은 캘리였다. 수니도 그 뒤를 쫓아갔다. 그러나 놓쳤다. 빠른 물고기를 잡는 것은 쉽지 않았다.

하지만 바닥이나 바위틈에 숨은 소라나 전복을 잡는 일은 어려운 일은 아니었다.

수니는 마치 숙련된 사냥꾼처럼 큰 새우도 한 번에 낚아채 왔다. 그가 잡은 것들은 모두 처음 맛보는 것들이었지만 꽤나 맛있었다.

킬러도 예상 외로 잘 먹어 주었다.

하루가 먹는 걸로 다 지나갔다.

그렇게 또 하루가 지나고 하루가 지났다.

해가 뜨자마자, 캘리와 수니는 사냥을 하러 떠났다. 그들은 주변 바다와 작은 섬들을 샅샅이 뒤졌다.

확실히 이곳은 가고시마나 사쿠라지마와는 전혀 다른 곳이었다.

정확히 어디인지 알 수는 없었지만, 그들이 가고시마에서 멀리 떨어진 곳에 있다는 사실은 분명했다.

해가 바닷속으로 서서히 들어갔다.

서로 말없이 그저 바다를 바라보았다. 마음속에 같은 결심이

스며들었다.
"이제는 정말로 이 바다에서 살아야 한다."

수니는 아이들을 보살펴야 하는 책임감을 느꼈고 캘리는 나이 든 수니와 다친 킬러를 도울 수 있는 건 자기뿐이라 생각했다.
킬러는 아직 몸을 회복 중이었지만 수니와 캘리를 지켜야 한다는 다짐을 굳게 했다.

이곳으로 온 지도 벌써 일주일이 지났다.
킬러는 여러 날 이곳에서 있는 동안 잘 먹고 많이 회복하였다. 수니와 캘리가 지극정성으로 돌보았다. 특히 캘리의 노력과 사랑이 킬러의 몸 상태와 심리 상태를 더 안정되게 만들었다.
아직 해가 뜨려면 아직 먼 시각, 다들 깊은 잠에 빠져 있었다. 졸린 눈의 하현달이 해안과 바다의 경계를 게슴츠레 알려 주고 있었다.
'쓰윽 쓰'
'또르륵 탁!!'
해안가 바위 저쪽에서 뭔가가 아주 조심스럽게 천천히 움직이는 소리가 들렸다.
예민하고 잠귀가 밝은 캘리가 이 소리를 듣고 동그란 눈이 탁 떠졌다.
'누가 있다.'

캘리는 킬러 쪽을 바라보았다. 킬러는 벌써 눈을 뜨고 숨죽인 채 소리 나는 쪽을 주시하고 있었다.

수니 아줌마는 역시나 세상 모르고 코를 드르렁드르렁거리며 깊은 잠에 빠져 있었다.

킬러가 조용하고 은밀하게 이동했다.

캘리도 앞지느러미만을 이용해 소리 나는 바위 뒤쪽으로 이동했다.

'콱!!!'

킬러의 입이 거칠게 무는 소리가 들렸다.

캘리는 최대한 빨리 이동했다. 그러곤 너무나도 놀랐다.

킬러가 물 위로 올라와 바위에 몸을 반쯤 걸친 채 점박이물범을 물고 패대기를 치려고 하고 있는 것이었다. 그 앞에는 또 다른 점박이물범이 바위 구석탱이로 처박혀 벌벌 떨고 있었다.

"이거 안 놔? 놓으라고… 놓으라고… 놓으… 놓아주…… 살려 주세요. 살려 주세요. 살려 주세요, 네에?"

킬러의 입에 물려서 허공에 매달려 있는 놈이 처음엔 꽤 거세게 반항을 하고 꽤 당찬 체하더니… 킬러의 압도적인 힘을 느끼고 바로 꼬리를 내리고 살려 달라고 애원을 하기 시작했다.

바위 구석에 쭈그리고 있는 놈도 반항이나 도망은커녕 정신이 빠져 있는 듯했다.

하지만 킬러도 정신이 없긴 마찬가지였다.

실제로 커다란 먹이를 사냥해 본 것도 처음이지만 수니와 같은 물범을 실제로 물어 본 것도 처음이었다. 물범을 먹잇감이라고 생각해 본 적이 없었다.

또 이 물범들이 누군지도 모르는 상태였고 죽여야 하는지 살려야 하는지도 모를 정도로 킬러의 머리는 하얘졌다.

그때 수니가 어둠 속에서 반짝이는 눈빛을 띠며 얼굴을 드밀었다. 달빛을 받으며 등장한 수니는 짐짓 근엄한 목소리로 천천히 얘기했다.

"놔줘라, 킬러야…. 걔들 아직 어린애들이고… 또 나와 같은 점박이물범들이다. 내 동족들이고, 멀리 보면 내 친척들이다. 놔줘라."

킬러는 속으로 너무나 기뻤다. 드디어 고민에서 해방되었다.

모르긴 몰라도 물린 점박이물범들보다 더 깊고 큰 해방감이었을 것이다.

바위 뒤에서 움직이는 뭔가가 있는 걸 본 킬러는 본능적으로 먹이를 발견한 사냥꾼이 되어 버렸던 것이었다.

절대 계산된 행동이 아니었다.

그러곤 그다음엔 어떻게 하는지 알 수가 없었다.

사냥을 제대로 해 본 적도 없고 몇 번 본 게 다인 킬러는 멘붕 그 자체였다.

그때 수니가 홀연히 나타나 모든 걸 한 번에 알아채고 해결책을 주니 킬러는 구세주를 만난 것처럼 기쁘지 않을 수가 없었다.

하지만 짐짓 억울하다는 듯 까만 눈을 가느다랗게 만들어 다시 한번 수상한 점박이물범들을 날카롭게 째려보았다.

그리고 몇 번 세차게 흔들어 겁을 잔뜩 집어먹게 만든 후 바위 위로 '퉤' 하고 뱉어 버렸다.

땅에 떨어진 점박이물범은 검은색에 가까운 피부색을 가졌지만 지금만큼은 하얀색 점박이물범처럼 보일 정도로 하얗게 질리고 겁을 먹었다.

수니와 캘리 킬러는 이 점박이물범들을 바위 위에 앉혀 놓고 취조하듯 궁금한 것들을 물어보기 시작했다.

"니들은 누구냐?"

"여기는 어디냐?"

여기는 대한민국 서쪽 바다, 신안 앞바다. 이름 없는 작은 섬.

킬러와 캘리, 수니가 살던 일본 가고시마에서 직선거리로만 700㎞ 떨어진 곳으로, 앞에 있는 점박이물범들은 이 섬에 사는 서해 점박이물범들이었다.

킬러한테 물린 물범 놈은 동생 박이, 쭈그리고 있던 물범이 누나 점이였다. 둘은 남매로 엄마, 아빠가 없는 고아들이었다. 무리들로부터도 떨어져 나와 자기들끼리 살고 있는 아직은 어린 아성체 점박이물범들이었고, 캘리와 비슷한 또래였다.

그래서 살아남기 위해 아무 경쟁자도 없는 이 구석까지 굴러 들어오다시피 했고 우연히 이 섬을 발견하고 자기들만의 집을 만들고 살고 있었다.

그러곤 다른 무리들처럼 계절마다 서식지를 이동하지 않고 계속 이곳에서 살기로 하였다.

  점이와 박이도 자기 둘만 살다보니 외롭기도 하고 사냥하기도 쉽지 않았다. 특히 서해 바다 일대에 악명이 높은 백상아리 때문에 바닷속에 들어가서 사냥하는 것이 여간 힘든 일이 아니었다.

  이 섬도 백상아리들한테 도망치다가 우연히 발견한 곳이기도 했다.

  무리와 함께 사냥할 때는 서로 망도 봐 주고 같이 싸우기도 하며 살 수 있는데 오직 두 마리의 아성체 점박이물범이 자체적으로 생존한다는 건 실제로는 불가능한 일이었다.

  하지만 점이와 박이는 꾸역꾸역 살아 냈다.

  그런데 며칠 전부터 갑자기 나타난 이방 생물들이 자기네 구역을 휘젓고 다니는 것이었다. 그래서 몰래 염탐하는 와중에 어리바리한 박이가 킬러한테 딱 걸린 것이었다.

  점이와 박이는 자기를 살려 준 점박이물범 수니에게 딱 붙어서 캘리와 킬러한테 이곳에 대해 많은 얘기를 해 주었다.

  수니와 캘리와 킬러는 대한민국 서해에 대해 많은 것을 알게 되었다.

  계속된 이야기는 동이 틀 때쯤 끝이 났다.

  점이와 박이는 수니와 캘리, 킬러에게 섬 바다 밑에 있는 자기네 집으로 가자고 했다.

  그들 모두는 바다 밑에 있는 산호동굴을 통과해 산호해변으로 헤엄쳐 들어갔다.

앞장서서 헤엄치던 점이가 부끄러운듯, 자랑하듯 말했다.

"우린 이 산호동굴과 산호해변에서 무리를 이루고 사는 게 소원이야."

수니와 캘리 킬러가 보더라도 이 산호해변은 안전하고 따뜻해 보였고 점박이물범 한 무리가 보금자리로 쓰기에 부족함 없이 딱 맞다는 생각이 들었다.

"어머!! 너무 근사하다 점아, 박아!!"

수니가 호들갑스럽게 호응을 해 주었고 캘리와 킬러도 그렇다고 하였다.

박이는 뜻밖의 이 상황이 너무 좋았다.

엄마 같은 점박이물범 수니 아줌마, 같은 물범은 아니지만 또래의 바다사자 캘리, 그리고 무엇보다도 자기들을 잡아먹지 않는 초대형 범고래가 자기들 옆에 있다는 건 너무나도 신나는 일이 아닐 수 없었다.

점이와 박이는 이들과 함께 있고 싶은 마음이 생겼다.

박이는 킬러에게 어색한 웃음을 날리면서… 그래도 친절한 수니와 캘리한테는 알랑방귀를 뀌면서… 자기들 얘기며 시시콜콜하지만 이곳의 장점에 대해 얘기해 주었다.

수다쟁이 박이는 참 길게 지루하게 많은 얘기를 해 주었다. 점이는 점잖게 듣고 있다가 툭하고 끼어들어 박이의 틀린 부분을 똑 부러지게 지적하고 정정해 주었다.

덕분에 수니와 캘리, 킬러는 이곳에 대해 많이 이해하게 됐고 어떻게 살아야 하는지도 알게 되었다.
 수니와 킬러와 캘리도 점이와 박이한테 자기들이 어디서 어떻게 살았으며 이곳에 오게 된 이야기를 해 주었다.
 점이와 박이는 이들의 수족관 생활이며 인간들과 함께 산 얘기가 너무나 흥미로웠고 재미있었다.
 박이는 얘기 중 화산 폭발 전날 인간들한테 인간의 말로 '도망가'라고 했던 수니 아줌마의 무용담을 너무나도 신기해했다.
 특히 인간의 말을 할 줄 아는 수니를 정말 신기해했다.
 박이는 수니 아줌마한테 '인간의 말'을 계속해서 해 보라고 했다.
 "또 해 봐요, 또 해 봐요! '도망가' 한 번만 해 봐요, 네??"
 수니는 귀찮지만 몇 번이고 해 주고 또 해 주었다.

"물의 용????!!!!!!!"
점이와 박이의 두 눈이 마주쳤고 동시에 소리쳤다.
"대박!"
박이가 흥분해서 방방 뛰면서 소리쳤다.
"엊그제 갑자기 나타난 용. 오. 름. 그거 타고 하늘을 날아서 여기로 왔다고요?? 대~~ 애~~~ 박!!"
 점이와 박이한테 이들의 얘기는 들을수록 흥미가 더해지는 얘기뿐이었다.

 점이와 박이가 사는 이곳에서는 물의용을 '용오름'이라 불렀다.

수니, 캘리, 킬러로서는 직접 겪은 일이었지만 스스로 생각해 봐도 정말로 믿기 힘든 사실이었다.

점이와 박이는 더더욱 믿기지 않았지만 용오름이 마른하늘에 갑자기 크게 나타났다 사라진 후 이들이 나타났고, 킬러가 그렇다고 하니 더 이상 못 믿겠다는 둥 의심스럽다는 둥 그런 얘기는 꺼내지 않고 그냥 믿는다고 했다.

대신 수다쟁이며 궁금한 게 너무 많은 박이는 수니와 캘리한테 그들의 모험담을 계속 얘기해 달라고 졸랐다.

수니와 캘리, 박이의 대화는 끊이지 않았다.

점이와 킬러는 잔잔한 미소를 띠며 잠잠히 듣고 있었다.

어느새 서로를 경계하던 느낌은 어디로 사라졌는지 전혀 느낄 수가 없었다.

수니는 점이와 박이가 싫지 않았고 그들과 함께 있길 좋아했다. 점이와 박이도 수니 주변을 빙빙 돌며 엄마한테 하는 것처럼 애교도 부리고 친근하게 대했다.

다들 서로가 이상했지만 신기하게 좋았고, 낯설었지만 금방 친근해졌다.

이들의 얘기 밑천이 바닥이 날 쯤 점이가 수니 아줌마를 보고 입을 떼었다.

"그래서 이제 어디서 살 건데요?"

"……………."

다들 입을 뗄 순 없었지만 그냥 알 수 있었다.

여기서 다 같이 살면 참 좋겠다는 걸.

18. 엄마가 섬 그늘에

　가고시마 수족관에서 이곳으로 온 세월도 벌써 3년이 넘어갔다. 물의용은 그 이후로 나타나지 않았다.
　수니와 캘리, 킬러 그리고 점이, 박이 이들은 이상한 조합의 무리로 서로를 아끼며 살아왔다.
　킬러와 캘리도 점이와 박이도 이제는 거의 어른이 다 되었다.
　수니도 이제 아줌마라기보다는 할머니에 가까운 나이가 되었다. 그래서 그런지 수니는 얼마 전부터 자꾸 깜빡깜빡 잊어버리는 것이 많아졌다.
　사냥을 하러 갔다가 산호동굴로 돌아오는 길을 잃어버린다든가, 밥을 먹고도 안 먹었다고 한다든가, 수족관으로 돌아가야 한다며 자다가 새벽에 먼바다로 헤엄쳐 나가기도 여러 번이었다.
　점이와 박이, 킬러와 캘리로서는 전혀 이해가 되지 않는 수니의 이상행동은 자주 일어났다.
　박이는 수니 아줌마가 자기들을 돌보아 준 거는 다 까먹고 이제는 자기가 수니 아줌마를 돌보아야 하는 상황에 항상 불평불

만을 해 대고 있었다.

캘리는 수니 아줌마한테 버릇없이 해 대는 박이를 맘에 들어 하지 않았다. 그래서 둘은 항상 앙숙이었다.

캘리는 시끄러운 소리에 잠을 깼다. 박이의 목소리였다.

"아줌마, 아줌마, 도대체 몇 번째여? 이게 몇 번째냐고???

내가 여기다 똥 싸지 말라고 혔어 안 혔어? 갑판 위에다 똥을 싸면 이거 누가 치워, 어? 아주 환장하겠네, 환장하것어.

똥은 배 뒤편 바다에다가 싸는 거 뭘러? 모르냐구? 생각이 안 나는 겨? 진짜 안 나냐구우??? 진짜 노망 든 노인네 다 된 겨??"

수니 아줌마가 또 아무 데나 큰일을 본 것이었다. 요즘 들어 정신이 더 오락가락했다.

캘리가 나가 보니 박이는 방방 뜨고 있고 수니 아줌마는 죄 지은 얼굴로 갑판 위 선실 구석에 쭈그리고 앉아 있었다.

수니는 자꾸만 기억이 흩어져 버리는 걸 느낄 때마다 아득하고 서글픈 마음이 들었다. 예전 자신이 젊고 힘이 있을 땐 캘리와 박이, 점이를 지켜 줄 수 있었는데 이제는 그 아이들에게 짐이 되어 버린 것만 같았다.

"야 박새끼야!! 너 미쳤냐? 수니 아줌마한테 니 지금 뭐라고 말했냐? 노망? 노인네? 수니 아줌마한테 버르장머리 없이 그렇게 말할 수 있나? 수니 아줌마가 뭐 어쩼는디… 니는 똥 안 싸???

수니아줌마가 니한테 얼마나 잘했냐, 어?

근데 이제 나이 먹어서 정신이 왔다 갔다 한다고 말도 싸가지

없이 하고 이젠 필요 없으니 찬밥 대우냐, 이 싸가지 없는 새끼야!!"

캘리는 박이가 수니 아줌마한테 막말을 한다든가 수니 아줌마를 밀친다든가 할 때마다 박이랑 주먹다짐도 하고 물어 버리기도 했다.

"내가 뭘???? 니들은 수니 아줌마가 저러는 거 괜찮아? 아무렇지도 않아? 안 힘들어? 힘들면 힘들다고 하고 지랄도 해!!! 괜찮다고 하면 뭐가 좀 있어 보여? 더 고상해 보이냐? 난 니들처럼 고상하지도 않고 그런 척은 더 못 해!!!"

박이는 선실 문을 차고 나가 버렸다.

박이도 속상하기는 캘리나 마찬가지이긴 했다. 벌써 몇 년을 엄마처럼 서로 아끼면서 살았던 수니였다. 근데 얼마 전부터 수니는 기억도 잘 못하고 말도 안 되는 실수도 자주 하였다.

캘리는 박이의 말 한 마디 한 마디가 가슴을 후벼 팠다. 수니 아줌마가 그렇게 아껴 준 박이가 아줌마를 무시하는 모습에 화도 나고 억장이 무너졌다. 박이도 수니 아줌마도 이해하려고 노력했지만 마음 깊은 곳에서 서운함이 자꾸만 밀려왔다.

캘리에게 수니는 엄마였다.

수족관에서부터 지금 이곳 서해 바다에서 사는 모든 순간에 캘리한테 수니는 엄마였다. 캘리도 수니를 너무나 사랑하였다.

하지만 캘리는 수니를 독차지할 순 없었다.

서해 바다로 온 후부터는 수니는 점이와 박이의 엄마이기도 하

제5막 전설이 깨어나다

였기 때문이다. 캘리는 속상했지만 그렇다고 티를 낼 수도 없었다.
 수니도 캘리의 마음을 너무나 잘 알기에 티를 안 내려 무던히 노력했지만 박이를 엄청 예뻐했다. 항상 엉뚱하고 실수가 많은 박이를 못난 막내처럼 생각하며 더 챙기고 사랑했다.
 그걸 알기에 캘리는 요즘 수니에 대한 박이의 태도가 도무지 용납이 되지 않았다.
 점이가 캘리한테 다가와 어깨를 살짝 감쌌다.
 "박이 저 새끼 본심은 안 그런 거 너도 알잖아. 쟤도 너무 속상해서 저래…. 캘리야, 우리 잘 이겨 내 보자, 엉? 수니 아줌마도 금방 괜찮아질 거야. 우리 아줌마 좋아하시는 전복 따러 가자, 엉?"
 박이는 그렇게 보물선을 박차고 나와서 그대로 산호동굴 밖 바다로 나와 버렸다.
 어찌나 속에서 불이 나는지 동굴 밖 찬 바닷물에 머리를 식히고 싶었다. 박이는 속이 상할 때마다 동굴 밖 바다 위에 누워 둥실 떠다니며 하늘을 바라보는 걸 좋아했다.
 아무도 모르게 아도나이께 기도했다.
 눈을 감고 하늘을 바라보는 박이의 눈가에는 이미 눈물이 한가득 고여 있었다.
 "아도나이님! 제발 우리 엄마를 아프지 않게 해 주세요. 옛날처럼 우리 모두가 행복했던 시절로 돌아갔으면 좋겠어요."
 박이의 볼을 타고 뜨거운 눈물이 흘러내렸다.

박이가 밖에서 바람을 쐬고 있을 때 안에서는 캘리가 수니 앞을 막아서며 복장이 터질 거 같은 심정으로 소리치고 있다.

"아줌마가 박이를 왜 찾으러 가? 걔가 어린애야? 걔가 길을 못 찾아? 도대체 왜 그래?"

"아냐, 가서 찾아야 해. 지금은 백상아리의 때야!! 걔 지금 동굴 밖으로 나간 거 같아. 틀림없어!! 내가 이 근처는 싹 다 찾아봤는데 박이가 안 보여!!"

그리고는 캘리를 밀치고 동굴 쪽으로 헤엄치기 시작했다.

캘리는 수니 아줌마한테도 또 박이한테도 너무 짜증이 났다.

수니 아줌마가 하는 말이 틀린 말은 아니었다. 지금은 백상아리의 시간이었다. 정신이 오락가락한다고 항상 틀린 말을 하는 것은 아니었다.

원래 동굴 밖 바다는 백상아리의 영역이다. 다만 낮에 바다사자들과 점박이물범들이 사냥을 할 때 킬러가 산호동굴 밖 바다를 헤엄쳐 다니기에 낮 시간에는 백상아리들이 웬만해서 나타나지 않았다.

그런데 밤 시간 산호동굴 밖 바다는 백상아리들이 절대 양보할 수 없는 사냥터였다.

이 시간에 박이가 동굴 밖 바다로 나가 버린 것이었다.

수니는 자기 때문이라고 생각하니 더더욱 박이를 찾아다 동굴 안 집에다 데려다 놔야 한다는 생각에 안절부절못했다.

캘리는 그런 수니를 다독거려 갑판 위로 다시 데리고 와서 아기 재우듯 수니를 쓰다듬으며 자장가를 불러 주었다. 어릴 적부터 수족관에서 수니가 자기한테 불러 주던 자장가였다.

캘리의 자장가를 듣고 수니가 스르르 잠이 들었다.

캘리는 반복되는 이런 일에 지칠 대로 지쳤다. 점점 심해지는 박이도 그렇고, 그럴 때마다 박이를 싸고도는 수니도 받아 주거나 이해하는 게 싫었다.

그렇게 한 시간이 지났을까? 박이는 여태 집으로 돌아오지 않았다.

슬슬 걱정이 되기 시작한 캘리는 신경질적으로 잠자리를 털고 산호동굴 밖으로 헤엄쳐 나갔다

산호동굴 밖 큰 바다로 나가니 온몸이 오싹했다.

어두운 밤바다는 두려움을 물속에 녹여 숨기고 있는 듯하였다.

벌써 몇 년간 이 바다에서 살았지만 캘리는 아직도 모래 섞인 서해 바다가 익숙해지지 않고 있다. 특히 밤에는 뭍에서 잠을 자는 시간이라 물속으로는 웬만해서는 들어가지 않았다.

캘리는 먼저 박이가 혼자이고 싶을 때 매번 가는 갓바위 쪽으로 가 보았다.

'없으면 어떻게 하지'라는 걱정과 반대로 박이는 그냥 거기 누워 있었다.

갓바위는 해안바위 끝이라 꼭 바다를 헤엄치지 않아도 기어서라도 충분히 갈 수 있고 백상아리로부터 안전한 곳이었다.

"신경질 팍 내고 가더니 또 여기냐?"

"내가 뭐? 무슨 신경질을 냈다고? 그냥 울화가 치밀어서 그런 거지! 아줌마는 괜찮아?"

"응 주무셔…. 니 걱정하면서 안절부절못하길래 안심시키고 주무시는 거 보고 나온 거야."

"왜? 내가 걱정돼서 나온 거냐?"

"그럼 내가 달밤에 체조하라 나왔겠냐? 제발 걱정 좀 그만 끼쳐라."

"그…… 런 거… 야? 니가 내 걱정을 다하고 오래 살 일이네."

캘리는 진지하지 않지만 항상 밝고 낙천적인 박이가 싫지만은 않았다. 자기는 없는 긍정의 힘을 가진 박이를 부러워하며 좋아했다.

둘은 밤하늘 별들이 조용하지만 분주히 자리바꿈을 하는 걸 바라보며 한참을 얘기했다.

옛날 얘기며 수니 아줌마 얘기, 킬러 얘기 그리고 점이얘기….

"캘리야!!! 박이야아!!!"

멀리서 점이의 급한 몸짓 소리와 그보다 더 다급한 목소리가 들렸다.

캘리와 박이가 고개를 들어 달려오고 있는 점이를 바라보았다.

"수니 아줌마가 없어졌어!!!"

"뭐??!!! "

"자다 화장실 가려고 일어났는데 수니 아줌마가 없는 거야! 보물선 주위는 다 찾아 봤어. 없어. 아무래도 박이 너 찾으러 나간 거 같아."

박이가 얘기를 끝까지 듣지도 않고 물속으로 점프를 했다.

점이와 캘리도 박이를 따라 큰 바다로 헤엄쳐 갔다.

그 시각, 수니는 바다 한가운데 있었다. 박이는 보이지도 않고 너무 멀리 왔나 싶어 다시 돌아가려고 했다. 근데 아무리 둘러봐도 거북바위도 보이지 않고 산호동굴 입구도 보이지 않았다.

수니는 덜컥 겁이 났다. 그리고 순간 자기가 왜 여기 있는지가 생각이 나지 않았다. 당황해서 몸을 이리저리 돌리며 주변을 살펴봤다. 때마침 저 멀리 작은 불빛이 보였다.

'수족관이다. 우리 집.'

수니의 눈에는 저 멀리 불빛이 수족관의 불빛처럼 보였다. 수니한테는 익숙한 인간의 전깃불이었다.

'집으로 가야 해. 킬러랑 캘리한테 자장가 불러 줘야 하는데…. 애들이 밤에 내가 없으면 무서워하는데….'

수니는 불빛을 향해 헤엄치기 시작했다.

캘리와 점이, 박이도 먼바다까지 나올 수밖에 없었다.

그리고 그들도 수니가 본 인간들의 불빛을 보게 되었다.

"인간의 배다! 수니 아줌마 저 불빛을 보고 가지 않았을까? 요즘 들어 밤마다 수족관으로 가야 한다고 하자나!! 너랑 킬러를 재워야 한다고."

캘리를 바라보며 얘기하는 박이의 눈 속에 걱정이 가득했다.

"수니 아줌마가 저 불빛을 수족관 불빛이라고 생각한다고?"

캘리의 물음에 점이와 박이가 고개를 끄덕이고 셋은 더 빠르게 인간의 배 쪽으로 헤엄쳤다.

수니는 불빛을 바라보며 수족관에서의 행복했던 기억들이 떠올랐다. 아무 걱정 없이 평안했던, 따뜻했던 광경들이 펼쳐졌다. 그리고 예전처럼 자신을 돌봐 주던 인간들을 다시 만날 수 있을 거 같았다.

수니는 불빛에 가깝게 갔을 때 수족관의 것이 아니라 인간의 배에서 비추는 불빛인 걸 알았다. 수니는 물을 먹을 정도로 당황했다. 어찌할 바를 모르고 계속 인간의 배 주위를 헤엄쳤다.

삐삑 소리는 내는 기계와 바다를 번갈아 쳐다보던 인간이 수니를 발견했다

"저거 물범 아냐? 여기에 물범이 있네."

처음 수니를 발견한 키 작은 인간이 옆에 있는 덩치가 큰 인간을 툭툭 치며 일본말로 얘기했다.

"저건 물범이야, 점박이물범! 내가 물범! 바다사자!! 이건 좀 잘 알지. 내 조부가 바다사자 잡는 사냥꾼이셨거든…. 바다사자 사냥으로 우리 집이 부자가 된 거야. 아버지가 다 말아 드셨지만…."

"그럼 저거 잡을까?"

"관둬…. 물범은 돈도 안 돼 그리고 저거 잡으면 지금은 바로

제5막 전설이 깨어나다

잡혀가. 천연기념물이거든…. 냅둬라 아무짝에도 쓸모없다…. 그리고 지금 저게 문제야? 이 밑에 우리를 기다리는 어마어마한 것들이 있는데?!!! 푸하하하하."

그리고 연신 삐빅 소리를 내는 기계를 들여다보았다.

수니는 사람을 발견하고 반가웠다. 4-5명 정도의 사람들이 있었다. 수족관 사람들은 아니었지만 사람들을 보니 너무 반가웠다. 사람들 쪽으로 가고 싶어 배 주변을 계속 헤엄쳤다.

그러는 사이 캘리와 점이 박이도 인간의 배 근처에 도착했다.

박이가 물속에서 헤엄쳐 들어가 인간들이 있는 반대쪽으로 올라와 배 주변을 살폈다.

눈이 부셨다.

인간들의 불빛은 뭔가를 찾으려는 듯 바닷속을 비추고 있었다.

이 배는 어선처럼 보였지만 실은 바닷속 보물을 찾는 유물도굴선이었다. 점이와 박이와 이 서해에 사는 바다 생물들은 인간들이 바다 밑에 빠진 배에서 보물들을 찾고 있다는 건 이미 알고 있었다.

'수니 아줌마다!!'

박이, 점이, 캘리가 동시에 수니를 발견했다. 역시 수니 아줌마는 이곳으로 와 있었다.

인간을 쳐다보며 배로 올라가고 싶어 배 주변을 헤엄치고 있었다. 다행히 인간들은 수니 아줌마한테는 신경을 쓰지 않는 거 같앉다.
"니들은 여기 있어. 내가 데리고 올게."
캘리가 점이와 박이를 돌아보며 얘기했다.
캘리가 숨을 크게 쉬고 바닷속으로 잠수를 했다.
점이랑 박이는 걱정스레 고개를 끄덕인 후 캘리를 지켜볼 수밖에 없었다.
다 같이 움직이는 건 더 위험했다. 인간들의 시선을 더 끌 뿐이었기에 캘리가 아무 일 없이 수니아줌마를 데려오기만 가만히 기도할 뿐이었다.

하지만 바람대로 되진 않았다.
캘리가 인간들의 호기심을 불러일으킨 것이었다. 대장으로 보이는 덩치 큰 인간이 캘리를 발견하고 유심히 살펴보았다.
"저건 물범이 아닌데…. 저건 바다사자 같은데…. 맞다 암컷 바다사자야!! 한국에는 바다사자가 없는데… 어찌된 일이지??"
덩치 큰 인간은 물범과 바다사자를 정확하게 구별할 줄 알고 바다사자에 대해 자세히 아는 듯했다.
'잡아 볼까?'
덩치 큰 인간은 잔인한 눈빛은 번뜩거리며 머리를 굴리는 듯했다.
'저 둘은 서로 친한 거 같은데…. 저 어린 암컷 바다사자는 인간을 경계하고 있지만 지금 우리 배에 가까이 있는 늙은 점박이

물범은 우리를 경계하지 않는단 말이야. 저 물범을 잡아 올리면 저 바다사자도 왠지 따라올 거 같은데…?'

덩치 큰 인간이 자기 생각을 옆에 있는 다른 인간들한테 설명하며 작전을 지시했다.

"그때 잡는 거야!!! 알았지?"

덩치 큰 인간으로 부터 지시를 받은 또 다른 인간이 배 후미로 가 선박 끝에 두툼한 철물을 풀었다.

선박의 뒷부분 일부가 열리더니 계단이 생겼다.

그리고 점박이물범을 향해 소리쳤다.

"치카쿠니 키테! 오이시이 모노 아게루요!(이리 와! 맛난 거 줄게!)"

수니한테는 너무나 익숙한 인간의 일본말이었다. 수니는 알아들었다. 그리고 반가운 마음에 빠르게 헤엄쳐 갔다.

캘리는 수니의 반응을 보고 인간들의 말을 듣고 갈 거라는 것을 바로 알 수 있었다.

캘리는 인간들의 눈빛을 보았다. 수족관에서 보던 인간들의 눈빛이 아니었다. 수니 아줌마를 도와주려는 것이 아니라 해를 끼칠 거 같은 느낌이었다.

'위험하다. 인간들이 수니 아줌마를 잡으려 한다.'

머리보다 몸이 먼저 움직였다.

캘리는 수니한테 전속력으로 헤엄쳤다. 그리고 계단을 거의 다 올라가 갑판 위로 몸을 올린 수니의 꼬리를 물며 수니한테 소리쳤다.

"아줌마 올라가면 안 돼!!! 언능 내려와!! 여기 인간들은 수족관의 인간들이 아냐!!!"

'퍽!!!!!'

기다렸던 덩치 큰 인간이 구명정의 노로 캘리의 머리를 갈겨버렸다.

캘리는 정신이 멍해지고 눈앞이 하얘졌다.

그리고 인간들의 잔인한 눈이 캘리의 눈앞으로 점점 크게 다가왔다. 정신이 아득해졌다.

수니도 이제야 자신이 기대했던 인간들이 아니라는 걸 알았다. 그들의 눈은 달랐다. 차갑고 욕심가득한 잔인한 눈빛이 수니를 향하고 있었다.

수니와 캘리는 갑판 위로 던져졌다.

세 명의 인간들이 발버둥치는 캘리를 갑판위로 끌고 와 목과 몸통을 팔꿈치와 몸으로 눌렀다. 그리고 월척을 잡은 낚시꾼들처럼 흥분해서 소리를 지르고 난리였다.

숨통을 눌린 캘리가 축 쳐졌다.

덩치 큰 인간은 의기양양하게 100㎏ 이상의 캘리를 머리 위로 번쩍 들어 올렸다.

옆에 있었던 인간이 카메라를 가지고 와 사진을 찍는다.

수니는 배 한쪽 구석으로 몸을 숨기며 이 상황을 쳐다보고 있었다. 그 눈은 두려워 파르르 떨고 있었지만 평소처럼 정신이 반

제5막 전설이 깨어나다 255

쯤 나간 그런 눈이 아니었다. 눈빛은 고정되고 반짝이기까지 했다.

'철썩'

작은 파도가 배의 옆구리를 때렸다. 덩치 큰 인간은 무거운 캘리 때문에 휘청거렸다.

그때였다.

수니가 전속력으로 달려 덩치 큰 인간의 다리를 머리로 받았다.

덩치 큰 인간은 넘어지며 캘리를 놓쳐 바다에 빠뜨렸다. 캘리는 물속으로 빠져 금세 가라앉아 보이지 않았다.

"빠까야로!!!!!"

머리끝까지 화가 난 덩치 큰 인간은 벌떡 일어나 아까 캘리의 머리를 내리친 구명정 노를 잡았다.

수니를 내려치려고 노를 머리 위로 올렸다.

'쾅'

난데없이 큰 충격이었다.

인간들의 배가 거의 뒤집힐 정도까지 기울어졌다가 몇 번을 좌우로 요동치더니 제자리를 찾았다. 그 충격에 카메라를 든 인간과 두 명은 배에서 물속으로 떨어졌다.

9m가 넘고 10톤에 가까운 범고래의 어마어마한 박치기였다.

킬러였다. 킬러가 수니와 캘리, 점이와 박이가 걱정돼 나와 본 거였다. 킬러의 걱정은 백상아리였다. 하지만 백상아리보다 더 무서운 인간들이 수니와 캘리의 목숨을 위협하고 있었던 것이었다.

하지만 킬러는 배의 정면을 받지 않았다. 인간의 20톤급 배를 정면으로 받았을 때는 자신도 충격이 꽤 있다는 걸 알고 배의 선미를 부딪치고 나가 인간들을 물속에 빠뜨려 버린 것이었다.

인간들은 서둘러 배로 올라왔다.

수니도 킬러가 배를 받을 때 충격으로 쓰러져 배 구석으로 밀려 처박혀 있었다.

킬러가 배 주위를 빙 돌며 상황을 파악하려 했다.

킬러의 지시를 받고 멀찌감치 지켜보던 점이, 박이는 캘리가 물속으로 빠지는 걸 보자마자 잠수했다.

그리고 캘리를 머리로 받치고 뭍으로 온 힘을 다해 내달렸다

킬러는 점이와 박이가 캘리를 구해 낸 걸 보고 안도하며 물속 깊이 잠수했다.

그러곤 큰 물보라와 함께 물속에서 솟구쳐 올라왔다.

유선형의 잘 빠진 킬러의 커다란 몸이 갑판에 서 있던 인간들의 머리 위를 왼편에서 오른쪽으로 넘어갔다.

수족관에 있을 때 킬러의 장기였던 5m 점프였다.

범고래가 솟구쳐 올라 자기들 머리 위로 넘어가는 걸 본 인간들은 두려워 그 자리에 주저앉았다.

킬러가 배 위를 가로질러 점프한 이유는 수니를 찾기 위해서였다.

그리고 킬러의 날카로운 눈은 후미 구석에 쓰러져 있는 수니를 바로 발견했다.

큰 물 파장을 일으키며 바다로 들어간 킬러는 다시 배 주변을

한 바퀴 돌았다.

덩치 큰 인간도 킬러를 따라 제자리를 돌았다. 배 위에 있는 다른 인간들은 벌벌 떨며 쫄아 있었지만 덩치 큰 인간은 당당히 범고래 앞에 가슴을 부풀리고 어깨를 넓혀 맞섰다.

그의 손에는 커다란 작살이 들려 있었다.

기다랗고 굵은 쇠막대 끝에는 튼튼해 보이는 밧줄이 달려 있고 그 반대 끝에는 인간의 팔뚝 정도 길이의 날카로운 작살 촉이 달려 있는 보기에도 무시무시한 무기였다.

포경선에서 쓰는 인간들이 손으로 던지는 고래잡이용 작살이었다.

덩치 큰 인간이 킬러를 노려보았다.

킬러의 눈도 인간을 주시하며 다시 한번 물속으로 잠수했다.

그리고 물속에서 올라와 배 밑 가장자리를 밀어 배를 뒤집으려 했다. 하지만 크게 요동칠 뿐 인간의 배는 중심이 무너지지 않았다.

덩치 큰 인간도 넘어졌지만 금세 일어나 중심을 잡고 섰다.

'작전을 다시 짜야 한다.'

킬러는 잠시 생각하더니 물속으로 깊이 잠수했다.

덩치 큰 인간이 킬러가 사라진 배 가장자리 쪽으로 와 물속을 들여다보았다.

소강상태가 잠시 동안 지속됐다.

'푸우악'

그 순간, 킬러가 공중으로 솟구쳐 올랐다. 하지만 이번에는 배를 넘어가지 않았다.

 10톤에 육박한 킬러의 육중한 몸이 수니가 쓰러져 있는 바로 옆, 배의 뒷갑판 가장자리 난간 위로 그대로 떨어졌다.

 킬러가 떨어진 배의 후미 반대쪽 선수가 하늘로 올라갔다가 내려앉으며 바다에 처박혀 버렸다. 큰 물보라가 배 위로 올라왔다.

 킬러의 머리 쪽은 배 위에 걸쳐져 있고 꼬리 쪽은 바다에 잠겨 있게 되었다. 배의 뒤쪽 난간이 너덜너덜 박살 났다.

 킬러가 입으로 수니를 물었다. 그리고 뒤로 후진하여 배에서 빠져나가려고 몸을 좌우로 움직였다. 하지만 킬러의 몸이 배의 난간에 끼어 버렸다. 오른쪽 지느러미가 난간에 걸려 버린 것이다.

 킬러는 빠져나오려 안간힘을 썼다. 덩치 큰 인간이 일어나고 있었다. 킬러의 눈에 덩치 큰 인간의 움직임이 시간을 세세히 나눈 것처럼 천천히 천천히 자세히 보였다.

 위기감이 킬러의 두뇌를 '팽' 하고 돌렸다.

 덩치 큰 인간이 미끈하며 넘어졌다가 중심을 다잡고 다시 일어나며 바닥에 떨어진 작살을 집었다.

 덩치 큰 인간의 손아귀가 작살을 다잡으며 킬러의 머리를 조준했다. 킬러도 작살이 자신을 향하고 있는 걸 보았다.

 킬러는 물고 있던 수니를 다시 한번 힘주어 꽈악 물더니 고개를 쳐들어 휙 하고 바닷속으로 던져 버렸다.

 '피융!'

 수니가 킬러의 입을 떠나 하늘로 날아가는 동시에 작살이 킬러를 향해 날아왔다.

'푸압!!!'

작살은 킬러의 등지느러미를 그대로 뚫었다. 그리고 등까지 뚫고 들어왔다.

'으윽!'

고통이 의해 킬러의 이가 악 물어졌다. 그리고 왼쪽 지느러미로 배의 난간을 밀며 온 힘을 다해 몸을 후진시켰다.

'빠각'

오른쪽 지느러미가 꺾여 버렸다. 그리고 배 밖으로 떨어졌다. 물속에서 킬러의 몸이 고통으로 인해 또 한 번 크게 요동쳤다.

작살 끝에 달린 줄이 '쌩' 하는 소리와 함께 똬리를 틀며 말려 있던 줄을 풀어냈다. 킬러가 등에 작살이 꽂힌 채 헤엄쳐 나가기 시작했다.

덩치 큰 인간은 다급히 작살 줄을 선체에다 묶었다. 그리곤 밧줄을 자기 손에도 두세 번 감고 놓치지 않겠다는 듯 힘주어 꽉 잡았다.

킬러가 도망치 듯 헤쳤다. 인간의 배가 킬러에 의해 방향이 바뀌더니 그대로 끌려가기 시작했다.

킬러가 헤엄쳐 나가는 물 위로 시뻘건 피가 계속 올라왔다. 킬러가 어느 방향으로 이동하는지 알려 주려는 듯 했다.

킬러는 더 깊이 헤엄쳐 들어갔다. 처음 느껴보는 고통이 뼛속까지 느껴졌다.

여기서 힘이 빠지면 인간들한테 달려갈 거 같았다.
'힘을 내야 한다.'
킬러는 꼬리지느러미와 아직 멀쩡한 왼쪽 지느러미에 힘을 줘 앞으로 헤엄쳐 나갔다.
인간의 배가 한 쪽으로 기울며 달려왔다.
덩치 큰 인간도 더욱 힘을 썼다. 인간의 허벅지 근육과 팔뚝의 전완근이 터질 듯 부풀어 올랐다.

킬러가 배를 끌고 수니와 캘리가 있는 반대 방향으로 헤엄쳤다.
20톤이 넘는 배를 등에 꽂힌 작살 밧줄로 끌고 가는 킬러는 전체 몸뚱이가 뒤틀릴 정도로 고통이 심했다.

킬러가 뒤를 돌아보았다. 이제는 캘리와 수니와는 거리가 한참 멀어졌다.

킬러는 물속으로 잠수하더니 몸을 돌려 밧줄을 이빨로 물었다.

'뜨드득팍'

팽팽하게 당겨졌던 밧줄이 끊어지면서 반동에 의해 인간의 배가 크게 요동쳤다.

끊어진 밧줄이 물속에서 솟구쳐 올라와 덩치 큰 인간의 허벅지를 때렸다.

"으아악!!"

밧줄에 허벅지를 맞은 덩치 큰 인간은 그 자리에 주저앉았다. 허벅지에서는 꽤 많은 양의 피가 흘렀다.

킬러는 물속에서 나오지 않았다. 하지만 아까보다 훨씬 많은 양의 피가 바다 위를 너울거렸다.

덩치 큰 인간이 일어나지도 못하고 킬러가 사라진 곳을 바라보며 이를 갈았다.

'빠드득'

잠시 후 저 멀리 작살이 꽂힌 범고래의 지느러미가 물 위로 올라오더니 천천히 물살을 갈랐다.

캘리가 거북바위 위에 앉아 먼 하늘을 쳐다보았다.

사고가 난 지도 몇 개월이 지났다.

불행도 있었고 다행도 있었다.

다행부터 얘기하자면 정신이 오락가락 했던 수니 아줌마는 그 날 사고 때 머리에 충격을 받았는지 거의 온전한 정신이 돌아왔다. 대신 다른 사소한 증상이 새로 나타났다.

앵무새 점박이물범답게 주변에 있는 이들의 말을 계속 따라 했다. 다들 미쳐 버릴 것 같았다.

그럼에도 모두들 감사했다.

하지만 불행은 킬러한테 왔다. 킬러는 그날 인간의 작살이 등지느러미를 통과해 등 깊숙이 박혔다. 치명적일 뻔했지만, 불행 중 다행으로 장기를 건들이진 않았다. 하지만 등지느러미와 등근육 등의 손상이 꽤 심했다.

킬러는 그 이후로 등지느러미와 등에 작살이 박힌 채로 살고 있다.

작살은 킬러를 점점 쇠약해지게 했고 신경질이 많아지게 만들었다. 문제는 시간이 지날수록 등지느러미는 점점 더 크게 휘어지고 괴사가 급속도로 진행되었다.

킬러와 캘리, 수니와 점이 박이는 어쩔 수 없이 그렇게 살아왔다. 이 일이 있기 전에는 너무 좋고 행복했다.

킬러와 캘리, 수니는 낯선 곳에서 점이와 박이를 만나 이상한 조합이지만 무리가 되었고, 보금자리도 생겼다.

점이와 박이는 고아처럼 살다가 엄마 같은 수니와 야무진 캘리, 힘깨나 쓰는 범고래 친구 킬러를 만나 소원이었던 무리를 이루며 안전한 공간에서 행복하게 살게 되었다.

어려운 상황이었지만 다들 부족한 부분들을 챙겨 주고 도우며 하루하루를 성실히 살아 냈다.

수니와 캘리, 킬러 그리고 점이 박이의 이야기는 이랬다.
수니가 하품을 하며 점잖게 듣고 있는 강치를 바라본다.
"우리 얘기는 이정도로 하자…. 강치야 이제 진짜 자야겠다."
많은 얘기에 피곤해진 수니가 웅크리며 잠을 청했다.
강치도 수니 옆에서 잠이 들었다.

19. 소나기

    강치가 이 산호동굴에 온 지도 꽤 시간이 흘렀다.
    지금은 서해 바다며 이 보물선 왕국의 생활에 적응이 되기 시작했다.
    맘씨 착한 수니 아줌마는 물론이고 점이, 박이도 강치를 좋아했다.
    특히 박이는 강치를 좋아했고 진짜 잘해 주었다. 보물선 왕국의 수컷은 자기 혼자라 허드렛일을 도맡아 하다가 강치가 와서 같이 일하고 자기를 잘 따라 주니 진짜 자기 꼬붕 같기도 하고 동생 같기도 했다.
    문제는 캘리였다.
    같은 바다사자이고 또래라 금방 친해질 줄 알았는데 강치를 대하는 캘리의 태도는 늘 차가웠다. 캘리의 입에서 나오는 말들은 성게 가시보다도 날카롭고 따가웠다.
    캘리의 모든 신경은 킬러한테 가 있었다.
    맨날 취해서 죽는 날만 기다리는 것같이 사는 킬러한테 캘리는 쉽게 적응이 안 됐었다.

캘리는 킬러의 고통을 지켜보는 것이 견딜 수 없을 정도로 힘들었다. 킬러를 돕고 싶지만 아무것도 할 수 없다는 사실이 너무나 괴로웠다.

이런 상황에서 강치는 군식구였고 그냥 불청객이었다.

'같은 바다사자 친구가 생겨서 좋지 않냐?'라고 수니 아줌마도 점이와 박이도 항상 강요하듯 물어봤다.

좋지 않았다. 하나도.

사실 캘리는 강치가 이곳에 온 게 너무 싫었다.

처음 강치가 온 날 밤에 지 맘대로 나갔다가 백상아리들한테 죽을 뻔한 것도, 처음 본 강치를 구한다고 지 몸 생각하지도 않고 목숨 걸고 백상아리들과 싸운 킬러도 너무 황당해 참아 내기 힘들었다.

숨죽이고 조용히 살아 내고 있었는데, 갑자기 강치란 놈이 나타나 첫날부터 식구들의 목숨을 위험하게 하는 등 뭔가 큰일을 벌일 것 같아 캘리를 너무나도 불안하고 두렵게 만들었다.

'진짜 무슨 일이 일어날 거 같아.'

캘리는 자꾸만 무서운 생각이 들며 떨쳐지지가 않았다.

그런 생각이 들 때마다 캘리는 거북바위에 올라 아도나이님을 찾았다.

'아도나이님, 도와주세요. 우리한테 더 이상 나쁜 일이 생기지 않게 해 주세요.'

다행히도 더 나쁜 일은 일어나지 않고 시간은 흘러갔다.

일주일 넘게 흐린 날씨가 계속되더니 오늘은 하늘이 참 맑았다.
캘리가 사냥을 나갔다.
사냥을 나갈 때 점이, 박이, 수니는 함께 나갔다. 캘리한테도 같이 나가자고 했지만 캘리는 그냥 혼자이고 싶어 했다.
혼자 하는 사냥은 그리 좋은 방법은 아니었다. 천적이 나타나기라도 하면 혼자서는 당하기가 십상이고 협공으로 사냥을 해야 먹이를 잡는 확률도 높아지기 때문이다.
하지만 캘리는 산호동굴 밖 먼바다로는 나가지 않기에 괜찮다며 그들과 함께 섞이고 싶지 않아 했다.
점이랑 박이도 질척거리기 싫다며 더 이상은 권하지 않았다.

강치는 보물선의 갑판 위에 앉아 있다가 혼자 사냥 나가는 캘리를 보았다.
'혼자 나가나? 위험하게시리….'
그리고 슬그머니 캘리의 뒤를 따라 바닷속으로 헤엄쳐 갔다.
캘리는 여기저기를 둘러보았다.
문어가 항상 숨어 있는 산호초 밑, 광어나 가오리가 있는 모래 바닥 밑, 그리고 전복들과 삐뚤이소라 등이 붙어 있는 바다 풀숲 바위의 구석구석도 살펴보았다. 하지만 잡지 않고 그냥 지나쳤다.
사냥을 하러 나온다고 했지만 사냥엔 별 관심이 없어 보였다.

사냥감의 위치 파악이 끝났는지, 아니면 목적이 있는지 고개를 들고 어디론가 헤엄쳐 갔다.

강치도 따라갔다. 강치의 볼이 괜스레 붉어졌다.

캘리는 동굴 밖으로 나갔다. 그리고 동굴 끝에서 오른쪽으로 방향을 꺾어 강치의 시야에서 사라져 버렸다.

강치도 빠른 헤엄으로 캘리를 쫓아 모퉁이를 돌았다.

"왜 쫓아와?"

바위 뒤에 기대 서 있는 캘리가 강치를 막아섰다.

"아… 아니 그게 아니라……."

강치는 더 이상 뭐라고 말을 이어야 할지 몰랐다. 아니, 이을 수가 없었다. 푸르고 진한 산호색의 캘리의 눈이 강치를 바라보고 있었다.

'예쁘다.'

강치는 순간 심장이 '두근' 하고 움직이는 걸 느꼈다.

강치도 이제 이성에 끌리는 나이가 되기도 하였다.

강치는 자기도 모르게 한 발 물러났다. 거리가 생기니 캘리의 얼굴이 온전히 다 보였다. 캘리의 얼굴을 이렇게 가깝게 본 적이 없었다. 자세히 보니 더 예뻤다.

독도에서도 또래 암컷 바다사자들이 없진 않았지만 캘리는 훨씬 더 예뻤다.

독도의 암컷 바다사자들은 전체 피부색이 검은색 아니면 진한 갈색이나 회색이었다. 눈도 검정색이었다.

캘리의 눈빛은 푸른 산호색이었고 털은 더 짙은 산호색이었다.
"너 진짜 나 따라왔냐구? ······왜 말을 못 해?"
"아니 난 그냥······. 혼자 가면 위험할까 봐."
"위험해? 위험하면 니가 날 보호··· 아니 니가 뭘 할 줄 아는데? 그냥 집에 가."
캘리는 휙 돌아서 다시 바르게 헤엄쳤다. 강치도 빠른 헤엄으로 쫓아갔다.
그렇게 한참을 헤엄쳤다. 속도도 느려졌다. 헤엄치다 보니 캘리의 뒷모습이 너무나 힘없고 작아 보였다.
캘리가 우뚝 멈췄다. 그리고 뒤를 돌아보았다.
"너도 물의용을 타고 왔다고 했지? 눈 떠 보니 시간이 많이 흘렀다고 했지? 과거로부터 왔다고??"
강치는 완벽하겐 자신이 없었지만 고개를 끄떡였다.
"그럼 킬러를 물의용을 타고 옛날로 가게 해 줄 수 있어?!! 다치지 않았을 때로 돌아가게 할 수 있냐고?? 어?!!"
그리고 캘리는 울어 버렸다. 캘리는 부질없는 얘기를 하고 있는 자신한테도, 킬러가 죽어 가는 이 바꿀 수 없는 현실도 너무 좌절스러웠다.
'투둑 툭 투투투둑!'
때마침 소나기가 내렸다. 캘리와 강치는 비를 맞지 않는 바위 동굴 속으로 들어갔다.
캘리의 눈물이 소나기와 같이 흘렀다.

제5막 전설이 깨어나다

강치는 그냥 지켜볼 뿐 아무 말도 하지 못했다.

한참 동안 흐르던 캘리의 눈물이 멈췄다. 소나기도 한참을 쏟아붓더니 멈췄다.

어느새 날이 어두워지고 푸르고 맑은 밤하늘이 펼쳐졌다.

캘리와 강치는 밤이 깊어질 때까지 많은 얘기를 했다.

캘리는 점이, 박이, 수니 아줌마나 킬러한테는 할 수 없는 속얘기들을 강치한테 얘기했다. 캘리는 웃다 울다가 반복하며 얘기를 이어 나갔다. 쏟아 내듯 나오는 이야기를 강치는 열심히 들어주었다.

"시원해. 속이 시원하다~~~ 아."

"난 귀에서 피 나. 하하하하하."

"푸하하하하하하하하."

캘리의 눈물 젖은 눈이 활짝 웃으며 강치를 바라보았다.

또 한 번 심장이 두근두근거렸다. 심장 소리가 너무 커 그 소리가 캘리한테도 들릴 거 같았다.

'심장아 제발 나대지 마.'

캘리는 강치의 심장 소리를 들었는지 빨개진 강치의 얼굴을 보았는지 또 한 번 '까르르' 소리까지 내며 웃었다.

강치가 창피해서 얼굴을 돌리다가 하늘을 바라보더니 소리쳤다.

"저기 봐 봐!"

캘리와 강치가 바라보고 있는 하늘에 은하수가 펼쳐져 있었다.

캘리의 커다란 눈이 더 커다래졌다.

캘리의 산호색의 눈 속에도 하늘의 푸른 은하수가 펼쳐져 있었다. 강치는 캘리의 그런 눈이 너무 좋았다.

'파다다다닥! 파다닥'

때마침 날치들이 날아올랐다. 수천 마리 아니 수만 마리의 반짝반짝 빛나는 은빛 날치들이 밤바다를 날아올랐다. 마치 밤바다 위에서 터지는 수많은 은빛 폭죽 같았다.

그러곤 이번엔 물속에서 커다란 물기둥 여러 개가 솟구쳐 올라왔다.

혹등고래 떼.

혹등고래들의 커다란 입이 바닷물과 함께 물속으로 솟구쳐 올라왔다. 그러고는 멋진 지느러미를 뽐내고는 다시 물속으로 떨어지듯 들어갔다. 커다란 물방울 폭죽들이 수면 위에서 펑펑 소리를 내며 멋지게 터졌다.

은하수가 반짝이는 밤하늘 밑으로 날치들과 혹등고래가 만들어 낸 폭죽놀이가 장관이었다.

하늘과 바다가 캘리와 강치에게 선물을 주는 듯했다.

강치는 독도가 생각났다.

독도 앞에서도 혹등고래들이 자주 나타나곤 했다.

온 세상 바다를 헤엄치고 다니면서 많은 걸 알고 점잖고 현명한 혹등고래들을 독도 바다 생물들은 존경하는 마음으로 대했다.

"캘리야… 내가 살던 독도에도 혹등고래가 있었어…. 아마 여기보다 더 많을걸!

왜냐면 독도 바다는 여기보다 훨씬 깊고 커…. 서해도 아름답지만 난… 독도 바다가 훨씬 아름답다고 생각해…. 바닷물도 더 맑고 더 파래…. 그리고 바다에서 해가 뜨는 모습은 눈물 날 정도로 멋있고 강렬해….

난 말이야… 독도에 다시 갈 거야, 꼭… 그리고…… 너랑 같이 가 보고 싶어…. 아니 꼭 갈 거야…. 그래서 너한테 아름다운 독도를 꼭 보여 줄 거야!!!"

캘리가 강치를 쳐다보았다. 강치도 캘리를 쳐다보았다.

얼굴이 빨개진 강치가 눈을 어디다 둬야 할지 몰라 허공을 향해 눈동자를 돌렸다.

어느새인가 캘리의 얼굴도 붉어져 있었다.

"캘리야, 내가 사냥해 올께~~!!"

강치가 서둘러 바다로 뛰어들었다. 강치는 캘리를 더 기쁘게 해 주고 싶었고 더 크게 웃게 하고 싶었다.

얼마 지나지 않아 입에 커다란 문어를 물고 있는 강치가 물 밖으로 고개를 내밀며 캘리를 향해 웃었다.

캘리도 웃었다.

그동안 강치는 많이 성장했다.

이제는 어린 바다사자라기보다는 젊은 바다사자가 되었다. 그만큼 몸집도 많이 커져 누가 봐도 늠름하고 힘센 수컷 바다사자처럼 보였다.

이제는 점박이물범들보다 머리 하나 정도는 더 컸고, 헤엄도 점박이물범들보다 월등히 잘했으며 힘도 세졌다.

이제는 독도큰바다사자라고 해도 손색이 없었다.

어느 순간부터 사냥도 점이, 박이, 캘리를 합친 것보다 더 많이 해 오는 편이었다.

강치가 캘리가 앉은 바위 위로 올라왔다. 고개를 크게 저어 갈기에 묻는 물기를 힘껏 떨어냈다. 강치의 검붉은 풍성한 갈기가 수컷다움을 물씬 풍겼다.

검붉은색 갈기를 흩날리는 하얀 큰바다사자가 서해 바다에 우뚝 서 있었다.

캘리의 눈에도 강치는 믿음직하고 멋있었다.

또 한 번 바닷물 위로 혹등고래가 솟구쳐 오르더니 큰 물 파장을 내며 바닷속으로 떨어졌다.

캘리가 물방울을 피하며 웃었다. 강치도 웃었다.

캘리와 강치가 하늘을 쳐다보고 있을 때 산호동굴 밖 바다 위에는 해양유물발굴단 아크호가 떠 있었다. 잠수부들이 연신 바닷속과 배 위를 오르락내리락을 반복했다.

 아크호는 보물선의 위치를 어느 정도 파악했는지 캘리 식구들의 보금자리인 산호동굴 속 보물선 쪽으로 점점 수색 지역을 좁혀 왔다. 하루가 다르게 가까워졌다.

 한국 탐사선만 그런 것은 아니었다. 낮에는 한국 탐사선이, 밤에는 일본 도굴선이 이어달리기를 하듯 점점 보물선이 있는 결승선을 향하여 달리고 있었다.

 그리고 일본 도굴선을 잡으려는 대한민국 해양경찰선이 세 번째 주자로 한발 늦게 나타나곤 했다.

20. 노랑가오리 사냥

점이와 캘리, 박이와 강치가 사냥을 나섰다.

원래 바다사자들이나 점박이물범들은 매일 사냥을 하지는 않지만 킬러의 먹이 때문에 매일 사냥을 나가야 했다.

킬러는 부상의 고통 탓에 활동량이 많이 줄었다. 숨을 쉴 때만 물 밖으로 나갔고 아니면 가만히 움직이지 않았다.

하지만 움직임이 너무 없으면 작살이 꽂힌 지느러미와 등이 괴사가 빨리 진행돼서 식구들은 킬러가 사냥은 하지 않더라도 산호동굴 밖으로 나가는 걸 재촉하는 편이었다.

킬러가 표현을 하진 않지만 부상의 고통은 시간이 지났음에도 불구하고 줄어들지 않고 더 심해지는 듯했다.

식구들은 그걸 알기에 순번을 정해서 문어며 낙지 등을 잡아와서 킬러를 먹였다.

오늘은 가오리 사냥을 하기로 하였다. 가오리는 킬러가 좋아하는 먹이였다. 가오리 사냥은 바다사자 한 마리가 잡을 수 있는 상대는 아니었다. 크기도 크고 빠르기도 하지만 모래 바닥에 숨어 있는 은신술 때문에 온 바다 바닥을 다 뒤져야만 겨우 찾아낼 수 있었다.

그렇기 때문에 점이, 캘리, 박이, 강치 젊은 바다사자와 점박이 물범들이 다 함께 나온 것이었다.

캘리가 가오리 사냥을 하자고 처음 얘기했을 때 다들 '헉' 하고 잠깐 동안 숨이 멎었었다.

킬러가 사냥해 온 가오리로 만찬을 즐기긴 했지만 킬러 없이 하는 가오리 사냥을 바로 '좋다'라고 말하긴 어려운 일이었다.

다들 말없이 캘리의 눈을 살짝씩 피하고 있을 때 먼저 입을 뗀 건 강치였다.

"하지 뭐, 하자!!! 우리도 이제 해 봐야지!! 할 수 있어!!!"

강치는 캘리한테 잘 보이고 싶었고 점이, 박이는 그런 강치를 쥐어박고 싶었다.

물론 강치가 수락한 이유는 캘리한테 잘 보이고 싶어서만은 아니었다. 스스로를 평가해 보고 싶은 마음이 더 컸다.

그렇게 사냥은 결정이 되었다.

해가 지고 어둠이 찾아왔다. 사냥할 시간이었다.

"가자!!"

강치가 낮지만 당차게 외쳤다.

젊은 바다사자와 물범들은 아닌 척은 했지만 상당히 긴장되었다. 넷 중에 겁이 많은 점이는 아까부터 머리가 아프고 속이 울렁거렸다.

　점이와 박이 점박이물범 조는 산호동굴 밖 동쪽을, 박이와 강치 바다사자 조는 동굴 밖 서쪽을 뒤져 먼저 발견하는 조 쪽으로 다른 조가 합류해 협동 사냥을 하기로 하였다.

　강치가 앞장섰다. 캘리와 박이가 뒤를 따랐다.

　점이도 겁이 났지만 그래도 씩씩하게 헤엄쳐 갔다.

　하늘엔 손톱 닮은 초승달이 떠 있었다.

　이들이 헤엄쳐 나가는 산호동굴 밖 먼바다는 엄연히 천적인 백상아리의 영역이고 특히 밤은 먹이 동물들한테는 너무나도 위험한 지역이다.

　네 마리 모두 바닥에 숨어 있을 가오리를 찾는 것에 집중을 하면서도 동시에 혹시나 나타날지 모를 백상아리를 경계해야 했다.

　한참이 지났다. 다들 지쳐서 그만 포기해야 할 때쯤이었다.

　점박이물범 조 박이와 점이가 꼬리에 꼬리를 물고 헤엄치며 원을 그렸다. 발견했다는 신호였다.

　바다사자 조도 조심스레 이동했다.

　강치가 앞장서고 캘리가 뒤따랐다. 어느 때부터 강치는 의도적으로 캘리의 앞에 있거나 혹은 의도적으로 뒤에 있었다.

　캘리도 강치의 그런 행동을 싫지 않았다.

　강치와 캘리가 다가가니 흥분한 박이와 점이가 모래 바닥 위한 지점을 가리켰다.

평평한 모래바닥과 다르게 한 지점만 불룩하게 솟아 올라와 있었다. 박이는 소리를 내지 않지만 그 주위를 빙빙 돌면서 소란스러웠다.

노랑가오리!

모래를 뒤집어쓰고 있어 색깔을 구별할 순 없지만 분명히 노랑가오리였다.

등은 붉거나 짙은 갈색이고 배 쪽 가장자리가 노란색을 띠어 노랑가오리라 불린다.

보통 1m에서 크게 자라는 건 2m까지 자라며 바닥이 모래나 진흙으로 이루어진 수심 10m 정도의 얕은 바다에서 산다.

꼬리 길이는 몸통보다 1.5-2배 정도로 길다.

하지만 이 가오리는 너무나도 컸다. 거의 일반적인 노랑가오리보다 두 배 가까이 큰 거 같았다.

포기해야 할 거 같았다. 크기 때문이 아니었다.

보통 노랑가오리 위쪽 꼬리에는 화살촉 모양의 독침이 있어 천적으로부터 자기를 방어한다. 이 독침에 제대로 찔리면 그 어떤 천적동물도 죽을 수 있을 정도의 강력한 독성을 지니고 있었다.

근데 이 가오리는 크기도 크지만 화살촉 독침의 색깔이 달랐다. 보통은 밝은 회색을 가지고 있지만 이 노랑가오리의 독침은 반짝거릴 정도로 진한 빨간색이었다.

자연이 가르쳐 준 지식으로는 빨간색은 강력한 독을 가지고 있으니 조심하라는 경고였다.

"안 돼!! 포기 못 해!! 몇 시간 만에 찾은 거잖아."

"이건 안 돼!! 캘리야… 잘못하면 우리 다 죽어!!!"

캘리가 먼저 선수를 쳤고 박이가 받아쳤다. 둘 다 목소리를 낮춰서 소리치지만 마치 싸우는 치열했다.

캘리와 박이가 한참을 투닥거렸다. 강치나 점이 둘 다 누구 편을 들 수도 없는 일이었다. 둘 다 맞는 말이었다.

둘이 그러는 사이 강치는 가오리를 계속 주시하고 있었다.

자세히 보니 완전 크진 않았다. 3m 조금 넘어 보였다.

'해 볼 만하다.'

꼬리에 뾰쪽하게 서 있는 빨간 촉수는 '어디 와 봐, 찔러 버릴 테니'라고 말하는 듯 날카롭게 움찔움찔거렸다.

그러곤!!!

가오리가 도망쳤다.

노랑가오리가 바닥에 바짝 붙어 넓은 지느러미로 흙탕물을 크게 일으키며 추진했다.

강치의 몸이 탄력 있게 가오리를 따라 반응했다. 강치의 움직임에 반사신경 좋은 박이도 힘차게 지느러미를 움직였다.

사냥꾼들을 인지하고 때를 노리고 있던 노랑가오리는 사냥꾼들이 옥신각신하며 한눈을 파는 사이 흙탕물을 일으키며 온 힘을 다해 도망쳤다.

노랑가오리는 힘이 넘쳤다.

바닥에서 모래를 털고 나오니 생각한 거보다 더 컸다.

3m나 되는 커다란 지느러미로 펄럭거리며 만드는 흙탕물은 젊은 물범들의 시야를 가렸고, 속도도 빨라 사냥꾼들은 계속 가오리의 뒤꽁무니만 쫓아다녔다. 그러다가 겨우 뒤꽁무니에 가까워질라치면 꼬리의 독침 촉수가 강치와 박이의 몸뚱이를 향해 공격하기를 반복했다.

서로 지칠 대로 지쳤을 때 가오리가 시야에서 사라졌다.

도망친 거라고 보기보다는 흙탕물로 만들어 시야를 가린 후 은폐물 뒤로 몸을 숨긴 것이라 보는 게 확률상 훨씬 높았다.

수색 작전이 시작됐다.

네 마리의 젊은 사냥꾼들은 바닥은 물론 산호초 사이사이도 바다 모래 둔덕도 가오리가 숨을 만한 장소는 이 잡듯이 뒤졌다.

강치는 바닷물 속으로 타고 오는 미세한 진동까지도 느낄 수 있는 바다사자들의 수염으로 가오리의 움직임을 감지하려 했다.

하지만 다른 움직임만 느껴질 뿐 가오리의 움직임이 전혀 느껴지지 않았다.

너무나도 은밀하게 수색을 하던 네 마리의 사냥꾼 중 캘리의 수염에 작은 진동이 감지됐다.

가오리의 움직임이라고 하기엔 너무나 작은 진동이었다.

하지만 그냥 흘려버릴 수 있는 그런 움직임도 아니었다.

지금 이 지역은 네 마리의 사냥꾼이 나타난 후 근처의 먹이생물들이 모두 도망가서 아무도 없었기에 이 작은 움직임이 노랑가오리가 아니라고 단정 지을 수 없었다.

캘리는 그 진동을 따라 헤엄쳤다.
빨강불볼락의 움직임이었다.
캘리가 다가갔지만 빨강불볼락은 바다사자를 인지하지 못한 듯 한 곳을 응시하며 지느러미짓만 하고 있었다.
캘리도 불볼락이 바라보는 곳을 보았다.
바다뱀??? …아니 노랑가오리의 꼬리였다.
빨강불볼락은 갈라진 바위틈 밖으로 살짝 삐져나온 노랑가오리의 꼬리가 자기 먹이인 줄 알고 노리고 있었다.
불볼락이 아니었다면 민감한 수염을 가진 캘리라도 지나쳤을 법한 노랑가오리의 훌륭한 은폐술이었다.
바위의 깨진 틈은 가오리가 들어가 숨기에 정말 부족함도 모자람도 없을 정도의 크기였다. 몸뚱이는 다 들어가 있었고 꼬리의 끝부분만 들어가지 못해 바위틈 밖으로 나와 살랑살랑 움직이고 있었다.
그리고 캘리는 가만히 다가가 불볼락을 쫓아내고 강치와 박이, 점이한테 신호했다.
빨강불볼락이 툴툴대며 떠났다.
강치, 박이, 캘리, 점이 네 마리의 사냥꾼들은 머리를 맞대고 새로운 작전을 짰다.
제1몰이꾼 점이, 제2몰이꾼 캘리.
제1사냥꾼 박이, 제2사냥꾼 강치.

먼저 제1몰이꾼인 점이가 노랑가오리의 꼬리를 물고 바위틈에서 노랑가오리를 끄집어내기로 했다. 중요한건 꼬리를 절대 놓치지 않는 것이었다.

그 뒤 바로 제1사냥꾼 박이가 바위틈에서 나온 노랑가오리의 코를 물고 방향 감각을 없앤 후 제2몰이꾼 캘리가 몸으로 지느러미를 눌러 움직임을 저지시키는 동시에 제2사냥꾼 강치가 빨간 독침 촉수를 이빨로 물어 꺾어 버리는 거였다.

강치가 제일 위험한 역할을 맡았다.

몰이꾼들이 먼저 노랑가오리 쪽으로 다가갔다. 그 뒤로 사냥꾼들이 바짝 뒤따랐다.

작전대로 점이가 바위틈 밖으로 나온 노랑가오리의 꼬리를 앙 다물어 물었다. 그리고 온 힘을 다해 뒤로 헤엄쳤다. 노랑가오리의 꼬리가 늘어났다. 하지만 노랑가오리도 만만치 않았다. 커다란 날개지느러미를 이용해 바위틈을 붙잡고 끌려 나오지 않으려 힘을 쓴다.

강치가 달려들어 캘리가 문 꼬리 앞쪽을 물고 캘리와 함께 당겼다.

꼬리가 더 늘어났다. 꼬리가 더 늘어날 수 없을 정도로 팽팽해지더니 더 버티지 못하고 그대로 끊어졌다.

'타악!!'

노랑가오리의 꼬리가 끊어졌다. 캘리와 강치는 당겼던 힘만큼 뒤로 나동그라졌다. 노랑가오리도 그 힘에 바위틈에서 튕겨져 나왔다.

작전과는 다르게 흘러가는 상황에 점이와 박이도 당황해 어찌할 바를 몰라 했다.
그 순간을 놓치지 않으려는 노랑가오리는 꼬리 따위는 중요하지 않다는 듯 부리나케 도망치기 시작했다.

추격전이 벌어졌다.
몰이꾼 점이와 캘리가 노랑가오리를 쫓았다. 사냥꾼 박이와 강치가 노랑가오리의 행적을 살핀 후 멀리 우회했다.
몰이꾼과 사냥꾼으로 나누자고 한 것은 강치의 작전이었다.
강치는 만약 첫 번째 계획이 실패할 경우 가오리가 도망칠 때를 대비해서 그다음 작전이 필요하다고 생각했다. 캘리, 박이, 점이도 고개를 끄떡였다.
꼬리의 절반 이상을 잃은 가오리의 움직임은 전과는 완전히 달랐다. 방향을 스스로 제어하지 못하고 중심이 흐트러져 여기저기 주변 바위와 바닥에 몸을 부딪히면서 도망갔다. 몸 전체의 중심을 잡는 꼬리가 반 토막 난 노랑가오리의 움직임과 속도는 전보다는 완전히 둔해졌다.
몰이꾼들은 사냥꾼들이 자리를 잡는 것을 계속 예의주시하면서 노랑가오리를 몰아가야 했다.
사냥꾼들이 가오리가 도망가는 방향 쪽에 있는 바위로 만들어진 작은 협곡을 발견했다. 그리고 협곡 출구 쪽 양쪽 바위 뒤로 각각 몸을 숨겼다.

사냥지점을 정한 것이다.

사냥꾼들이 사냥지점에 숨은 것을 확인한 1몰이꾼 점이와 제2몰이꾼 캘리는 눈짓을 주고받았다. 몰이꾼들은 노랑가오리를 더 거칠게 정신 못 차리게 몰아갔다.

사냥꾼들의 예상대로 노랑가오리도 좁은 협곡을 보았다.

몸이 얇은 노랑가오리는 저 협곡을 빠져나가기만 하면 추격자들을 따돌리고 살 수 있을 거라는 계산이 들었는지 전속력으로 헤엄쳐 갔다.

노랑가오리가 크게 펄럭거렸던 지느러미를 쫙 펼친 후 세로로 갈라진 협곡 속으로 빨려 가듯 들어갔다.

'콱!'

'콰악!'

협곡 끝 지점에 매복해 있던 사냥꾼들의 힘차게 무는 소리와 함께 폭발하듯 터지는 커다란 흙탕물이 협곡을 가득 채웠다.

격렬한 싸움 소리만 흙탕물로 뒤덮인 협곡에서 들렸다. 잠시 후 소리도 잦아들고 흙탕물도 가라앉았다.

캘리와 점이의 시야가 점점 맑아지더니 거친 숨을 내쉬는 검은 실루엣의 강치와 박이가 보였다.

강치와 박이 밑에는 노랑가오리가 누르기 한판을 당하고 있는 것처럼 꼼짝 못 하고 있었다. 강치와 박이가 캘리와 점이를 보고 크게 웃는다.

"우와아아아!!!!"

캘리와 점이가 커다란 소리로 환호했다.

좀 전에 강치는 협곡을 통과하는 노랑가오리의 앞코를 날카로운 이빨로 낚아채듯 물어 버렸다. 급습을 당한 노랑가오리는 펄쩍 뛰며 바다사자의 이빨에서 빠져나오려고 커다랗게 온몸을 뒤틀었다.

그와 동시에 박이가 노랑가오리 위로 거꾸로 올라타 온몸으로 가오리의 양쪽 날개지느러미를 누르면서 꼬리 쪽을 물었다.

강치와 박이는 온 힘을 다해 노랑가오리의 움직임을 저지했다 이제는 다 커 버린 수컷 큰바다사자와 점박이물범의 협공은 엄청난 파괴력을 보였다. 3m가 넘는 가오리도 꼼짝 못 할 힘이었다.

노랑가오리가 최후의 발악을 하다가 힘이 빠졌는지 얌전해졌다.

박이는 자기를 바라보고 소리치는 캘리와 점이를 보고 우쭐한 마음에 노랑가오리를 누르고 있던 한쪽 지느러미를 들어 손짓하려 했다.

그때였다. 움직임이 없던 노랑가오리가 박이의 한쪽지느러미의 힘이 빠진 틈 타 몸을 크게 비틀어 결박에서 빠져나왔다.

그리고 바로 꼬리에 들어 독침 촉수로 박이를 찌르려 했다.

박이의 균형이 무너졌다. 박이가 위험했다.

'으으으윽'

가오리의 머리를 물고 있는 강치의 입에서 기합 소리가 세어 나왔다.

'뚜두두둑!!!'

강치는 두 개의 뒷지느러미로 가오리의 몸을 밟고 물고 있던 노랑가오리의 머리를 뒤로 꺾어 버렸다.

가오리의 척추 쪽에서 우지끈 소리가 나더니 가오리의 몸이 꺾여 반으로 접혀 버렸다.

노랑가오리의 맹렬했던 꼬리가 땅바닥으로 툭 떨어졌다.

노랑가오리가 죽었다.

몰이꾼들이 가세했다. 그러곤 서로가 서로를 쳐다봤다.

"성공이다아아…. 가오리를 잡았다."

"우하하하하하!"

"야호!!"

사냥은 성공했다.

완벽하지 않은 완벽한 사냥이었다.

완벽한 협동 작전이었다. 진짜 사냥꾼들의 탄생이었다.

네 마리의 사냥꾼들은 너무나 기뻐하며 서로의 뺨을 맞대고 칭찬해 주었다. 제일 기뻐하는 건 캘리였다. 캘리는 강치에게 안기듯 헤엄쳐 다가가서 뺨을 비벼 주었다.

강치는 얼굴이 빨개질 정도로 기뻤고 자기도 모르게 어깨랑 가슴이 부풀려졌다.

이제 강치는 아빠 우산도를 점점 닮아 가고 있었다.

우산도처럼 덩치도 크고 강했다. 목덜미의 검붉은 갈기도 길고 풍성했다.

지금 그 갈기가 부풀려지고 있는 것이었다.

어려운 상황에서 용기를 냈고 남들을 도울 수 있었다.

'쿠오오오오워옥!'

강치의 우렁찬 포효다.

캘리의 눈앞에 제법 멋진 수컷 큰바다사자가 자기를 바로 보고 있었다.

박이가 강치에게 다가와 어깨를 쿵 부딪히고 갔다. 남자들만의 감사와 신뢰의 표현이었다.

이제 산호동굴로 돌아가 수니 아줌마한테 칭찬받고 킬러한테 우쭐해하기만 하면 되었다.

하지만, 그렇게 쉽게 끝나는 건 아니었다.

가오리를 쫓다가 너무 멀리와 버린 것이었다.

멀리 온 것이 문제가 아니라 이곳이 백상아리의 영역인 게 문제였다.

이 지역은 킬러가 다치기 전 낮 시간에 킬러와 함께 여러 번 와서 사냥을 해 본 곳이었다. 그때도 백상아리들을 보긴 하였다. 하지만 범고래와 함께 있으니 백상아리들은 저 멀리서 지켜볼 뿐 다가올 수도 없고 어찌하지도 못하였다.

하지만 지금은 킬러가 없었다. 그리고 밤이었다.

바다사자들과 점박이물범들이 백상아리의 사냥 시간 때에, 백상아리의 사냥터에 들어와 버린 것이다.

강치를 비롯해 다들 성장했다 하지만 상대는 백상아리였다.

기각류의 천적, 백상아리였다.

21. 백상아리 울프 vs 큰바다사자 강치

네 마리 모두가 일순간 긴장했다. 온몸의 털이 솟아올랐다.

최대한 물살을 일으키지 않고 최대한 냄새를 풍기지 않으려고 조심스레 헤엄치기 시작했다.

얼마 가지 않았다.

맨 뒤에서 헤엄치던 강치의 뒷목 갈기가 쭈뼛 섰다. 강치의 수염의 촉이 뒤에서 어지럽게 움직이는 커다란 물살을 느낀 것이었다.

보이진 않지만 알 수 있었다. 백상아리 떼였다.

20-30마리 이상의 백상아리들의 움직임이 느껴졌다.

바닥에 바짝 붙어서 헤엄치고 있는 강치, 박이, 점이, 캘리의 머리 위로 백상아리들이 헤엄쳐 다녔다.

방금 전의 네 마리 사냥꾼들은 이제는 네 마리의 사냥감이 되어 버렸다.

강치와 캘리, 점이, 박이는 그 자리에서 멈춰 바위 뒤에 숨어 움직이지 않았다. 하지만 그렇게 오래 숨어 있을 수 없었다. 점이가 숨이 가빠져 왔다. 캘리도 박이도 강치도 참아 봤자 1-2분이었다. 30분 넘게 숨을 참고 바닥을 헤엄쳐 온 것이다.

더 이상 숨을 참을 수 없는 점이가 먼저 올라갔다.

뒤따라 캘리, 박이, 강치도 올라갔다.

"올라옵니다, 울프 형님!!"

울프의 부하 대가리가 울프한테 보고한다.

사실 백상아리들은 몇 시간 전부터 바다사자 새끼들이 자기네 구역으로 들어온 걸 알고 있었다.

워낙 후각이 발달한 백상아리인 데다가 노랑가오리와의 사투가 너무 격렬했던 탓에 울프 무리의 이목을 너무나도 크게 끌었다.

울프 무리가 초승달이 뜨는 어두운 날을 골라 범고래와 물범들의 서식지를 급습하려고 계획한 날도 하필이면 오늘이었다.

울프는 백상아리 떼를 모두 소집해 놓은 상태였다. 그리고 바다사자와 물범, 범고래 사냥 작전을 알렸다.

모든 백상아리들이 출동 전 전투 태세였다.

백상아리 입장에서 보면 이런 상황에서 야들야들한 바다사자와 물범 네 마리가 제 발로 무덤으로 기어들어 온 것이었다. 범고래도 없이 말이다.

"호박이 넝쿨째 아니 물범 새끼들이 알몸으로 굴러들어 왔네. 캬 칵카칵."

울프는 초승달을 보고 고개를 젖히더니 크게 입을 벌려 소리를 질렀다.

제비가 울프 앞으로 나서며 귓속말을 했다.

"형님 그래도 범고래가 진짜 없는지 다시 한번 제가 확인해 봐야겠습니다."

"야 이 간신배 이놈 시키야, 내가 몇 번을 확인했다 안 허냐~~ 내가 이짝 끝에서부터 저짝 끝까지 왔다 갔다를 불알에 땀 차게 했다니께!!! 아니면 내 양 지느러미에 장을 지져!!

아님 내기허까? 니 뭐 걸래? 난 내 보물 중에 고려청자 건다. 워쩔래?"

제비는 대가리의 말에 대꾸도 안하고 수면 위로 올라갔다가 잠시 후 다시 돌아왔다.

"형님 범고래 킬러 놈은 없는 게 정확합니다. 제가 다시 확인했습니다."

울프는 제비를 바라보며 고개를 크게 끄떡였다.

대가리는 제비가 울프한테 인정을 받는 걸 보고 질세라 울프 앞으로 나와 얘기한다.

"형님! 저번에 범고래 지느러미에 작살이 꽂혀 있다고 하셨잖습니까?"

"……"

"그날 인간들한테 형님 대가리 빵구 나게 맞고 와서 범고래의 등짝에 인간의 작살이… 어쩌구저쩌구하셔서……"

"……"

"아니… 형님이 대가리를 느무 씨게 맞아서 맛이 갔나 했었……"

'퍽'

울프한테 뒤통수를 맞은 대가리가 뒤로 총총거리며 도망간다.

"제가 대가리 대신 사과드립니다, 형님! 대가리가 하는 말은 신경 쓰지 마십시오. 제 생각에는 쟤들끼리 범고래 먹이인 가오리를 사냥하는 것도 그렇고 킬러가 이 시간까지 안 보이는 걸 보아 범고래는 인간의 작살로 인해 전투력 상실! 부상 중이 확실합니다. 이상입니다 형님!!"

대가리는 제비의 말에 박수를 치다가 멈추더니 제비를 째려보았다.

울프는 범고래가 부상 중이라는 얘기를 듣더니 씨익 하고 이빨을 드러내며 웃었다.

"잡아라!!!"

수십 마리의 백상아리가 일제히 바닷속 바닥을 향해 꼬리짓을 하며 내려갔다.

바다는 일순간 조용해졌다.

모든 바다 생물들이 숨죽이며 이 광경을 지켜보고 있었다.

수십 마리 백상아리와 고작 네 마리의 바다사자 무리의 전면전쟁!

영화의 하이라이트 같은 장면이 펼쳐지려 하고 있었다.

하지만 바다사자 무리들은 바다 생물들의 기대와는 다르게 백상아리들과 싸울 생각은 전혀 할 수 없었다.

'도망가야 한다.'

강치는 생각했다.

그리고 노랑가오리를 쫓을 때 보았던 인간의 배를 떠올렸다.

인간의 배.

강치는 아까부터 저 멀리 떠 있는 인간의 배를 지켜보고 있었다. 배까지만 가면 인간들한테 도움을 청할 수 있을 거라고 생각했다.

저번에 백상아리에게 쫓겼을 때 인간들한테 도움을 받은 것처럼 말이다. 그리고 백상아리도 저번 기억을 할 거라 쉽게 덤비진 못할 거라는 계산이 있었다.

하지만 이건 강치의 계산이고 작전이었다.

"안 돼!!!"

강치의 작전을 들은 캘리, 점이, 박이가 동시에 펄쩍 뛰며 소리 지르며 반대했다.

"인간들의 배는 위험해 저번에 킬러가 당하…… 강치야!!!!!"

캘리가 얘기하는 도중에 백상아리 한 마리가 강치 뒤편 바로 코앞까지 돌진하였다.

캘리의 소리를 들은 강치가 몸을 빠르게 움직여 겨우 피했다.

캘리와 강치, 점이, 박이는 작전을 다 매듭 짓지 못하고 허둥지둥 흩어졌다.

"배로 도망쳐!!! 인간의 배로 가야 해!!!"

백상아리 피해 도망치며 강치가 소리쳤다.

캘리와 점이 박이는 크게 숨을 쉬고 물 아래로 도망치기 시작했다.

다행히 네 마리 모두 백상아리들을 따돌리고 바닷속 바닥까지 내려와 바위 뒤로 몸을 숨겼다.

'콱!!'

'콱'

하지만 소리 없이 다가온 백상아리들의 이빨 부딪히는 소리가 사방에서, 그리고 바로 귀 옆으로도 스쳐 지나갔다.

희번덕거리는 백상아리의 눈, 몇백 개 몇천 개의 이빨, 시뻘건 속살을 드러내며 움직이는 아가미. 칼날같이 번뜩이는 등지느러미.

바다사자와 물범들은 그냥 도망칠 수밖에 없었다.

백상아리를 피해 도망가는 이 몇 분이 몇 시간처럼 느껴졌다.

강치는 벌써 폐가 터질 거 같았다. 숨 쉰 지 5분도 되지 않았지만 30분을 버티던 폐의 산소가 금방 다 소진되었다.

'으아아아아아아'

인간의 비명 소리!

강치는 도망치다가 바로 옆에서 인간의 비명 소리를 들었다.

유물을 찾던 잠수부였다.

인간들은 갑자기 나타난 백상아리 떼를 보고 혼비백산한 것이었다.

배가 움직여 강치 쪽으로 이동했다.

잠수부들이 먼저 배 위에 있던 인간들의 팔을 잡고 허둥지둥

급하게 배 위로 올라갔다.
 배에 도착한 강치는 저번 일을 기억해 배 뒤로 돌아가 계단 쪽으로 올라갔다
 배 위로 올라온 강치는 캘리와 점이, 박이를 찾았다. 다들 근처에서 백상아리들을 피해 도망치고 있었다.
 "이리 와!! 빨리!!"
 배 위에서 강치는 재촉하며 소리쳤다.
 분명 캘리도 점이, 박이도 강치가 외치는 소리도 들었고, 배도 발견했다. 하지만 다들 배로 피할 엄두를 내지 못하는 듯 했다.
 강치는 빨리 도망 오지 않는 친구들이 답답했다.
 "왜 그래? 정신 차려!! 빨리 올라와야 해!! 뒤에 백상아리다!!!"
 강치는 얘기로만 들었지 캘리와 점이, 박이가 인간의 배에서 겪은 일을 직접 경험하지 못했다.
 인간과 인간 배에 대한 강치의 기억은 목숨을 건진 것이고 도움을 받은 좋은 감정이었다.
 하지만 인간에 대한 생각은 캘리, 점이, 박이는 강치와는 달랐다. 특히 캘리는 인간을 증오했고 또 두려워했다.
 자기가 잡혀 죽을 뻔했던 것과 그것보다는 훨씬 더 끔찍한 건 킬러가 작살에 맞아 죽어 가고 있다는 것이었다. 그 모든 것이 인간 때문인데 지금 그 인간의 배로 강치가 겁 없이 올라간 것이다.
 캘리는 백상아리와 인간들 중 뭐가 더 나을지 판단할 수 없었다.
 '콱!!'

제5막 전설이 깨어나다

점이가 백상아리한테 꼬리지느러미를 물렸다.

"커어 컥!!"

점이의 비명 소리가 목구멍으로 부터 새어 나왔다.

점이의 꼬리에서 피가 튀었다.

점이가 온 힘을 다해 꼬리지느러미를 빼내려 했지만 백상아리는 한 번 더 입을 벌렸다 닫으며 점이를 더 깊이 물었다.

다급해진 강치가 배에서 뛰어내리며 캘리와 박이한테 소리쳤다.

"빨리 배로 올라가!!"

캘리가 어쩔 수 없이 먼저 배로 올라갔다.

캘리가 배로 올라가니 급하게 박이도 따라 올라갔다.

강치는 밑으로 헤엄쳐 들어가 점이를 물고 있는 백상아리의 배쪽 목을 물어 버렸다.

'콰곽!!!!'

뭔가 부러지는 둔탁하고 커다란 소리와 함께 점이를 물고 있던 백상아리의 입에 힘이 빠지며 벌어졌다. 점이가 풀려났다. 박이가 내려와 점이를 부축해서 배 위로 올라왔다.

점이를 물었던 백상아리가 목에 피를 흘리며 도망갔다. 300kg이 넘는 큰바다사자의 치악력이 백상아리를 압도했다.

백상아리를 쫓아가 더 멀리 쫓아 보낸 강치는 배 위로 올라오려 배 뒤쪽으로 헤엄쳐 갔다.

그때였다. 강치를 향해 두 마리의 백상아리가 동시에 입을 벌리고 달려들었다.

강치가 한 마리의 입을 피하고 백상아리의 밑으로 돌아 피하려는 순간 꼬리지느러미에 심한 통증을 느꼈다. 다른 백상아리가 강치의 꼬리를 물어 버린 것이었다. 강치는 앞으로 추진할 수가 없었다.

그때 또 다른 백상아리 한 마리가 강치를 향해 입을 벌리고 달려들었다. 그때!

'콰지직 뚝!!'

뼈가 으스러지는 소리였다.

강치를 물고 있던 백상아리의 입이 벌어졌다. 그리고 몸뚱아리가 잘려 없어진 백상아리의 머리만이 물 위로 힘없이 떠올랐다.

강치를 향해 달려오던 또 한 마리의 백상아리도 이 광경을 보았는지 급선회하여 도망갔다. 그 틈을 이용해 강치는 인간의 배로 올라가 빠르게 바다를 살폈다.

강치의 눈에 검고 하얀 몸통을 가진 낯익은 덩치가 백상아리들을 한 마리씩 물어 죽이는 것이 보였다.

킬러.

온통 핏빛으로 변한 바다를 종횡무진하며 혈연단신으로 수십 마리의 백상아리 떼 속에서 싸우는 모습은 마치 산중 호랑님이 늑대 떼들과 싸워 이기는 모습과 흡사했다.

그래서 호랑이 범 자를 써서 범고래인가 보다.

킬러는 그렇게 백상아리 떼를 한 마리 한 마리씩 물어 제치며 울프 쪽으로 서서히 다가갔다. 울프도 자기 부하들이 하나씩 죽어 가는 모습을 보면서도 뒤로 물러날 기색은 보이지 않았다.

"조심해!! 강치야!!!"
 킬러의 싸움에 넋이 나가 응원과 염려를 하고 있는 강치의 귀에 캘리의 날카롭고 다급한 비명 같은 외침이 들렸다. 황급히 고개를 돌린 강치의 눈앞으로 커다란 뜰채가 덮쳐 오고 있었다.
 강치는 옆으로 껑충 뛰어 가까스로 뜰채에 잡히지 않았다.
 불빛을 등진 시커먼 인간이 뜰채를 들고 강치의 눈앞에 서 있었다. 시커먼 인간은 강치를 향해 거리를 재듯이 조심스레 한 걸음 다가섰다.
 인간의 움직임이 엄청 날랬다. 장갑 낀 손이 뜰채의 손잡이를 힘주어 다잡았다.
 동시에 구름에 가렸던 달빛이 인간의 얼굴을 비추었다.
 강치의 검은 눈동자가 순간 쪼그라들며 작아졌다.
 '나카시 요시부로!!!!'
 탐욕에 찬 눈빛! 잔인한 웃음을 띤 입! 악몽 속의 그 얼굴이었다. 엄마, 아빠와 독도 식구들을 무참히 죽인 그 일본 사냥꾼이 이곳에, 강치 앞에 서 있었다.
 강치는 온몸이 얼어붙었다. 도망치려 했지만 몸이 움직이지 않았다. 다시 한번 날카롭게 덮치는 나카시의 그물에 강치는 아무 저항 없이 잡히고 말았다.
 "이건 독도바다사자야! 이건 독도바다사자라구!! 이건 그냥 바다사자가 아냐, 분명해!!! 분명하다고!! 이거 씨가 말랐었는데… 이거 멸종됐다고!!! 우리 할아버지가 싹 다 잡았다고 했었다고!!! 캬캭캬캬캬캬 심봤다~ 아!!!

내가 뭐랬어. 이쪽으로 헤엄쳐 오는 거 보고 저건 독도바다사자라고 했어, 안 했어? 할아버지가 잡아 온 독도바다사자랑 똑같이 생겼어! 우리 집에 저거 박제도 있단 말이야! 똑같아…. 저기 저 암컷바다사자랑은 다르게 생기지 않았어?"

배 구석에 떨고 있는 캘리를 한번 쳐다보고 뜰채 속에 잡힌 강치를 확인해 본 어부들이 고개를 끄덕였다.

나카시는 정말로 기분이 째지는 듯 큰 목소리로 고래고래 소리를 지르며 환호했다.

캘리가 두려움 가득 찬 눈으로 강치를 바라보았다.

강치는 캘리가 눈에 들어오지 않았다. 두려움은 이제 눈동자까지도 마비시키는 듯했다. 털털 떨리는 눈을 겨우 들어 인간을 보았다.

다시 보니 나카시 요시부로가 아니었다. 너무나 닮았지만 그보다도 덩치가 더 컸고 젊었다.

"나카시 엔지로! 우리 부자 되는 거냐? 푸하하하!"

또 다른 인간이 강치의 앞에 있는 덩치 큰 인간을 '나카시 엔지로'라고 부르면서 머리가 뒤로 젖혀질 정도로 웃었다.

나카시 엔지로! 나카시 요시부로의 손자였다.

나카시 요시부로라고 착각할 정도로 할아버지와 닮았다.

나카시 집안은 대대로 어부이며 바다 사냥꾼이다. 일반적인 어부라기보다는 돈 되는 일이라면 뭐든 다 하는 그런 부류의 인간들이었다.

나카시 집안은 독도바다사자를 잡아 일본내수시장과 유럽으로 수출하여 큰 부자가 되었다. 그리고 일본이 독도를 자기네 영토라고 주장할 때 독도바다사자의 어업활동을 근거로, 스스로가 증인이 되어 역사적으로도 도적이 되길 자처했다.

엔지로는 할아버지인 나카시 요시부로에 의해 키워졌다.

덩치며 얼굴이 할아버지를 빼다 박았다. 잔인한 느낌까지도 소름 끼치게 닮았다.

나카시 집안에는 남의 물건을 훔치는 도적의 피가 흘렀다. 할아버지는 독도의 바다사자를, 손자는 서해 바다의 보물들을.

강치는 매일 같은 악몽을 꾸며 살고 있었다. 독도에서의 살육 당하는 가족과 친구들의 모습이 꿈속에서 재현되고 있었다.

그런데 그 악몽이 다시 눈앞에 현실로 나타난 것이다.

나카시 엔지로는 강치를 커다란 굵은 철망으로 만든 철제 상자에 가뒀다. 철제상자는 옆에도 많이 있었다. 대부분 바다 밑에서 건진 접시며 항아리 등이 차곡차곡 쌓여져 있었다.

이 배는 유물도굴선이었다. 그리고 나카시 엔지로는 일본 유물도굴꾼이었던 것이다.

강치는 이 일본 유물도굴선을 저번에 자기를 도와준 한국탐사선이라고 착각한 것이었다. 강치의 착각으로 백상아리보다 더 큰 위험에 친구들까지 빠뜨리게 된 것이다.

캘리도 저 소리 지르는 인간을 알아봤다. 저번에 자기를 때리고 킬러에게 작살을 쐈던 그 덩치 큰 인간이었다.

캘리의 우려가 현실이 되었다. 인간의 배라고 해서 또 그 배가 아니길 기도했다. 하지만 바로 그 배, 그 인간이었다.

나카시는 돌아가기 위해 도굴선의 시동을 걸었다. 오늘은 바닷속 보물보다 더 값나가는 독도바다사자를 잡았으니 로또에 당첨된 거나 마찬가지였다.

학계에서 멸종 선언된 독도바다사자를 살아 있는 채로 잡은 것이다. 이런 횡재가 없다고 나카시는 생각했다.

"가자 우리 니뽄 바다로!!!"

나카시의 배가 출발했다.

제5막 전설이 깨어나다   303

강치는 철제 상자 속에 갇힌 채로, 캘리, 점이, 박이는 배 구석에 몰려 있는 채로 배는 빠르게 이동하기 시작했다.

킬러도 일본 도굴선이 출발하는 것을 보았다.
킬러는 탈진 상태였다. 수십 마리의 죽은 백상아리가 물 위에 떠다녔다. 하지만 아직 울프를 처리하지 못하고 있는 상황이었다.
울프도 킬러도 서로에게 작지 않은 상처를 냈다. 서로를 탐색하며 숨을 고르고 있을 때 친구들을 잡아 가둔 인간의 배가 이동하기 시작했다. 그리고 엄청 빠른 속도로 킬러의 시야에서 멀어졌다.
킬러는 더 이상 울프를 상대할 수가 없었다. 목표가 울프가 아니고 친구들을 구하는 거였기 때문에 싸움을 멈추고 인간의 배가 사라진 쪽으로 방향을 돌렸다.
킬러는 온 힘을 다하여 배를 쫓기 시작했다.
울프와 살아남은 백상아리들도 킬러를 쫓기 시작했다.
킬러가 지나간 바닷물 위로 피가 너울거렸다. 작살에서 나오는 피와 백상아리들한테 물린 상처에서 피가 멈추질 않고 계속 흘렀다.
하지만 킬러는 아픈 줄도 모르고 헤엄쳤다. 고통이 느껴진들 지금은 참을 수밖에 없었다.
일본 배는 빨랐다. 킬러가 전속력으로 헤엄치고 있지만 따라잡기는 역부족이었다.

'에에엥엥!!!'

사이렌 소리가 정적을 깼다.

환한 서치라이트를 켜고 달려오는 대한민국 해양순찰선의 우레와 같은 사이렌 소리였다.

해양순찰선은 일본 도굴선을 마주 보며 달려오고 있었다.

해양순찰선은 일본 배 주위를 돌며 확성기를 통해 경고했다.

"너희들은 포위됐다. 이곳은 대한민국 영해다. 앞에 있는 일본 국적의 배는 엔진을 멈추고 순순히 투항하라."

하지만 일본 도굴선은 큰 물보라를 일으키며 크게 급회전하며 순찰선 옆으로 빠져나갔다.

대한민국 순찰선이 일본 도굴선을 추격했다. 쫓고 쫓겼지만 일본 도굴선의 속도가 압도적으로 우위였다.

일본 도굴선은 겉으로 보기에는 한국 일반 어선 같았지만 사실은 대한민국 해양순찰선을 따돌릴 요량으로 튜닝을 해서 만든 경주용 요트였다. 대한민국 순찰선에 비해 2배가량 속도가 빨랐다.

나카시는 타고난 사냥꾼이며 뱃사람이었다. 어릴 적부터 바다에서 살았고 할아버지와 아버지를 따라 수없이 바다에 나가 사냥을 하였다.

덩치도 크고 배포도 남달라 어릴 적부터 청새치나 참치 낚시대회에서 상을 휩쓸다시피 했고 요트 경주에서도 독보적인 실력을 자랑했었다.

나카시는 대한민국 해양순찰선 정도는 그리 신경 쓰지 않았다.

제5막 전설이 깨어나다

나카시는 자신감이 넘쳤다. 마치 게임을 하듯 얼굴에 장난기 있는 웃음마저 있었다.
　일본 도굴선이 울돌목 해안 가까운 쪽으로 방향을 틀었다. 아무래도 지형지물을 이용해 순찰선들을 따돌리려는 것 같았다.
　나카시의 작전은 적중했다.
　순찰선이 일본 도굴선의 뒤를 바짝 쫓다가 해안바위에 부딪혀 그 자리에 멈춰 섰다. 이러다간 일본 도굴선이 빠져나갈 것 같았다.
　킬러는 마음이 급했다.
　킬러의 눈에 자기를 바라보고 있는 캘리와 점이, 박이가 보였다.
　'구한다.'
　킬러가 크게 숨을 들이쉬었다. 그리고 바닷속으로 잠수했다. 백상아리도 킬러를 쫓아 잠수했다.
　킬러는 온 힘을 다하여 배를 쫓기 시작했다. 그러다 백상아리들을 힐끗 쳐다보았다.
　수십 마리였던 백상아리 중 울프를 포함해 3-4마리 정도만 쫓아오고 있었다. 울프는 쉽사리 킬러에게 다가가지 못하고 거리를 유지하면서 쫓아오다가 멈췄다가를 반복했다.
　아마도 새로운 작전을 짜는 것으로 보였다.
　킬러는 한 눈으로는 백상아리들을 살피면서 또 다른 한 눈으로는 일본 도굴선의 항로를 지켜보았다.
　일본 도굴선이 포물선을 그며 크게 이동했다. 킬러는 직선으로 가로질러 거리를 좁혔다.

나카시는 범고래 킬러가 자기 배를 쫓아오고 있는 건 알지 못하는 듯했다.

킬러는 어떻게 해서든 저 일본 도굴선을 멈추게 해야 했다.

그때, 좌초된 줄 알았던 해양순찰선이 다시 움직이기 시작했다. 하지만 속도는 나지 않았다.

나카시의 배가 대한민국 순철선을 약 올리듯 주변을 돌았다. 나카시는 다시 한번 아까 쓴 방법으로 한국 순시선을 바위로 유인하여 침몰시키려고 해안가로 바짝 붙었다. 하지만 순시선은 전의를 상실한 듯 초라하게 방향을 틀었다. 아마도 엔진 쪽에 문제가 있어 육지의 기지로 돌아가는 듯 보였다.

해양순찰선은 울면서 가는 어린아이처럼 어깨를 축 늘어뜨린 채 멀어져 갔다. 일본 도굴선은 비아냥거리듯 대한민국 해양순찰선을 뒤에서 계속 쫓아가다 돌아오기 위해 크게 선회했다. 킬러의 눈이 번뜩였다.

'지금이다.'

킬러는 선회하던 일본 배의 옆구리와 후미 사이를 있는 힘껏 들이받았다. 그 충격은 컸다. 배의 후미가 크게 부서지고 동력을 잃은 듯 추진하지 못하게 되었다.

그 충격으로 강치가 갇혀 있던 철제 상자와 캘리, 점이, 박이도 바다로 튕겨져 떨어졌다. 철제 상자에 갇힌 강치는 빠져나오지 못하고 바다 밑으로 가라앉기 시작했다.

캘리가 강치를 구하기 위해 잠수했다.

하지만 백상아리들이 기다리고 있었다. 두 마리의 백상아리가 캘리와 점이, 박이를 향해 수백 개의 이빨을 들이밀며 공격했다.

점이와 박이가 도망치자 백상아리들이 그 뒤를 쫓았다.

강치의 철제 상자를 머리로 받치고 있는 캘리의 눈에 킬러 쪽으로 이동하고 있는 울프가 보였다.

킬러는 일본 배를 들이받으면서 충격으로 기절한 듯 움직이지 않고 물 위에 떠 있었다.

'큰일이다. 이대로면 킬러가 당한다!'

킬러와 나카시의 배가 파도에 밀려 해안가로 점점 다가갔다. 캘리는 철제 상자에 갇힌 강치를 두고 킬러한테로 갈 수도, 안 갈 수도 없는 노릇이었다.

강치가 상황을 파악하고 큰 소리로 캘리를 각성시켰다.

"캘리야 정신 차려!!! 빨리 가!!! 가서 빨리 킬러를 깨워!! 난 아직 숨을 참을 수 있어!!"

캘리도 생각했다. 철제 상자가 강치를 보호해 줄 수 있다는 생각이 들었다.

"곧 올께! 그때까지 버텨!!"

캘리는 다시 오겠다는 말과 함께 강치의 철제 상자를 놨다.

강치의 철제 박스가 바다 밑바닥에 닿는 동시에 또 다른 백상아리가 다가왔다. 울프의 부하 대가리였다. 대가리는 철제 상자 주변을 몇 번 돌더니 그대로 머리로 받아 버렸다.

'꽈광'

또 한 번, 또 한 번.

철제 상자가 찌그러지기 시작하더니 꽤 큰 틈이 생겼다.

강치는 머리가 빠져나갈 수도 있는 크기라고 생각이 들었다.

머리를 들이밀었다가 얼른 다시 빼냈다. 대가리가 기다렸다는 듯 철제 상자의 벌려진 틈으로 큰 입을 벌리고 돌진했다.

대가리가 강치를 공격하고 있을 때 울프의 또 다른 부하 제비는 점이와 박이를 뒤따라가 공격했다.

두 마리 물범들은 산개했다…. 점이와 박이는 제비 때문에 킬러에게 다가가지도 못하고 있었다.

캘리는 바닥으로 숨어 헤엄치다 위를 올려다보니 킬러 쪽으로 다가가는 커다란 울프가 수면 위로 흘러가는 것이 보였다.

'진짜 킬러가 위험하다.'

울프도 킬러가 기절한 것을 알았다. 그리고 천천히 한 방에 킬러의 간을 물어뜯어 죽일 생각이었다.

의식이 없는 킬러는 해변 모래위로 떠밀려와 파도가 치는 대로 움직였다. 하얀 배를 그대로 노출시킨 무방비 상태였다.

울프가 속도를 냈다. 이제 울프는 킬러를 공격할 수 있는 사정거리까지 왔다. 울프의 눈의 속눈꺼풀이 내려와 허옇게 변했다. 그리고 3백 개도 넘는 이빨이 박힌 시뻘건 입을 벌렸다.

'퍼억'

그때 강치가 전속력으로 울프의 옆구리를 받아 버렸다. 커다란 물보라가 수면 위에서 올라올 정도로 큰 충돌이었다.

강치는 멍청한 대가리 덕에 빠져나올 수 있었다.

강치를 물려고 머리를 철제 상자 틈 사이로 집어넣었다가 머리가 끼어 버려 철제 상자가 대가리의 덫이 돼 버렸다. 그 덕에 틈은 더 벌어졌고 머리가 작은 강치가 빠져나올 수 있었다.

300㎏은 넘는 강치의 덩치에 받혔기에 울프도 꽤 큰 충격을 받았다.

하지만 울프는 그대로 다시 강치 쪽으로 몸을 틀더니 큰 입을 벌리고 달려왔다. 강치가 쉽게 피했다.

쉽게 피한 건 울프가 강치를 물 생각으로 달려온 것이 아니라 뒤로 후퇴하기 위함이었기 때문이었다.

강치와 캘리, 점이, 박이를 어느새 킬러 앞으로 모였다.

제비도 울프를 따라 뒤로 물러났다. 어떻게 빠져나왔는지 대가리도 울프 뒤로 붙었다.

그리고 뒤로 물러났다.

"저기 저길 봐…."

점이의 목소리가 떨렸다.

점이의 시선 끝은 바다를 향하고 있었다.

그리 멀지 않은 바다에 백상아리들의 꼬리지느러미가 수면 위로 하나둘씩 올라왔다. 눈에 보이는 것만 해도 수십 마리는 돼 보였다. 킬러가 꽤 많은 수를 처리했는데도 불구하고 꽤 많은 백상아리들이 남아 있었다.

울프 일당도 또 다른 백상아리 떼들을 보고 당황하고 놀라 뒤로 물러난 것이었다.

킬러의 피 냄새를 맡고 몰려온 또 다른 떠돌이 백상아리들이었다.

그저 먹이가 있으면 배만 채우고 떠나는 메뚜기 떼 같은 그런 무리였다.

떠돌이 백상아리들이 움직이기 시작했다.

백상아리들의 좌표는 여전히 피 냄새를 물씬 풍기고 있는 범고래였다.

다행히 킬러가 눈을 떴다. 하지만 머리에서도 피가 많이 나고 있었다. 의식은 돌아왔지만 움직이지는 못했다.

킬러가 입을 열었다.

"얘들아 피해!! 여기 있으면 위험해."

아무도 말을 할 수 없었다. 킬러를 두고 도망갈 수는 없었지만 킬러를 도와줄 수도 없었기 때문이다.

모든 바다를 백상아리가 점령한 것 같았다. 저길 뚫고 살아남을 수 있는 바다 생물은 없어 보였다. 절망적이었다.

캘리, 점이, 박이, 강치는 다가오고 있는 백상아리를 피해 바다 위에 솟아 있는 해안바위 위로 올라왔다. 지느러미가 있는 기각류 동물들은 바위 위로 올라와 백상아리들을 피할 수 있지만 범고래인 킬러는 그럴 수 없었다.

강치와 캘리, 점이, 박이는 어떻게 할 줄 몰랐다.

"아도나이님 도와주세요."

캘리의 자그마한 목소리였다.

킬러가 몸을 움직여 다시 중심을 잡고 백상아리를 정면으로 바라보며 마주섰다.

캘리의 눈에 눈물이 흘렀다.

아무도 어떤 말도 할 수 없는 적막의 시간이 흘렀다.

얼마 지나지 않아 강치가 킬러 옆으로 나란히 섰다. 강치가 킬러와 함께 백상아리들에 마주섰다.

백상아리 떼는 아무런 요동도 없이 빠르지도 느리지도 않은 속도로 조금씩 조금씩 가까워졌다

백상아리 떼한테는 바다사자 한 마리가 더해졌다고 해서 아무 위협도 되지 않는 듯했다. 그냥 먹잇감이 또 하나 생긴 것뿐이었다.

강치도 이빨을 드러냈다.

강치와 킬러가 서로를 쳐다보았다. 그 눈빛은 슬프거나 절망은 분명 아니었다. 전장에 마지막 남은 두 장수의 결의에 찬 눈빛이었고 서로를 믿고 감사하는 전우의 따뜻한 눈빛이었다.

둘은 동시에 백상아리들을 향해 내달렸다.

독도큰바다사자 강치와 범고래 킬러는 백상아리들과 사투를 벌였다.

킬러는 다친 몸이라고 생각할 수 없을 정도로 백상아리들을 압도했다. 킬러의 꼬리지느러미의 타격은 한 방에 백상아리들을 기절시키거나 몸통을 꺾어 버렸다.

강치의 머리 박치기와 이빨로 백상아리의 목을 무는 것 또한 백상아리들한테 치명적인 공격이 되었다.

하지만 아직 살아 있는 백상아리의 수는 킬러와 강치가 감당하기엔 너무나 많았다. 백상아리들은 킬러와 강치의 몸에 날카로운 이빨로 많은 상처를 냈다.

시간이 갈수록 킬러와 강치의 몸의 상처는 점점 더 많아지고 깊어졌다.

또 한 번의 격렬한 싸움 후 다들 멈춰 잠시 숨을 골랐다.

백상아리들도 적지 않은 수가 죽고 다쳤다.

백상아리들 입장에서 상대는 다친 범고래와 바다사자 한 마리뿐이었다. 그냥 쉽게 잡아먹을 수 있는 먹잇감이라고 생각했지만 실상은 정반대였다.

범고래와 큰바다사자의 전투력은 백상아리 떼를 압도하진 못하였지만 대등했다.

잠시 후 백상아리들이 한 마리씩 한 마리씩 뒤로 물러났다.

강치의 눈에 백상아리들이 전과 다르게 혼란스러워해 보이고 어딘가 모르게 당황하는 거 같았다.

'물러나려는 건가? 왜지?'

강치와 킬러의 눈에는 백상아리들이 후퇴하는 것처럼 보였다.

하지만 깊이 생각할 수 없었다. 강치와 킬러도 많이 다쳤고 많이 지쳤다. 서로에게 다친 몸을 기댄 채 눈으로는 백상아리들을 주시했다.

아직도 떠돌이 백상아리들은 수십 마리는 남아 보였다. 또한 전열을 정비하는 듯했다.

"망신창이 친구 괜찮나? 흐흐흐."

숨을 거칠게 헉헉대며 쉰 목소리로 킬러가 강치를 보며 말했다.

"아니 괜찮지 않지 않아, 피투성이 친구!! 쿨럭쿨럭."

온몸에 피투성이가 된 채 기침을 하는 강치가 킬러를 향해 웃음 지었다.

하지만 강치도 킬러도 웃음이 나올 수 없을 정도의 상태였다. 강치는 하얀 털이 온통 붉은색으로 변했고 킬러의 몸은 피가 안 나는 곳이 없을 정도로 온몸에 살점이 파여 있었다. 강치도 많이 다쳤지만 킬러가 너무나도 많이 다쳤다.

킬러의 몸은 검은색과 흰색보다 빨간 속살이 더 많아 보였다. 백상아리의 이빨에 커다랗게 뜯긴 옆구리에서는 피가 멈추지 않고 계속 뿜어져 나오듯 했다.

바로 앞에서 쉭쉭 소리를 내며 호전적이던 떠돌이 백상아리 두 마리가 갑자기 속도를 내어 뒤로 후퇴했다.

이상했다.

백상아리들이 이유 없이 공격을 멈추고 후퇴하고 있었다.

순간 킬러의 몸이 옆으로 기우뚱했다. 중심이 안 잡히는 듯했다.

그 정도로 킬러의 온몸에 힘이 다 빠져나가 정신만 겨우 차리고 있는 상태였다.

소강상태가 몇 분간 이어져 갔다.

그때였다. 강치의 눈에 멀리서 울프의 등지느러미가 물살을 가르고 빠른 속도로 달려오는 것이 보였다.

강치는 겨우 몸을 가누어 기다시피 하여 킬러 앞으로 나왔다.

힘이 다 빠져 버린 건 강치도 마찬가지였다.

강치는 울프와 맞섰다. 몸이 그렇게 움직였다. 두려웠지만 두려움을 이겨야 했다. 킬러를 지켜야 했다.

강치는 지금 진짜 독도의 큰바다사자가 되고 있었다. 지켜야 하는 가족과 친구를 위해 죽음마저 두려워하지 않고 앞장서는 우두머리가 되고 있었다.

울프가 맹렬히 달려왔다.

강치는 두 눈에 힘을 주고 가슴을 부풀린 후 울프를 향해. 두려움을 향해 크게 포효했다

독도큰바다사자의 포효였다.

"크오오오오워워워!"

울프는 이때야 말로 백상아리의 우두머리로써 이 전쟁을 승리로 이끄는 모습을 보일 수 있는 절호의 기회라고 생각했다.

울프가 돌진했다.

울프는 강치 바로 앞까지 다다랐다. 크게 입을 벌렸다.

강치도 온몸에 힘을 다해 크게 입을 벌려 포효하며 달려갔다. 강치 얼굴 바로 앞에까지 다다랐던 울프가 갑자기 턱하고 걸리듯 멈추었다.

그리고 누가 잡아당기듯 훅 끌려 뒤로 빠져나갔다.

강치도 놀라 뒤로 물러났다. 생각지도 못한 너무나도 의외의 상황이었다.

그러곤 바닷물 속이 큰 요동이 치더니 순식간에 물속 깊은 곳에서 뻘건 피가 주변으로 떠오르며 퍼져 나갔다.

울프를 공격하며 뒤엉켜 싸우는 존재가 강치 눈에 보이기 시작했다.

흰색 바탕에 검은색의 무늬, 커다란 덩치의 날렵한 움직임!

범고래였다.

흡사 킬러를 보는 듯했다.

"엄마…?"

격렬한 싸움 소리에 정신을 차린 킬러가 울프랑 싸우는 범고래를 알아봤다.

잠시 후 간이 뜯겨나가 배에 구멍이 난 울프가 뒤집힌 채 바다 위로 떠올랐다. 울프의 운명은 여기까지였다.

'끼이 끼익 끼이이이익'

멀리서 범고래들의 환호 소리가 들렸다.

킬러의 가족들이었다. 할머니 오르쿠스, 엄마들, 형들 모두 그대로였다.

킬러의 반쯤 감긴 눈에서 눈물이 흘렀다. 하지만 킬러는 곧바로 정신을 잃었다.

엄마 올라가 킬러에게 다가왔다.

"우리 아들 이제야 찾았네…. 다 컸구나."

엄마 올라도 이 한마디 말밖에 할 수 없었다. 커다란 눈에서 눈물이 흘렀다.

'끼이이이익'

올라의 소리의 듣고 달려온 범고래들이 킬러에게로 왔다. 강치는 뒤로 물러났다. 그리고 엄마 올라와 함께 킬러를 떠받듯이 머리로 밀면서 무리 쪽으로 데리고 헤엄쳐 갔다.

강치는 이별 인사도 하지 못하고 킬러와 작별을 해야 했다.

서운해도 어쩔 수 없는 일이었다. 킬러도 무리로 돌아가는 것이 가장 좋은 일이었고, 특히 지금 치명적으로 상처를 입은 상황에서는 더 그래야 맞는 일이었다.

범고래들이 떠나자 뒤로 물러나있던 떠돌이 백상아리들이 커다랗게 입을 벌리며 울프쪽으로 다가갔다.

순식간에 울프는 그렇게 사라져 버렸다.

울프로 배를 불린 백상아리 떼가 삼각형의 등지느러미를 물 밖으로 내놓고 강치를 노려보았다. 백상아리의 눈은 바닷물 속에 잠겨 보이지 않았지만 등지느러미만으로도 살기가 느껴졌다.

강치도 자세를 고쳐 잡았다.

하지만 백상아리의 등지느러미가 하나둘씩 물속으로 사라졌다. 이상하게도 백상아리들이 후퇴하기 시작했다.

범고래 무리들이 근처에서 떠돌이 백상아리와 강치를 지켜보고 있었다. 아까도 떠돌이 백상아리들이 갑자기 후퇴한 것은 범고래들의 등장 탓이었다.

백상아리들은 후퇴는 했지만 범고래 무리와 어느 정도의 거리를 두고 대치 상태를 만들었다.

썰물 때다. 몇 분도 안 되는 대치상태가 몇 시간처럼 느껴졌다.
'끼이익 끼이익 끼이끼익 끼익 끼이익 끼익 끼이이이이익'
오르쿠스가 이끄는 범고래 무리들이 소리를 지르며 전투 형태로 진열을 갖췄다.

잠시 동안 상황을 지켜보던 백상아리들의 등지느러미가 하나둘씩 물속으로 사라지며 후퇴하기 시작했다. 범고래와 싸움이 승산이 없다고 판단했는지 그대로 썰물과 함께 먼 바다로 사라져 버렸다.

그리고 바다는 아무 일 없었다는 듯이 다시 잠잠해졌다.

마지막 백상아리가 후퇴해 물속으로 사라진 걸 확인한 후 오르쿠스와 범고래 무리들은 킬러를 데리고 물속으로 사라졌다.

"강치야!!!"

점이, 박이, 캘리가 강치를 향해 달려왔다.

캘리가 강치한테 안겼다.

그러곤 캘리, 점이, 박이, 강치는 한참을 킬러가 가 버린 바다를 쳐다보았다.

킬러가 떠났다.
작별 인사도 못 했는데….

바람이 분다. 차갑고 날카롭다.
어느새 달이 더 밝아지고 더 높이 올라가 있었다.

22. 완벽한 승리

"빠가야로 빠가야로!!! 잡아라 잡아!"

끝난 게 아니었다.

이번에는 나카시 일당들이 배에서 뛰어내려 이곳으로 달려오고 있었다. 나카시의 성난 목소리가 점점 가까워졌다.

나카시와 도굴꾼들은 범고래와 백상아리들 때문에 꼼짝하지 못하다가 범고래와 백상아리들이 철수하는 걸 보고 강치를 잡으려 달려오고 있는 것이었다.

강치는 달려오는 인간들을 보고 있으면서도 몸을 일으킬 수가 없었다. 강치는 움직일 수 없을 정도로 심하게 다쳤다.

강치가 쓰러져 있는 해안의 바닷물이 빠져나가기 시작했다.

캘리가 강치를 깊은 물 쪽으로 밀기 시작했다. 점이와 박이가 힘을 합해 강치를 밀었다. 하지만 축 처져 있는 강치는 움직이지 않았다. 다들 마음이 급했다. 사냥꾼들은 점점 가까이 오고 있었다.

강치의 눈이 감겼다. 강치는 잠시 동안, 아주 잠시 동안만이라도 자고 싶었다.

눈을 감은 강치의 눈에 독도가 보였다.

아빠, 엄마가 보였다. 가지와 우소가 코끼리바위에서 뛰어내리며 웃었다. 하하하. 파도소리, 사철나무들의 소리, 괭이갈매기들의 울음소리 그리고 먼 하늘에서 이사부 아저씨가 이름을 부르는 소리가 들렸다.

"강치야~~~ 강치야~~~!!!"

꿈에 그리던 독도의 소리였다.

"강치야! 강치야!!"

멀리서 들리던 이사부 아저씨의 목소리가 바로 위에서 휙 지나가는 것처럼 들렸다. 눈이 떠졌다.

강치의 눈에 독도괭이갈매기 이사부가 나는 모습이 보였다.

진짜였다. 진짜로 보였다.

"이사부 아저씨?!!"

강치가 온 힘을 다해 절규하듯 소리쳤다.

"이사부 아저씨~~~~~~~!!!!!"

이사부도 강치를 보았다.

하늘을 나는 이사부의 눈물이 하늘로 날렸다.

"강치야!!"

어느새 나카시가 강치랑 꽤 가까운 거리까지 와 있었다.

'아오 아오 아오 아오'

괭이갈매기의 울음소리와 함께 이사부가 하늘에서 바다로 폭격기처럼 내리꽂아 나카시의 정수리를 빨간 부리로 정확히 타격

제5막 전설이 깨어나다

했다.

나카시는 이사부의 공격으로 머리 살점이 뜯겨져 나가고 피를 흘렸지만 한 손으로 머리를 감싸고 다른 한 손으로 몽둥이를 휘둘렀다.

옆에 있던 다른 인간이 가세해서 이사부를 향해 몽둥이를 휘둘렀다. 아슬아슬 하게 피한 이사부가 하늘로 날아올랐다.

이사부의 공격은 나카시에게 치명타를 주진 못했다.

나카시는 절뚝거리는 다리지만 뛰다시피 강치 쪽으로 다가왔다. 그 뒤에는 커다란 몽둥이가 들고 다른 인간들도 달려왔다.

검은 갯벌 위를 달리는 검은 악귀들 같은 모습이었다.

캘리, 점이, 박이는 절망했다. 강치가 온 힘을 다해 물속으로 기어 들어가려 움직였다.

인간들이 잡으려는 건 자기뿐이라는 걸 아는 강치는 캘리와 점이, 박이가 도망갈 수 있게 인간들을 바닷속으로 유인하려는 것이었다.

강치는 기었다. 온 힘을 다해 기었다.

인간들을 물속으로 끌어들여 싸워야 승산이 있다고 생각했다.

인간들과의 거리가 좁혀졌다.

그때였다.

강치의 눈앞에 바닷속에서 작고 검은 수많은 무언가들이 나타나더니 갯벌위로 올라왔다. 수천 마리 아니 수만 마리 정 도의 작은 물고기들이 갯벌위로 파닥거리며 뛰어오고 있었다.

그중에 맨 앞에 있는 익숙한 모습의 물고기 한 마리가 강치의 눈에 보였다.

'얼룩망둑 할아범…!!!????!!!'

진짜였다. 독도의 얼룩망둑 할아범이었다.

그리고 얼룩망둑 할아범 뒤로 수많은 짙은 갯벌 회색의 물고기들이 오와 열을 맞추고 꼬리를 하늘을 향해 치켜들고 있었다. 얼룩망둑 할아범과 생김새가 같았다. 짱뚱어… 짱뚱어들이었다.

독도가 일본 사냥꾼들한테 유린당하고 강치가 물의용으로 뛰어들던 날, 얼룩망둑 할아범도 꿈에 그리던 물의용을 마주하게 된 것이다. 그리고 강치와 이사부에 이어 물의용으로 뛰어들었다. 그리고 물의용을 타고 꿈에 그리던 고향, 서해 바다로 돌아온 것이었다.

그리고 이곳에서 동족 망둑어인 짱뚱어들을 만나 짱뚱어들의 보물선 왕국에서 살고 있었다.

얼룩망둑 할아범의 말이 진짜였다.

그리고 일본 놈들이 강치를 잡으러 왔다는 소식을 들은 얼룩망둑 할아범은 짱뚱어들을 데리고 강치를 도우러 온 것이었다.

서해 바다가 고향이고 물의용을 타고 왔다던 그 독도 전설 속 주인공인 얼룩망둑 할아범이 다시 물의용을 타고 서해로 돌아와 강치의 눈앞에 있었다.

기가 막힌 타이밍이었다.

갯벌에 펼쳐놓은 듯한 수천수만 마리의 짱뚱어들은 얼룩망둑 할아범의 신호에 맞춰 하늘 높이 올린 꼬리로 그대로 물기 촉촉한 갯벌을 내려치기 시작했다.

그 소리는 가히 대단했다. 독도얼룩망둑 파수꾼의 소리들보다 몇십 배는 크게 났다. 마치 양철 지붕에 떨어지는 커다란 우박 소리보다 훨씬 크고 더 요란했다.

인간들은 바로 코앞에서 나는 수만 마리의 짱뚱어들의 꼬리치기에 귀를 막고 그 자리에 멈추었다.

처음 경험해 보는 그 소리는 공포 그 자체였다.

그때였다. 인간들이 서 있는 갯벌에서 검은 흙칠로 위장한 무언가가 인간들의 다리를 올라타기 시작했다. 그 수도 몇백 마리 정도 되는 듯했다. 주꾸미들이었다.

주꾸미들 사이에 꾸미가 있었다. 강치와 꾸미의 두 눈이 마주쳤다.

수십 마리의 주꾸미들은 한 조를 이루어 인간의 다리로 올라갔다. 그리고 8개의 다리로 인간의 몸을 꽉 움켜쥐었다. 다리는 짧지만 힘 있었다.

"으아아악!"

"아아아아악!"

인간들은 자기들의 다리 쪽에서 올라오는 것이 무엇인지도 몰랐다. 다만 자기 다리를 꽉 움켜쥐는 것을 떼어 내는 것에 혼이 다 빠져나가는 듯했다.

하지만 인간들은 주꾸미의 8개의 다리보다 훨씬 더 정교하고 힘센 10개의 손가락이 있었다. 당황했던 처음과는 달리 상황을 파악하고 주꾸미들을 거침없이 떼어 내고 발로 밟고 갯벌 위를 달리며 진격했다.

하지만 몇 미터를 채 이동하기도 전에 인간들은 또 한 번 멈춰 설 수밖에 없었다.

강치와 인간들 사이에 두 개의 집게발을 하늘을 향해 쳐들고 오와 열을 맞춰 인간들을 위협하는 서해꽃게들이 갯벌 속에서 올라왔기 때문이다.

'척척척'

세 번의 집게 소리를 내는 대장 꽃게의 신호에 맞춰 수천 마리의 서해꽃게들은 갯벌을 달리기 시작했다.

꽃게의 속도는 갈매기도 못 쫓아올 정도로 빨라 보였다.

인간들은 눈앞에서 자기들을 향해 달려오는 꽃게들을 보고 거의 공포에 싸여 자기도 모르게 뒷걸음질을 치고 있었다.

그러는 사이 하늘에는 방금 전부터 서해 갈매기들이 모여들고 있었다.

하늘을 가득 메운 서해 갈매기들의 수천 개의 빨간 눈들이 인간들을 노려보고 있다.

그 중심에 이사부가 있었다.

　갈매기들이 갯벌로 하강하기 시작했다. 꽃게의 공격과 동시에 연달아 시작되는 수백 마리의 갈매기 떼의 공격은 인간으로서는 공포 그 자체였다.
　인간들은 갈매기들의 부리가 머리에 닿기도 전에 도망치기 시작했다.
　강치와 캘리, 점이와 박이도 인간들을 물고 머리로 받으면서 공격했다.
　이들과 더불어 짱뚱어들의 꼬리치기와 주꾸미들과 서해꽃게들의 공격 그리고 갈매기들의 공중공격은 인간들을 아연실색, 혼비백산하게 만들어 도망치게 했다.
　나카시와 인간들은 해안가로 밀려온 자기들의 배를 겨우 움직여 도망쳤다.

"와와와와~~~~~~ 와"

독도얼룩망둑 할아범과 짱뚱어들이 펄쩍펄쩍 뛰며 환호했다.

꾸미가 크게 웃으며 강치에게 펄쩍 뛰어올랐다.

외침에 대항한 완벽한 방어였고, 대승이었다.

이사부가 강치 앞으로 내려앉았다.

강치와 이사부는 얼싸안았다. 그리고 강치는 하염없이 눈물을 흘렸다. 이사부도 눈물이 흐르기는 마찬가지였다.

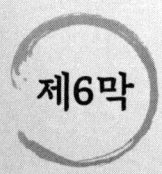

제6막

새로운 시작

23. 우연이라고 하기엔…

　강치는 이사부가 죽은 줄로만 알았다.
　주꾸미의 말을 통해 이사부가 이곳에 있다는 얘기를 처음 들었고 점이와 박이의 목격담으로 이사부도 자기와 같이 물의용을 타고 이곳에 왔다고 들었다.
　그리고 자기를 지키려고 큰부리까마귀들과 싸우고 마지막은 수리부엉이한테 잡혀갔다는 얘기까지는 듣고 그다음 이사부에 대한 얘기는 하나도 들려오지 않았다.
　그래서 이사부는 당연히 죽은 걸로 생각했다.
　슬프지 않은 날이 없었다. 하지만 눈물도 나지 않았다. 눈물을 흘리고만 있을 수가 없었다.
　강치는 마음을 다잡고 또 다잡았다.
　'진짜 혼자다'.
　그 후 강치는 죽은 이사부는 잊고 수니와 점이, 박이, 캘리 그리고 킬러와 함께 낯선 서해 바다에서 주어진 삶을 하루하루 열심히 살아온 것이다.

하지만 이사부는 죽지 않았었다.

수리부엉이한테 날카로운 발톱에 움켜 잡혀가는 걸 보고 다들 죽었다고 생각했지만 사실 그렇지 않았다. 반대로 수리부엉이는 이사부의 생명을 구했다.

이사부를 구한 수리부엉이는 큰부리까마귀한테 새끼를 잃고 복수심에 불타고 있는 엄마 수리부엉이였다.

숲속 동물들은 까마귀부엉이라고 불렀다. 까마귀만 잡아먹는다 해서 붙여진 이름이었다.

진짜 이름은 룻릴라로, 밤의 친구란 뜻이다.

사냥을 마치고 돌아오던 길에 룻릴라는 멀리서 새끼가 점프연습을 하는 모습을 흐뭇하게 지켜보고 있었다

그런데 갑자기 나타난 검은 그림자가 새끼를 덮쳤다.

룻릴라는 미친 듯이 새끼 쪽으로 날아갔다. 나무 사이를 날아가다가 커다란 날개가 걸려 곤두박질 쳤다. 날개가 부러져 땅으로 뛰었다. 하지만 룻의 작은 새끼는 사라져 버린 후였다.

하얀 새끼의 솜털 같은 작은 깃털들만 여기 저기 흩뿌려져 있었다. 그리고 그중에 까맣고 큰 깃털이 하나 떨어져 있었다. 큰부리까마귀의 깃털이었다.

그 이후로 룻은 계속해서 새끼를 찾아 이곳저곳을 헤맸다. 몇 달이 지나고 또 몇 달이 지났다. 그러는 사이 까마귀들의 사체도 점점 늘어났다. 룻은 까마귀가 보이는 대로 사냥해 버렸다. 먹기

위한 것은 당연히 아니었다.

 산속의 동물들은 룻릴라에게 과하다고도 했고 미쳤다고도 했고 또 불쌍하다고도 했다.

 그러던 어느 날 바닷가에서 큰부리까마귀와 싸우는 이사부를 보게 된 것이다.

 룻은 하얀색의 이사부를 자기의 새끼로 순간 착각한 것인지 큰부리까마귀와 싸우는 갈매기를 동지라고 느꼈는지는 모르겠으나 어찌됐든 큰부리까마귀들을 죽이고 이사부를 구했다.

 그리고 이사부를 정성껏 보살펴 살려 낸 것이었다. 그리고 둘은 친구가 되었다.

 그러면서도 이사부는 계속 강치를 찾았다. 하지만 아무한테도 강치를 봤다는 소식을 들을 순 없었다.

 그래서 이사부도 강치가 죽은 줄로만 알았다…. 그래서 강치를 찾는 것은 포기하고 서해 바다에 적응하면서 룻과 서해 바다 갈매기들과 살아오고 있었다.

 좀 전에도 이사부는 조개를 잡으러 갯벌에 나왔다. 한참을 갯벌을 돌아다니며 조개를 잡아먹던 중에 주꾸미 한 마리가 괭이갈매기 이사부 앞에 떡하니 나타났다. 갈매기를 보면 도망가야 되는데 반대로 앞에 나타난 것이다. 심지어 무서워하는 것이 아니라 반가워하는 것이었다.

 꾸미는 용머리해안 근처에서 강치와 점박이물범, 범고래가 백상아리들과 전쟁이 났다는 소식을 듣고 그쪽으로 달려가고 있었다.

그러는 도중에 그렇게 찾던 이사부가 갯벌에 있는 갈매기들 사이에 있는 걸 우연히 보게 된 것이다.

"갈매기 아저씨 .저는 꾸미라고 해요. 아저씨 쩌어번에 물의 용 타고 여기에 어린 수컷 바다사자랑 같이 떨어진 그 갈매기 맞죠?"

황당한 상황과 갑작스러운 주꾸미의 질문에 이사부는 잠깐 멍해졌다. 그리고 정신을 차렸다.

"너 그 바다사자!!! 너 강치를 알아?"

"네, 알아요! 지금 산 너머 갯벌에서 인간들과 백상아리들한테 쫓기고 있어요!!! 큰일 났어요!! 강치가 위험해요. 그 사건 때문에 갯벌 전체가 난리여요!!

저는 주꾸미 친구들을 데리고 가려고 하니 아저씨 먼저 가서 강치를 도와주세요!!!"

주꾸미는 달려 나가기 시작했다.

이사부 옆에서 갯벌 속 조개를 잡아먹던 서해 바다 갈매기들이 새로운 소식을 듣더니 일제히 소리 질렀다.

'끼륵끼륵 끼끼륵'

싸움 구경은 너무 재밌다며 다들 평소보다 더 호들갑을 떨며 갯벌 위를 총총총 뛰어다니며 떠들어 댔다.

"큰판이 벌어졌대!!!"

그러곤 입을 짝짝 벌리며 일제히 날아올랐다.

갈매기들은 남의 일에 꽤 관심이 많은 종속이다. 특히 싸움 구경을 좋아한다. 하지만 구경만 좋아한다. 절대 끼어들지는 않는다. 갈매기들은 원래 그렇다.

그래서 이번에도 원래 그렇듯 구경을 하러 간 거지 이사부를 도와주거나 인간을 공격하러 간 게 아니었다.

그런데 구경하러 갔다가 인간들 발밑에 수많은 짱뚱어와 주꾸미 같은 맛있는 먹이가 널려 있는 걸 보고 추운 겨울 동안 배를 곯던 갈매기들이 눈이 뻘겋게 뒤집혀 달려들었던 것이었다.

"이게 웬 떡이냐 신난다!!"

그걸 인간들이 보고 오해하고 공포스러워했을 뿐.

서해꽃게들도 비슷한 상황이었다. 이 야밤에 짱뚱어들의 움직임이 서해꽃게들한테 포착된 것이었다. 최애 먹이인 짱뚱어들을 갈매기들보다 먼저 차지하려고 보니, 갈매기들을 위협하기 위해 집게를 하늘을 향해 들고 달려간 거뿐이었다.

그 모습을 보고 인간들은 자기들을 공격하려고 몰려온 거라 스스로 오해를 키운 것이었다.

인간들이 더 공포스러웠던 건 이런 이해할 수 없는 일들이 자기 눈앞에 일어나고 있는 것이었다.

이런 이해할 수 없는 일들은 종종 일어난다.

이해는 걷어 치우고 겉으로 벌어진 상황만 보면, 얼룩망둑 할아범과 괭이갈매기 이사부가 짱뚱어들, 서해주꾸미, 서해꽃게와 서해갈매기 같은 바다 생물들을 데리고 와서 육해공 작전으로

적을 물리치고 승리로 이끈 전쟁이었다.
 겉으로만 보면 우연에 우연이 겹친 거짓말 같은 사건이 벌어졌다 할 수 있었다.

 우연은 인과관계 없이 뜻하지 아니하게 일어나는 것을 이야기한다. 하지만 우연을 끈질기게 추적하다 보면 누군가의 의미 있는 시작이 있음을 알 수 있다.
 우연은 그런 의미에 값을 쳐 주기 싫은 누군가의 시기의 말이라 볼 수 있다.
 그 의미를 흐트러뜨리는 자들은 의미 있는 그 작은 시작이 큰 의미로 성장되는 것을 두려워하는 것 같다. 그래서 시작하려는 이들에게 우연이라는 행운은 오늘이라도 나타날 수 있으니 시작을 내일 그리고 또 내일로 미뤄도 된다고 착각하게 만들려는 것 같다.
 갑자기 하늘에서 뚝 떨어지는 것은 없다.
 이유 없는 존재가 어디 하나라도 있는지 눈을 씻고 찾아봐라. 물의용의 소용돌이도 작은 나비의 의미 있는 작은 날갯짓에서부터 시작되었는지도 모른다.
 각설하고, 이번 일도 주꾸미 한 마리가 약속을 지키려고 달리기를 시작함으로 이사부와 강치 그리고 얼룩망둑 할아범은 다시 만났고 살았고 지금 얼굴을 맞대고 있는것이다.
 참 삶이란 오묘하다.

24. 나에게 속하지 않은 전쟁

강치는 이사부를 산호동굴 산호해변으로 데려갔다.

수니 아줌마는 점이, 박이, 캘리, 강치 모두의 생명을 구해 준 이사부를 환영했다. 그리고 킬러가 많이 다쳤다는 슬픈 소식과 그토록 만나고 싶었던 가족을 만났다는 좋은 소식도 들었다.

수니는 킬러가 너무 걱정됐다. 수니는 킬러의 지느러미와 몸통에 박힌 작살을 되도록 빨리 빼내야 한다고 생각했다.

하지만 그건 범고래나 바다사자, 점박이물범들이 할 수 있는 일이 아니었다.

그건 오직 인간만이 할 수 있다는 걸 수니는 알고 있었다. 수족관 사육사들의 도움을 받아야 되는 일이었다.

이사부가 산호동굴 산호해변을 둘러보았다.

"여기 진짜 천국 같다. 독도보다도 더 좋은 거 같은데!!!

이런 곳에 있었으니 찾을 수가 없지!!!! 진짜 여긴 아무도 못 찾을 거 같다! 야 강치 이놈!! 내가 널 얼마나 백방으로 찾아다닌 줄 알아!!??? 꾸미가 아니었으면 우린 진짜 영영 못 볼 뻔했다.

하하하."

강치가 꾸미를 쳐다보았다. 꾸미도 웃었다

오랜만에 강치와 이사부는 지난 얘기며 독도 얘기, 앞으로 살아갈 얘기로 울고 웃으며 회포를 풀었다.

그리고 밤이 되었고 고단한 몸들은 모두 깊은 잠에 빠졌다.

더 깊은 밤, 비밀의 산호해변으로 검은 인간들이 물속에서 올라오고 있었다.

나카시 일당이었다.

도망간 줄 알았던 나카시가 강치 무리의 뒤를 밟았던 것이었다.

일본 도굴선의 첨단장비가 부상당한 강치 무리의 느리고 큰 움직임을 쉽게 포착하여 뒤를 따라올 수 있었다. 그리고 밤이 되길 기다렸다가 산호동굴을 통과해 이곳으로 들어온 것이었다.

강치 무리들로서는 상상도 못할 일이었다.

모두 누가 업어 가도 모를 정도로 깊은 잠에 빠져 있었다.

나이 들어 잠귀가 밝아진 수니의 귀에 낯선 소리가 들렸다.

'인간들?'

수니는 인간들을 인지한 동시에 소리쳤다.

"도망쳐!!! 인간들이 나타났다!!"

다들 정신이 번쩍 들 정도의 다급하고 위험을 알리는 소리였다.

수니가 바위 뒤로 도망갔다. 꾸미도 수니가 사라진 쪽으로 따라 쫓아갔다.

캘리, 점이, 박이가 본능적으로 물속으로 다이빙을 했다. 이사부도 깜짝 놀라 '아오 아오' 고함을 지르며 거친 날갯짓을 푸드득 거리며 하늘로 올랐다. 그리고 공중을 한 바퀴 돌더니 인간을 공격했다.

땅! 땅!

하늘에서 이사부가 바닷속으로 곤두박질쳤다. 인간의 총이 이사부의 날개를 관통했다.

다행히 겨우 다시 하늘로 올랐다. 이사부가 어디론가 날아갔다.

강치가 인간을 향해 덤벼들었다.

하지만 쇳소리를 내는 커다란 그물이 강치를 덮었다.

'차르르륵'

또 다른 그물이 캘리의 머리 위로 날아왔다.

인간들은 독도바다사자 강치를 잡을 계획을 철저히 하고 나타난 것이었다.

박이가 물속에서 튀어나와 강치를 잡으려는 나카시한테 달려들었다.

'퍽'

얼굴에 수염이 많은 인간이 기다렸다는 듯 박이의 머리를 커다란 몽둥이로 갈겨 버렸다.

"야 나카시, 내가 니 목숨 살렸다잉. 그라고 이 점박이물범 새끼는 내 거여, 알았제???"

수염 많은 인간은 한국인 이 씨였다. 이 씨는 나카시와 짜고 한국 유물을 일본으로 빼돌리려는 한국인 도굴꾼이었다.

외마디 비명을 지르며 박이가 모래 위로 힘없이 쓰러졌다. 이 씨가 박이를 향해 다시 한번 몽둥이를 들었다.

"박이야!!"

점이가 소리치며 이 씨한테 달려들었다.

박이를 향했던 몽둥이가 점이의 몸뚱이를 가차 없이 수차례 내려쳤다.

점이가 쓰러졌다.

"으악!"

이 씨가 외마디 비명을 질렀다. 캘리가 이 씨 허벅지를 물었다.

이 씨가 넘어졌다. 하지만 캘리도 쓰러졌다.

산소통으로 캘리의 머리를 내리친 나카시가 이번에는 발로 캘리를 찼다

캘리, 점이, 박이, 킬러, 수니가 살던 이 천국 같은 산호해변은 이제 지옥으로 변했다.

여기저기 하얀 산호 위에 빨간 핏자국이 사방으로 튀었다.

강치는 쇠그물에 잡혀 움직이지도 못하고 힘을 쓰지 못했다.

나카시가 그물 속 강치의 얼굴 앞으로 바짝 다가오며 손가락으로 캘리를 가르쳤다.

"나한테 대들면 너도 저 꼴이 되는 거다. 넌 곱게 살려서 가야 하니까 이정도로 하는 줄 알아."

나카시의 잔인한 눈빛과 함께 주먹이 날아왔다.

주먹 한 대였지만 나카시의 얼굴이 강치의 얼굴로 다가왔을 때

독도의 악몽이 다시 고개를 들었다. 강치는 그대로 얼어붙었다.
　강치는 아무것도 할 수 없었다.

　갑자기 산호해변이 환해지더니 대낮처럼 밝아졌다.
　또 다른 인간이 들고 다니는 커다란 랜턴을 켰다.
　인간의 불빛이 해변을 병풍처럼 두르고 있는 해안 절벽을 좌에서 우로 훑었다.
　이 씨가 일어나면서 캘리 옆구리를 발로 찼다. 그리고 시선이 한곳에 고정됐다.
　"나카시! 저게 뭐지?"
　이 씨가 강치를 그물로 묶고 있는 나카시의 옆구리를 치며 손가락으로 한 방향을 가리켰다.
　나카시의 눈이 커졌다.
　"보물선… 이… 다."
　부서진 옛 선박의 선미 일부분이 암초에 박혀 좌초돼 있는 것이 인간의 눈에 보인 것이다.
　나카시와 3명의 인간은 그 자리에서 얼어붙은 듯 움직이질 못했다. 그리고 다 같이 외쳤다
　"보물선을 찾았다!!! 보물선이다!!!"
　인간들은 미친 것같이 흥분하며 날뛰었다. 너무 좋아서 눈물까지 흘렸다.
　나카시와 도굴꾼들은 강치를 잡으려고 이곳에 온 것이었다. 밤

이지만 불을 켜면 발각이 될까 봐 어둠을 뚫고 탐사장비에서 울리는 신호만을 보면서 이 동굴 속 산호해변을 찾아왔다. 그래서 바닷속을 통과할 때는 보물선을 미처 보지 못했다.

그런데 강치의 은신처가 바로 그토록 찾던 보물선이 있는 곳이었다. 나카시 입장에선 하늘이 돕지 않고서야 이럴 수가 없다고 생각했다.

'꿩 먹고 알 먹고'

'도랑 치고 가게 잡고'

'일석이조'

무슨 말로도 표현할 수 없을 정도로 횡재였다.

돈으로 환산하면 아마도 몇십억 아니 몇백억 정도의 보물을 찾은 것이다.

인간들은 날뛰며 배를 살피더니 나카시의 지시에 다시 물속으로 잠수했다. 위에 좌초된 배의 선미가 보이니 나머지 선채에 분명 보물이 있을 것이라고 확신했다. 확신보다는 너무나 간절한 마음이었다.

한참 만에 나온 잠수부들은 나카시를 향해 외쳤다.

"있다! 밑에 있다! 나머지 배 안에 그대로 다 있어!! 보물이 있다고!! 갯벌에 속에 온전하게 있어!!"

"우리 이제 부자다!!"

이 씨가 흥분해서 소리쳤다.

이 씨의 환호를 듣고 있던 나카시의 입꼬리가 살짝 올라갔다.

그리고 이 씨를 피해 얼굴을 살짝 숙였다.

  나카시와 그 일당들은 바닷속 보물선에서 값진 물건부터 건져 내서 산호동굴 밖 바다 위에 대기하고 있던 자기들 배에 옮겨 싣기 시작했다.

  그와 동시에 강치와 캘리는 그물에 갇힌 채 동굴 밖으로 끌려 나왔다.

  머리와 온몸에 피를 흘린 채 일본 도굴선에 태워 묶여졌다

  점이, 박이도 목줄을 매어 배 난간에 묶었다. 강치와 캘리는 산 채로 잡아 큰돈을 만질 생각이었고, 점이와 박이는 보물선 도굴에 방해가 되니 잡아 놓은 것이었다.

  강치는 뒤쪽 선체 뒤에 묶여 있었고 캘리는 의식이 없는 채로 배 바닥에 던져져 있었다.

  바닥은 캘리 피로 흥건했다. 배가 움직일 때마다 캘리의 피가 위에서 아래로 좌에서 우로 왔다 갔다 흐르고 있었다.

  인간들은 거의 새벽 먼바다가 밝아 오기 시작할 때까지 유물들을 꺼냈다. 그리고 배에 실은 유물들을 고기잡이 그물들로 덮어 감추었다. 누가 봐도 고기잡이배처럼 보였다.

  나카시가 강치에게 다가왔다.

  강치를 그물째 끌고 가서 선체 바닥 저장탱크 속으로 발로 차 밀어 넣어 버렸다.

  그리고 의식 없이 쓰러져 있는 캘리도 질질 끌고 와 탱크로 떨어뜨려 버렸다.

"캘리야!!!"

강치는 기어가 바닥으로 떨어진 캘리를 안았다. 하염없이 눈물이 흘렀다.

나카시는 팔 수도 없는 점이와 박이는 바다로 던져 버렸다.

나카시의 배가 움직였다.

나카시는 무슨 생각을 했는지 그 잔인한 미소를 한 번 더 지었다. 그리고 나카시의 배는 어두운 방에서 어린 아기의 피를 잔뜩 빨아먹고 도망가는 모기처럼 최대한 조용하고 천천히 서해 바다를 빠져나가기 시작했다.

조금 지나 나카시의 배에서 묵직한 무게가 바다로 힘없이 떨어졌다.

이 씨였다. 이 씨가 바닷속으로 사라졌다.

나카시가 잔인한 미소를 지으며 돌아섰다.

'투둑!! 툭 툭 투두둑!'

작지 않은 굵기의 비가 선체를 때렸다.

바람이 불었다.

바다는 무겁고 넓은 몸집을 울렁꿀렁거리며 뒤척이기 시작했다.

바다에 떨어진 점이와 박이는 입에 피가 나도록 서로의 목줄을 물어뜯었다.

점이와 박이는 어찌할 바를 몰랐다. 둘이서라도 강치와 캘리를 잡아간 배를 쫓아갈 것인지… 아니면 이사부를 찾을 것인지…. 그 사이 벌써 강치와 캘리를 잡아간 배는 저 멀리까지 갔다.

그때였다.

'아오 아오 아오 아오'

이사부의 울음소리였다. 울음소리라기보다는 전투 시작 전 내는 기합 소리 같았다.

그리고 그 뒤로 커다란 작살이 꽂힌 검은 지느러미가 물살을 가르며 달려오고 있었다.

킬러였다.

킬러가 사력을 다해 달려오고 있었다.

그리고 그 바로 위에는 수리부엉이 룻릴라가 커다란 날개를 펴고 날아오고 있었다. 점이와 박이가 강치를 처음 만난 날 이사부를 큰 발로 잡아간 그 수리부엉이, 그리고 이사부를 살려 낸 그 엄마 수리부엉이였다.

이사부는 하늘을 날아 산호해변을 빠져나온 후 룻릴라와 함께 밤새 하늘을 날면서 범고래 무리를 찾아 헤맸다. 그리고 마침내 먼바다에서 킬러를 찾아 같이 이곳으로 온 것이었다.

점이와 박이 옆으로 다가온 킬러가 점이와 박이의 얼굴을 비볐다.

"살아 있어 다행이다."

점이와 박이를 바라보며 킬러가 믿음과 안도를 담아 얘기했다.

"너도!!"

박이와 점이도 킬러를 보고 동시에 얘기했다.

룻릴라가 먼저 나카시의 배를 향해 큰 날개를 한번 크게 펄럭거리더니 바다 위로 빠르게 날아갔다.

그 뒤로 킬러가 속도를 냈다.

이사부도 하늘 높이 올라가 나카시의 배의 위치를 놓치지 않으려고 눈을 매섭게 떴다.

룻릴라는 수리부엉이답게 아무도 모르게 조용히 배의 바로 위를 날고 있었고 이사부는 고깃배 위를 나는 여느 갈매기처럼 시치미를 떼고 배의 여기저기에 내려앉으며 강치와 캘리가 어디 있는지를 살폈다.

"강치야!"

이사부가 저장탱크 위에 내려앉아 강치를 불렀다. 배 위 보이는 곳에는 없으니 저장탱크 속일 거라고 생각했다. 예상대로 강치는 탱크 속에 있었다.

"이사부 아저씨, 저 여기 배 바닥에 있어요. 캘리가 위급해요!"

상황을 파악한 이사부는 킬러 쪽으로 쏜살같이 날아갔다.

"킬러! 강치와 캘리가 위험해. 지금 바닥 탱크에 갇혀 있어."

킬러는 속도를 높였다. 그리고 배를 추월했다. 한참을 앞선 후 배의 진로 방향과 마주 보게 몸을 돌렸다.

그리고 나카시의 배와 정면으로 마주 보며 섰다.

나카시도 아까부터 범고래의 지느러미를 발견하고 예의주시하고 있었다.

나카시도 이 범고래한테, 킬러도 이 덩치 큰 인간한테 서로 악연이었다. 나카시에게 이 범고래는 자신의 배를 여러 번 망가뜨리고 자기 다리를 절름발이로 만들었으며 지금도 자기를 위협하고 있는 존재였다.

'이번엔 반드시 끝낸다.'

킬러도 마찬가지였다. 아니 더했다. 등에 작살을 꽂은 저 덩치 큰 인간에게 복수를 해야만 했다.

그리고 친구들을 구해 내기 위해서도 저 덩치 큰 인간을 없애 버려야 했다.

킬러가 속도를 내기 시작했다.

'친구들을 반드시 구해 낸다.'

킬러의 몸은 여전히 큰 부상이 있는 상태였다.

이대로 배와 충돌하게 되면 킬러는 죽을지도 몰랐다. 그걸 킬러 자신도 너무 잘 알고 있었다. 하지만 킬러는 괜찮았다.

범고래 가족들은 아직 회복이 안 된 킬러가 다시 친구들을 구하기 위해 인간들과 싸우러 가는 것을 반대했지만 킬러는 이곳에 와 있다.

킬러가 빗방울이 가득한 하늘을 쳐다보았다.

"하하하하하 꺄르르 킥킥킥!"

킬러의 귀에 하늘 가득, 바다 가득 웃음소리가 울려 퍼진다.

캘리, 점이, 박이 그리고 자기 자신이 산호해변 바다에서 물장구를 치며 뛰놀고 있었다.

킬러는 분수공으로 물대포를 쏴 댔다. 물대포를 뒤집어쓴 캘리가 깔깔거렸다.

수니 아줌마는 검은 거북바위 위에 누워 아이들이 노는 걸 지켜보고 있었다.

점이와 박이는 주꾸미를 가지고 놀고 있었다.

주꾸미를 킬러한테 던졌다. 주꾸미가 킬러의 얼굴에 찰싹 붙었다. 다들 웃겨 죽었다. 킬러도 웃었다.

하늘이 너무나 파랗고 아름다웠다. 그 하늘 높이 킬러가 공중에서 한 바퀴를 돌았다. 바다로 떨어진 킬러 주변으로 커다란 물파장이 생겼다.

"하하하하!"

'평생 이랬으면….'

파란 하늘이 순식간에 먹구름으로 뒤덮이며 빗줄기가 쏟아졌다.

킬러의 기분 좋은 상상은 빗줄기에 의해 사라지고 현실이 그의 눈앞에 나타났다.

눈을 뜬 순간 덩치 큰 인간의 작살 총이 자기를 겨냥하며 점점 다가오고 있었다.

이사부가 하늘에서 킬러를 보았다. 인간의 배와 정면충돌할 생각이었다.

"킬러!! 안 돼!!! 너무 무모해!! 그러다간 자네가 죽어!!"

어느새 킬러 위로 날아온 이사부가 킬러의 계획을 알아보고 킬러를 막아섰다. 하지만 마음을 먹은 킬러를 이사부가 막을 수는 없는 일이었다.

나카시와 킬러의 거리가 좁혀지고 있었다.

나카시의 눈이 가늘어졌다. 나카시의 눈은 작살 총의 가늠자와 가늠쇠를 거쳐 킬러의 숨구멍 앞 머리 부분을 보고 있었다.

작살 총 끝에 맺힌 빗방울이 시한폭탄처럼 조금씩 조금씩 커지면서 떨어질 때를 숨죽이며 기다리고 있었다.

'범고래 이 새끼, 이번엔 죽인다.

조금만 더 가까이 더 가까이 와라.'

나카시의 악 물은 이 때문에 오른 볼에 묵직한 경련이 일어났다.

킬러도 입을 꽉 깨물었다.

'한 번만 저한테 힘을 주세요.'

방아쇠에 걸린 나카시의 검지에 힘이 들어가기 시작했다.

방아쇠는 발사되기 바로 직전까지 당겨져 있었다.

나카시의 눈에 킬러가 사정거리로 들어왔다.

'이때다.'

킬러가 큰 물보라를 일으키며 점프를 했다.

'푸우악!!!!'

킬러의 5m 점프였다.

나카시가 방아쇠를 당겼다.

'푸웅'

나카시의 작살은 킬러의 하얀 배를 스쳐 가듯 지나갔다.

킬러의 점프가 나카시의 작살보다 한 템포 빨랐다.

킬러는 자신의 무기인 단단한 머리로 나카시를 받아 버릴 계획이었다. 공중을 가르는 킬러는 배의 선미를 넘어 나카시를 향했다.

하지만 나카시는 옆으로 넘어지면서 킬러의 머리 공격을 가까스로 피했다.

나카시가 배 바닥으로 나동그라졌다.

나카시를 받아 버리진 못했지만 킬러는 그 속도 그대로 일본 도굴선의 조정실을 박살 내면서 후미로 떨어져 배 뒷부분까지 부서뜨리면서 바다로 떨어졌다.

10톤 가까이 되는 킬러가 속도까지 붙였으니 그 파괴력은 어마어마했다. 배가 금방 기울기 시작했다. 배 밑 부분 어딘가로 물이 차고 있는 것이었다.

킬러가 크게 돌면서 다시 나카시의 배로 향했다. 또 한 번 배를 향해 돌진하려 듯 보였다.

범고래의 공격을 보았던 나카시 일당들은 또다시 그 범고래가 공격할 걸 보고 나카시를 남겨 두고 모두 바다로 뛰어들어 도망쳤다.

하지만 킬러의 계획에는 두 번의 공격은 없었다.

킬러는 계획대로 실행했다. 자기가 할 수 있는 기회는 단 한번이라고 생각했다. 그 한 번에 나카시를 없애고 배를 부서뜨려 강치와 캘리를 나오게 하는 것이었다.

하지만 킬러는 나카시를 없애지는 못하고 모든 기력을 다 쏟아

낸 공격 후 크게 한 바퀴를 헤엄쳐 돌더니 몸이 옆으로 기울었다.

사실 킬러의 몸 상태로 그 높이로 점프하며 공격한 것은 기적과도 같은 일이었다.

몸이 너무나도 만신창이 상태였다.

그렇게 잠시 동안은 아무 일도 일어나지 않았다. 빗소리만 고요한 바다를 가득 채웠다.

그리고 킬러는 그 자리에서 기절한 듯 물 위에 떠 있었다. 킬러의 눈은 감겨 있었다.

배 뒤편에서 부서진 나무판자들이 움직였다.

강치였다. 강치가 캘리를 데리고 배에서 나오고 있었다.

그와 동시에 또 다른 쪽에서 나무판자들이 움직였다.

나카시가 나무판자에 깔렸다가 정신을 차리고 일어난 것이었다.

손에는 아직 장전된 작살 총이 들려 있었다.

나카시는 비틀거리는 몸과 호흡을 가다듬으며 바다 위에 떠 있는 킬러를 겨냥했다.

'킬러가 위험하다.'

강치가 갑판 위를 미끄러지듯 달렸다. 그리고 그대로 나카시를 받아 버렸다.

작살이 하늘을 향해 발사됐다. 나카시는 몸이 부웅 뜨더니 배에서 떨어져 바다로 떨어졌다.

강치는 바다에서 허우적거리는 나카시를 보았다. 강치의 눈은 분노로 이글거렸다. 죽어 가는 킬러, 피 흘리는 캘리와 점이, 박이….

그리고 독도가 보였다. 핏빛으로 물든 독도의 바다가 보였다.
아빠, 엄마, 친구들의 비참한 모습들이 떠올랐다.
강치는 온몸이 부들부들 떨렸다. 분노에 온몸이 타오르는 듯했다.
강치는 기울어진 배에 기어올라 제일 높은 곳에 서서 나카시를 노려보았다.
강치의 갈기가 부풀어 올랐다. 숨을 크게 쉰 가슴도 커졌다.
다이빙하여 머리 박치기로 나카시의 몸을 박살 내려 하는 것이었다. 그렇게 나카시를 끝장 낼 작정이었다.
강치는 모든 두려움을 이겨 내고 있었다.
어느새 이사부가 강치 옆에서 날고 있었다.
"강치야……."
이사부는 나지막이 그리고 온 마음을 담아 강치의 이름을 불렀다. 하지만 강치는 아무 소리도 들리지 않았고 오직 나카시만을 노려보고 있었다.
이사부는 강치를 말려야 한다고 생각이 들면서도 그럴 수도 없었다. 복수 또한 너무 당연한 일이었다. 다만 이 기억을 더 얹어서 앞으로 살아갈 생각을 하니 강치한테 미안하고 우산도한테 더 미안했을 뿐이다.
이사부의 심장도 열 번, 백 번이라도 저 악마 같은 인간을 죽이고 싶었다. 하지만 잠잠히 지켜보았다.
강치가 자세를 다잡았다.
우산도의 자세였다.

독도의 큰바다사자의 모습이었다.

강치가 포효했다. 갈기를 크게 흔들었다. 갈기에서 흩뿌려지는 물방울들이 빗방울과 부딪혔다.

강치의 이글거리는 눈빛이 나카시를 노려보고 있었다.

물속에 빠진 나카시는 너무나 겁에 질린 비굴한 패자의 얼굴을 하고 있었다.

강치의 뒷발이 힘차게 배 난간을 박차며 다이빙했다.

"으아아아아아악!!!"

나카시의 비명이 빗소리를 뚫고 큰 바다를 울렸다.

'푸우악!!!!!!'

커다란 파장이 큰소리와 함께 하늘로 솟구쳤다.

나카시와 강치가 바닷속으로 빨려가 듯 들어갔다.

이걸로 끝났다.

한참, 몇 분의 시간이 흘렀다.

나카시가 눈을 감은 채 물 위로 떠올랐다. 강치도 나카시 바로 옆으로 올라왔다.

강치는 다이빙할 때 나카시를 머리로 받아 버리지 않았다. 나카시의 옆으로 떨어지면서 나카시를 물고 바닷속 깊은 곳으로 잠수했다.

나카시는 그 사이가 많은 물을 먹고 수압을 견디지 못해 기절해 버렸다.

그제야 강치는 나카시를 놔 주었다.

물위에서 기절해 있던 나카시는 크게 기침을 하며 바닷물을 토해 내는 동시에 깨어났다.

"으아아아아아아악 사람 살려!!!!!!!!! 살려 주세요!!!"

나카시는 옆에서 자기를 보고 있는 강치를 발견하며 비명을 질렀다.

강치는 나카시의 얼굴 앞에 자기의 얼굴을 들이밀며 노려보았다. 나카시의 눈은 겁에 질려 두려워하는 눈이었고 애걸하는 비굴한 눈이었다.

급기야 나카시는 울음을 터트렸다.

나카시가 강치를 쳐다보지 못하고 고개를 떨궜다.

강치는 한참을 그렇게 가만히 나카시를 쳐다보았다.

상황을 지켜보던 이사부는 강치의 지금의 침묵이 무슨 의미인지 정확히는 알 수 없으나 그 마음 정도는 충분히 알 수 있었다.

그리고 나서 강치는 오른쪽 지느러미를 천천히 올리더니 나카시의 따귀를 크게 한 대 내려쳤다.

'철썩'

나카시가 기절했다. 그리고 강치는 나카시를 그대로 놔두고 돌아섰다.

강치는 친구들을 도우러 헤엄쳤다.

'강치야, 이제 두려움이 무엇인지 진짜 용기가 무엇인지 알게 되었구나.'

"우산도 자네, 보고 있지? 자네 아들 이제 다 컸네!!! 강치는 이제 독도의 큰바다사자가 되었어!!"

이사부가 하늘 위를 날며 더 높은 하늘을 쳐다보며 얘기했다.

'애앵 애애앵 애앵'

인간의 배에서 나오는 사이렌 소리였다. 인간들의 배가 근처까지 도달했다.

강치는 나카시를 향해 다이빙하는 순간 멀리서 들리는 이 사이렌 소리를 들었다. 동시에 아빠, 엄마의 얼굴이 떠올랐다. 아빠와 엄마가 미소 짓고 있었다.

그러곤 나카시를 죽이지 않기로 맘을 먹었다. 이 전쟁은 나에게만 속한 것이 아니라는 생각이 들었다.

대신 인간들한테 나카시를 맡기기로 맘을 먹었다.

무엇 때문에 그런 맘이 들었는지는 잘 모르겠다. 친구들이 걱정되어 빨리 가야 된다고 생각한 거 같기도 하다.

강치의 마음은 친구들 생각뿐이었고 마음은 벌써 그 쪽에 가 있었다.

25. 다스케떼, 사치, 타카라모노
(도와줘, 범고래, 보물)

강치가 나카시를 뒤로 하고 캘리를 데리고 친구들을 찾으러 급하게 헤엄쳐 갔다.
"강치야 이쪽이야!!"
이사부가 킬러가 있는 쪽으로 강치를 인도했다.
킬러는 바다 위에 솟아 있는 갓바위에 걸쳐 기절한 채 쓰러져 있었다.
그 주변은 피가 흥건했다.
머리에서는 물론이고 전에 꽂혀 있던 나카시의 작살이 더 깊이 들어가 버려 많은 양의 피가 샘솟고 있었다.
'킬러의 목숨이 위험하다.'
강치는 친구들과 이사부 쪽으로 고개를 돌려 차분히 얘기했다.
"인간들 배가 이 근처에 있어. 저번에 나를 도와줬던 대한민국 유물탐사선이야. 아니어도 인간들한테 도움을 청할 거야. 인간들은 킬러를 살려 줄 수 있을 거야!! 기다려, 조금만 더 버텨."

이사부가 먼저 하늘 위로 날아올랐다.

강치는 아까 사이렌 소리가 들렸던 곳으로 헤엄쳐 가기 시작했다.

그리고 점점 인간의 배로 가까이 갔을 때였다.

배 앞에서 열심히 헤엄치고 있는 점박이물범이 마주 보였다.

수니 아줌마였다!

어찌된 일인지 수니 아줌마가 인간의 배 앞에서 앞장서서 헤엄치고 있었다.

그리고 그 배는 대한민국 유물탐사선 아크호가 맞았다. 그리고 그 뒤에는 또 다른 탐사선 누리호도 있었다.

아크호의 선미에서는 탐사원들이 수니를 바라보며 쫓아오고 있었다.

그리고 뒤에서 쫓아오던 해양경비대 순시선이 누리호를 앞지르려 하고 있었다.

"강치야!!"

"수니 아줌마!"

강치와 수니 아줌마는 얘기할 새도 없이 킬러 쪽으로 헤엄치기 시작했다.

수니가 지금 인간들의 배를 이끌고 나타난 과정은 이랬다.

어젯밤 나카시 일당이 쳐들어온 걸 처음 알았던 수니는 도망가라고 소리치는 동시에 바위 뒤에 숨었다.

그리고 강치가 그물에 잡히고 캘리, 점이, 박이가 피를 흘리고 쓰러지고 잡히는 걸 보고 여러 생각 없이 그냥 도망치듯 산호동굴 밖으로 헤엄쳐 나왔다.

꾸미는 수니가 도망치는 걸 보고 그 뒤를 쫓아왔다.

산호동굴 밖으로 나온 수니는 어디로 가야 할지 몰라 그 자리를 뱅글뱅글 돌기만 하였다. 눈에서 눈물이 멈추지 않았다.

"애들이 다쳤어…. 피를 많이 흘리고 있어. 애들을 치료해야 해!!"

수니는 수족관에서 다친 동물들을 돌봐 주던 사육사들이 생각났다.

'인간들이라면 애들을 살릴 수 있을지도 몰라!'

하지만 어디로 가야 할지 몰랐다.

그때 수니를 쫓아왔던 꾸미가 헤엄쳐 와서 수니의 손을 꼭 잡아 주었다.

꾸미가 손을 잡아 주니 수니의 뱅글뱅글 돌기가 서서히 멈췄다.

"아줌마 진정하세요. 아줌마가 정신 차려야 애들을 구하죠!"

"내가 어떻게 해야 할지 모르겠어…. 인간들한테 도와 달라고 해야 할 거 같은데 어디로 가야 할지 모르겠어… 흑흑…."

"인간들이요? 인간들한테 가면 돼요? 저번에 강치를 도와줬던 그 인간들의 배는 제가 어디 있는지 알아요. 멀지 않은 곳에 있어요!! 빨리 가요!"

"어어 그래, 가자! 어서 가자! 꾸미야 고맙다 꾸미야!!"

수니는 꾸미를 태우고 전속력으로 헤엄쳤다 그리고 별들이 자리를 바꾼 시간이 지난 후에야 대한민국 해양유물 탐사선 아크

제6막 새로운 시작

호를 만날 수 있었다.

인간들은 다급하고 겁에 질린 수니를 너무 귀엽게 그리고 안쓰럽게 쳐다보았다.

그리고 수니를 계단 쪽으로 인도해 쉽게 올라올 수 있게 하였다.

수니는 달려오는 내내 인간을 만나면 어떻게 도와 달라고 해야 하는가를 고민했다. 인간의 말 중 어떤 말을 따라 해야 하는가를 생각하고 생각하고 생각했다.

수족관에서 평생 따라 해 왔던 인간의 말을 기억해 내야 했다.

그리고 기억했고 생각해 냈다.

그리고 수니는 자기를 둘러싸고 있는 인간들 앞에서 길게 길게 호흡했다. 그리고 인간을 말을 따라 했다.

이 순간 수니는 가고시마 수족관의 간판 스타 앵무새 점박이물범 수니였다.

"다스케떼.

사치.

타카라모노."

수니가 한 일본말은 "도와줘, 범고래, 보물"이란 말이었다.

수니는 울음이 나오는 걸 참았다.

울면 똑바로 인간의 말을 따라 할 수 없을 거 같아서 꾹 참고 또 꾹 참고 한 마디 한 마디를 따라 했다.

'도와주세요! 킬러를 살려 주세요! 거기 가면 보물들을 찾을 수 있어요 우리가 찾아 줄 게요. 제발 우리 애들을 살려 주세요.'

수니는 마음속으로는 이렇게 말하며 최대한으로 인간의 말을 했다.

"다스케떼, 사치, 타카라모노."

"다스케떼, 사치, 타카라모노."

"다스케떼, 사치, 타카라모노."

"다스케떼, 사치, 타카라모노."

수니는 계속해서 말했다. 참았던 눈물이 터져나왔다.

"다스케떼, 사치, 타카라모노."

"다스케떼, 사치, 타카라모노."

수니는 울면서도 계속 계속 얘기했다.

"저거 일본말이에요…. 도와줘… 범고래… 보물??"

탐사원 중 한 명이 수니의 일본말을 알아들었다.

그리고 또 다른 젊은 남자 탐사원은 수니를 알아보았다.

"쟤… 앵무새 점박이물범이에요. 일본 수족관에서 제가 봤어요. 사람 말을 따라 하는 점박이물범이라고 유명했어요!! 수족관을 탈출했다고 했는데 여기 있네…. 하하하… 신기하네."

아크호의 젊은 남자 탐사원은 일본 여행 때 가고시마 수족관에서 앵무새 점박이물범 수니의 공연을 본 것과 사쿠라지마 화산 폭발과 지진에 의해 수족관이 무너지고 앵무새 점박이물범과 여러 마리의 수중동물들이 사라졌다는 뉴스 내용까지 정확히 기억하고 있었다.

말하는 점박이물범을 처음 본 탐사원들은 수니를 너무나 신기

제6막 새로운 시작

하게 바라보았다.

그리고 탐사원들은 수니가 한 말을 정확히 이해했다.

"보물?!!!"

아크호는 서둘러 출발했다.

아크호는 해양경비대에게 이 사실을 알렸다.

해양경비대는 동물구호단체에도 알렸다.

수니가 앞장섰다. 수니의 헤엄 속도에 맞춰 아크호와 누리호 해양경비대가 그 뒤를 쫓아갔다.

인간으로서도 경이로운 일이었다.

수니를 따라 인간의 배들이 항해를 했다. 얼마나 지났을까?

수니 머리 위로 괭이갈매기가 날아와 앞장서기 시작했다.

수니는 이사부를 따라 더 빨리 헤엄쳤다. 뒤에서 알았다는 듯 아크호와 누리호 해양경비대의 사이렌이 울리기 시작했다.

'애앵 애애앵!'

그리고 수니는 아크호한테 도움을 청하러 오는 강치를 만났다. 잠시 후 강치와 수니를 따라가던 아크호와 누리호의 탐사원들은 저 멀리 반 이상 가라앉아 떠 있는 일본 도굴선을 발견했다.

일본 도굴선 위에는 나카시 일당들이 기진맥진한 상태로 매달려 있었다. 나카시는 물 위에 기절한 채 떠 있었다.

대한민국 해양경비대가 오랫동안 쫓아왔던 일본 도굴선, 그 배였던 것이다.

곧바로 해양경비선이 사이렌을 울리며 일본 도굴선 쪽으로 다가갔다.

"너희들은 포위됐다. 모든 행위를 멈추고 순순히 투항하라. 너희들은 [문화재관리법 243조 6항 허가 없이 수중문화유물을 채취 또는 발굴을 하는 행위는 도굴로 간주한다]에 의거해 현행범으로 체포한다."

대한민국 해양경찰청 소속 순시선 315호에서 울리는 쩌렁쩌렁한 경고 멘트였다.

먼저 해양경비대가 다가갔다. 그리고 배 위로 올라가 나카시 일당 모두한테 수갑을 채워 경비선에 실었다.

해양경비대원들은 물 위에 떠 있는 나카시를 발견했다.

나카시를 끌어 올리려 줄사다리를 바다로 내리려는 순간, 나카시가 물속으로 거칠게 빨려 들어가듯 사라졌다.

그리고 곧바로 커다란 검은 꼬리지느러미가 물 밖으로 나왔다가 물속으로 들어갔다.

나카시를 바닷속으로 사라지게 한 것의 정체는 유선형의 커다란 덩치의 범고래였다.

올라였다. 킬러의 엄마….

원래 범고래는 인간을 공격하지 않는다. 아직까지 범고래가 인간을 공격했다고 발표된 사실은 없었다.

하지만 이번에는 범고래가 인간을 공격하는 일이 벌어진 것이었다.

새끼를 공격한 적을 향한 엄마의 한이 담긴 공격이었다.

나카시는 그렇게 죽었다.

강치가 그 모습을 잠잠히 바라보고 있었다.

많은 기억과 그 기억을 싸고 있는 수많은 감정들이 심장을 둔탁하게 두드렸다. 금방이라도 눈물이 쏟아질 것 같았지만 강치는 애써 눈물을 참았다. 그리고 강치는 앞서 방향을 잡고 있는 수니 쪽으로 헤엄치기 시작했다.

기다리고 있던 수니와 이사부가 앞장섰다. …강치는 다시 한번 뒤돌아보았다. 킬러의 엄마 올라가 수면 위로 등지느러미를 보이고 저 멀리로 사라지고 있었다.

당연한 일이 벌어졌는지도 모르겠다. 그래서 강치가 나카시를 죽이지 않게 되었는지도 모르겠다. 누군가의 소원이었을지도 모를 일이었으니까.

아크호와 누리호도 수니와 강치를 따라 방향을 바꿨다.

얼마 지나지 않아 갓처럼 생긴 바위에 킬러와 캘리가 쓰러져 있고 점이와 박이가 그들을 지키고 있었다.

탐사원들이 바닷속으로 뛰어들었다.

인간들이 킬러와 캘리 쪽으로 가니 점이와 박이는 갓바위 뒤 바닷속으로 물러나 지켜보았다.

얼마 지나지 않아 동물구호단체 수의사들도 도착했다.

캘리와 킬러는 인간들의 응급조치로 위험한 고비는 넘겼다.

킬러는 인간들이 가져온 크레인바지선의 도움을 받아 병원시설이 있는 수족관으로 이송됐다. 강치와 캘리는 그보다 먼저 이송됐다.

　캘리와 킬러가 인간들의 배를 타고 치료를 받으러 가는 것을 책임지고 지켜보는 것은 이사부의 역할이었다.

　이사부가 배를 따라 저 멀리 하늘로 날아갔다.

　어느새 비가 멈췄다.

　빨주노초파남보, 무지개.

　그리고 머리 위 하늘에는 커다란 무지개가 떠 있었다.

　갑자기 인간들이 환호성을 질렀다.

　"보물이다!!!이거 실화야!!!? 와아아아와!!!"

　일본 도굴선을 조사하러 들어갔다 나온 해양경비대 잠수부 대원중 한 명의 손에 뜻밖에 화려한 청자화병이 들려 있었다. 그걸 보고 아크호와 누리호의 탐사원들이 환호했던 것이다.

　환호를 지른 아크호와 누리호의 탐사원들 모두 한곳을 쳐다보았다.

　그 모두의 시선 끝에는 수니가 있었다.

　'도와줘, 범고래, 보물'

　탐사원들은 앵무새 점박이물범이 자기들한테 한 인간의 말을 머릿속에 다 같이 떠올리고 있었다.

　앵무새 점박이물범 수니가 또 한 번 입을 열어 환호했다.

　"와아아아와!"

　인간을 따라 한 것인지 진짜 환호한 것인지 모두가 알 수 없었다.

하지만 너무 행복했다.

일본 도굴선에서는 진귀한 유물들이 122점이 나왔다.

너무나도 중요한 해저 유물이었다. 이로 인해 진짜로 보물선이 존재한다는 것과 이 근처에 보물선이 가라앉아 있다는 것을 해물유적 탐사팀은 입증을 할 수 있었다.

그리고 이 중요한 문화재가 일본으로 넘어가지 못하게 한 것도 다행이었다.

그리고 경찰에서는 일본 도굴꾼을 취조했지만 끝내 추가 보물에 대해선 알아낼 수가 없었다.

일본 도굴꾼들은 풀려나 본국으로 돌아갔다가 다시 돌아올 때를 기약하고 있었기 때문이었다.

아크호와 누리호는 여러 날 동안 도굴선이 침몰한 지점 주변을 샅샅이 뒤졌다.

하지만 워낙 유속이 빠른 데다가 갯벌이 많은 서해 바다 속의 보물선을 찾는 것은 그리 쉬운 일이 아니었다.

그렇게 해양탐사가 시작된 지 며칠이 지났고 또 며칠이 지났다.

그 시간 동안 이사부는 캘리와 킬러가 치료받고 있는 수족관을 매일같이 들락날락했다.

수족관 유리창 너머 캘리와 킬러가 조금씩 회복되는 것이 보였다.

킬러는 정말 어려운 수술을 잘 버텼다. 작살이 조금만 더 깊게 박혔다면 킬러는 죽었을 거라고 인간들은 말했다.

수의사들은 킬러와 캘리를 진심으로 살리고 싶어 했다.

그리고 여러 날 동안을 킬러와 캘리의 수술을 진행했다.

킬러의 등과 지느러미에 박힌 작살 제거 수술은 어려웠지만 성공적으로 끝났다. 다만 등지느러미의 괴사된 부분은 어쩔 수 없이 절단해야 했다. 그래도 킬러는 여전히 용맹했고 멋졌다.

캘리도 뇌출혈 치료를 잘 마쳤고, 수십 일 동안 치료가 끝난 후 수의사와 조련사의 환호와 인사를 뒤로한 채 킬러와 캘리는 수족관을 떠났다.

이번엔 킬러가 앞장섰고, 해양동물보호선이 뒤따랐다.

배 위에는 봉희가 캘리를 안고 있었다.

가고시마 수족관의 동물들이 한국에 나타났다는 소식을 듣고, 봉희는 급히 일본에서 날아왔다. 그는 한국 해양동물보호센터와 함께 킬러와 캘리를 돌보았고, 두 마리 모두 바다에서 살 수 있다고 주장하며 방사 결정을 이끌어 냈다.

그리고 지금, 캘리와 킬러는 수니, 점이 박이, 강치가 있는 곳으로 가고 있었다. 이사부가 미리 소식을 전했고, 모두가 산호해변을 나와 갓바위 근처로 마중을 나왔다.

킬러도 기다리고 있던 엄마와 재회했다. 올라와 함께 범고래 무리도 킬러를 맞으러 나왔고, 몸을 부비며 반가움과 감사를 나눴다.

봉희는 수니와도 만났다. 수니는 그를 보자마자 달려가 안겼다. 그리고 옛 습관대로 봉희의 말을 따라 했다. 봉희는 눈물을 흘리다 웃음을 터뜨렸다.
"하하하! 여전하네, 수니… 하하하!"
"하하하! 여전하네, 수니… 하하하!"
"고마워, 수니야. 너 때문에 다들 무사했어······."
"고마워, 수니야 너 때, 으억!"
봉희는 수니를 다시 한번 와락 안았다.
수니는 봉희가 안아 주는 게 그냥 좋았다.
화산 폭발로 수족관이 무너지기 전 수족관 직원들은 수니의 말을 의미 있게 들었었다.
지진의 활동이 심상치 않았고 특히 동물들의 반응이 평소와 너무 달랐다.
거기에다 수니가 '도망쳐'라는 말까지 하니 수조관직원들은 이 징조를 가지고 화산지진연구소까지도 이 상황들을 공유하고 다들 비상대기상태로 상황을 예의 주시하고 있었다.
그리고 바로 화산 폭발과 지진이 일어나고 수족관이 무너진 것이었다.
너무나 급박하게 지진 활동이 진행돼 수족관 생물들까지는 대피시키지 못했지만 인간들은 짜 놓은 대피 계획대로 피할 수 있었다.
그래서 봉희를 비롯해 수족관 직원뿐 아니라 가고시마 주민들도 미리 대비할 수 있어서 최소한의 피해로 재난을 이겨 낼 수 있었다.

수니의 활약이 대단한 결과를 가져온 것이다.

하지만 정작 수니는 알 수 없는 일이었다.

몇 시간 동안 인간들과 동물들은 마지막 만남을 나눈 뒤 헤어졌다. 서로가 보이지 않을 때까지, 배와 바다에서 서로를 바라보았다. 돌아가는 배 후미에서 봉희의 머리카락이 바람에 나부꼈다. 그 모습을 바라보는 캘리의 눈에는 뜨거운 눈물이 흐르고 있었다. 봉희가 탄 배는 점점 멀어졌다. 캘리는 계속해서 배를 바라보았다.

봉희가 손을 흔드는 모습이 희미해질 때쯤, 캘리는 눈을 감고 속삭였다.

"고마워, 봉희. 잊지 않을게."

캘리는 천천히 눈을 떴다.

수니가 조용히 다가와 캘리의 등을 부드럽게 비볐다.

"괜찮다, 캘리야. 이제는 우리가 함께 있어. 우리 다 함께 사는 거야."

킬러도 캘리 곁으로 다가왔다. 하지만 킬러는 아무 말을 할 수 없었다.

멀리서 범고래 무리도 조용히 그들을 바라보고 있었다.

킬러의 엄마, 올라가 다가와 수니와 캘리에게 말을 건넸다. 그건 따뜻한 감사의 인사였고 이별의 인사였다. 그리고 올라는 킬러를 데리고 범고래 무리들과 함께 그들의 바다로 돌아갔다.

제6막 새로운 시작

킬러는 몇 번을 뒤돌아보고 또 뒤돌아보았다.

캘리와 수니도 그 자리에서 움직이지 못하고 킬러가 안 보일 때까지 바라보았다. 파도는 킬러가 지나간 수면의 흔적을 아무렇지도 않게 지웠고 바다는 그렇게 다시 어제와 같은 바다가 되었다.

그들도 한참 동안 그런 바다를 바라보다가 산호동굴로 향했다.

26. 다시 독도로, 다시 집으로

　킬러와의 아쉬운 작별을 마치고 강치, 캘리, 점이, 박이, 수니, 꾸미, 이사부, 룻릴라 모두 산호해변으로 돌아왔다.
　모두들 아무 말도 하지 못했다. 그렇게 한참의 시간이 가만히 흘러갔다.
　그리고 또 한참의 시간이 흐른 뒤…
　킬러가 산호해변으로 돌아왔다.
　킬러는 범고래 무리로 합류하지 않기로 했다. 이제 킬러도 독립할 나이가 되었고… 특히 킬러가 친구들과 함께하길 원했다.
　킬러는 엄마 올라와 한동안 깊은 얘기를 하였다.
　할머니, 엄마들, 형제들 한 마리도 빠지지 않고 코를 대고 대화를 하였다.
　그리고 무리들과의 아쉬운 작별을 하고 친구들이 있는 산호동굴 산호해변으로 돌아왔다.
　킬러가 너무나도 그리던 보금자리였다.
　우리 모두의 집이었다.

"이제 다시는 헤어지지 않을 거야. 우린 다시 다 함께 사는 거야."

킬러는 상기된 얼굴로 모두들 바라보며 얘기했다.

킬러의 마음을 듣고 있는 모두에게도 서로를 깊이 신뢰하고 사랑하는 마음이 가득가득 차오르고 있었다.

이제는 킬러도 캘리도 완전히 회복되어 사냥하는 것도 문제가 되지 않았다.

다 함께 동굴 밖으로 사냥하러 나갔다. 이제는 동굴 밖도 위험하지 않았다. 맘껏 사냥하고 맘껏 헤엄쳤다.

박이가 여러 마리의 주꾸미를 발견했다. 더 이상 점박이물범들은 주꾸미는 잡지 않았다.

그중에 꾸미도 있었다.

이제는 꾸미도 친구였다….

하지만 꾸미는 뒤에서 점이, 박이, 캘리. 강치가 나타나면 매번 깜짝깜짝 놀랐다…. 본능이었다.

그걸 아는 박이가 또 장난기가 발동했다. 몰래 뒤로 돌아가 꾸미 앞에 갑자기 나타나 놀래켰다.

깜짝 놀란 꾸미는 인간들이 줄에 주렁주렁 매어 놓은 빈 소라껍질 속으로 후다닥 들어가 숨어 버렸다. 그리고 다리 4개를 쭉 빼더니 갯벌바닥에 반쯤 묻혀 있던 청자 접시를 집어 소라껍질의 입구를 덮어 버렸다.

"하하하하하하!"

꾸미가 삐졌다. 박이가 소라 껍질 앞에서 애교를 부렸다.

"미안해. 나와…. 안 그럴게."

못 이기는 척 꾸미가 청자접시를 열고 소라 껍질에서 나왔다.

꾸미가 박이한테 청자 접시를 던졌다. 청자 접시에 머리를 맞은 박이가 호들갑을 떨며 바닥에 쓰러지는 척했다.

"하하하하하!"

모두들 박이의 연기에 웃음을 터트렸다.

박이가 바닥 갯벌을 들쑤셔 놓은 덕에 숨어 있던 다른 주꾸미들이 놀라서 주렁주렁 매달린 소라 껍질 속으로 들어갔다. 박이 머리를 맞고 물속을 잠시 떠다니던 청자 접시가 소라 껍질 옆으로 떨어졌다.

'툭'

소라 껍질 속으로 숨었던 주꾸미 한 마리가 부리나케 나와 청자 접시를 주워 소라 껍질의 입구를 덮고 숨어 버렸다.

잠시 후…

소라 껍질들이 갑자기 움직이더니 줄줄줄 끌려갔다. 인간이 주꾸미잡이를 위해 만들어 놓은 소라 껍질 그물을 끌어 올리기 시작한 것이었다.

줄에 매달린 소라 껍질들이 대롱대롱 매달려 바다 위에서 그물질하는 어부에 손에 들어왔다.

어부는 소라 껍질을 덮고 있는 청자 접시를 보고 깜짝 놀라며 크게 환호했다. 그리고 서둘러 뱃머리를 돌렸다.

그리고 몇 시간 후, 해양유물 탐사선 아크호가 산호동굴 근처로 급히 달려왔다.

　주꾸미가 청자 접시를 끌어안고 있는 걸 발견한 어부는 신안군청으로 바로 신고했고 신안군청 문화재 팀과 국립해양유산연구소 유물탐사팀은 아크호를 타고 한걸음에 달려온 것이었다.

　탐사원들은 바로 산호동굴을 발견했고, 그들은 흥분되는 마음으로 곧바로 산호동굴을 통해서 산호해변에 다다랐다.

　"보. 물. 선. 이. 다."

　마침내 인간들은 700년을 넘게 바닷속에 잠들어 있던 해저 보물선을 찾았다.

　해양유물 탐사팀은 얼마 전 일본 유물도굴꾼이 검거되면서 보물선의 존재와 바닷속 위치를 어느 정도는 가늠할 수 있었지만 여러 날 동안 계속되는 탐사에도 보물선을 발견하지 못하고 있던 상황이었다.

　그러던 중 산호동굴 바로 앞에서 주꾸미에 의해 청자 접시가 발견되면서 영원히 바닷속의 비밀로 묻힐 뻔한 보물선을 찾을 수 있었던 것이었다.

　결과적으로 주꾸미가 안고 있던 청자 접시가 보물선 발굴의 열쇠가 되었다.

　그리고 그곳에서, 탐사원들은 보물선에 살고 있는 킬러와 강치, 캘리, 수니, 점이, 박이를 발견하고는 한껏 웃으며 어이없어

했다.

그 장면을 지켜보던 강치와 친구들도 어깨를 들썩이며 웃음을 터뜨렸다.

도와줘, 범고래, 보물.

1976년 신안 앞바다의 보물선, 신안선은 그렇게 발견되었다.

보물선 갑판에 기대 산호동굴 속으로 몰려드는 인간들을 지켜보고 있던 점이가 킬러, 캘리, 박이, 강치를 돌아보며 얘기했다.

"이제 여기 산호해변과 보물선은 인간들한테 양보해야 할 것 같은데!!"

"뭐라고??? 말도 안돼! 나의 소중한 보물들을 인간들한테 넘겨주자고?!! 저어어얼대 그럴 수 없어!!"

박이가 펄쩍뛰며 고개를 절레절레 저으며 소리쳤다.

수니가 박이 앞으로 천천히 다가가 가만히 바라보며 얘기한다.

"박아… 보물들은 더 필요한 인간들한테 양보하자꾸나…. 우리한테는 이 보물보다 더 값지고 빛나는 보물들이 있잖니…."

"……."

수니가 옆으로 비키자 박이의 눈에 강치, 캘리, 킬러, 바위 위에 꾸미와 짱뚱 할아범, 절벽 위에 이사부와 룻릴라 그리고 점이까지 사랑 가득 담은 표정으로 자기를 바라보고 있었다.

그들은 눈부시게 빛이 났고 사랑스러웠다.

그 순간 박이의 가슴은 턱하고 숨이 막힐 정도로 벅차올랐다.

'내 가족, 내 보물들'

그리고 박이의 머릿속에서는 다 같이 함께 지나왔던 시간들이 빠르게 스쳐 지나갔다.

박이의 회상이 어느 시점을 지날 때 킬러가 물속에서 얼굴을 내밀며 얘기했다.

"우리 어디로 갈까?"

점이가 킬러의 질문에 모두의 마음을 담아 답했다.

"어디로 가든 괜찮아. 우리 모두 함께 가니까!"

모두 함께 인간들을 뒤로한 채 큰 바다로 나갔다.

'투둑 투두둑!'

빗방울이 떨어졌다…. 바람이 불었다…. 그리고 먼 하늘에 소용돌이가 만들어지고 있었다.

하늘을 쳐다보고 있던 킬러, 점이, 박이, 수니가 일제히 캘리를 쳐다보았다.

"강치야!!! 우리 큰바다사자의 섬, 독도로 가자!"

캘리가 말했다.

강치의 입가에 미소가 번졌다.

"아오 아오 아오"

하늘에서는 이사부와 룻이 하늘 높이 날고 있었다.

박이가 갑자기 우뚝 멈추더니 뒤돌아 친구들을 바라보았다.

"독도는 어떻게 가는데?"

꾸미가 짱뚱 할아범을 쳐다보았다.

"어????? 올 때는 물의용이 우리를 데려다줬는데… 다시 가려면 어떻게 해야 하지??!"
독도얼룩망둑 할아범이 머리를 긁적거리며 대답했다.

갑자기 불어오는 바람이 강치의 목갈기를 흔들었다.
파도가 일렁였다.

그리고,
거짓말처럼 물의용이 하늘에서 바다로 내려앉았다.
다들 물의용 쪽으로 천천히 헤엄쳐 갔다.
그리고 다들 물의용 앞에 멈춰 서서 두렵고 떨리는 마음으로 두 눈을 감았다.

며칠 뒤…
"물의용은 또 어디로 간 거야??"
"저기 있다!!"
며칠 뒤…
"물의용이 또 없어졌어어!!"
며칠 뒤….
"저기 있다!!"
그렇게 물의용은 강치와 친구들을 태워 주지 않고 계속 앞서 갔다.

강치와 친구들은 물의용이 가면 따라가고, 서면 멈추고, 사라지면 기다리고, 나타나면 쫓아갔다.

그렇게 서해 바다를 출발해 남해 바다로 동해 바다를 거쳐 울릉도 앞을 지나 드디어…

강치의 눈에 두 개의 검은 돌섬 독도가 보였다.

독도는 변함없이 그 자리에 서 있었다.

변한 건 독도 동도 정상에 대한민국의 태극기가 위풍당당하게 펄럭이고 있었고, 태극기와 함께 대한민국 독도 경비대가 독도를 안전하게 지키고 있었다.

이사부가 독도 위를 신나게 날아다니다 그리운 촛대바위에 앉았다.

"아오, 아오, 아오 아오 아오!"

촛대바위에 앉아 있던 이사부가 힘찬 날갯짓으로 하늘 높이 날아오르며 소리쳤다.

이사부를 울음소리에 맞춰 수천 마리의 독도괭이갈매기들이 날아올라 독도 하늘을 하얗게 수놓았다.

코끼리바위 위로 강치가 올라왔다. 독도의 바람이 반기듯 강치의 검붉은 갈기를 흩날렸다.

강치는 한참을 바위 끝에 서서 하늘을 바라보았다.

'딱딱탁, 다 닥 탁 탁 탁!!!'

독도얼룩망둑들이 꼬리지느러미로 바위를 두드리며 환호했다.

바위를 움켜쥐듯 밟고 있는 강치의 네 발에 힘이 들어갔다. 그리고 강치가 뛰어내렸다.

독도 강치의 힘찬 다이빙이었다.

'푸악'

강치를 안은 바다의 탄성을 질렀다.

"독도 강치의 부활이다!!!!!!"

짱뚱 할아범이 큰 목소리로 독도와 태평양을 향해 소리쳤다. 그러자 모든 독도얼룩망둑들이 한 목소리로 따라 외쳤다.

"독도큰바다사자, 강치는 영원하다!!"

독도 갈매기들도 하늘을 가르며 소리쳤고, 바다제비들은 화려한 공중 공연을 펼쳤다.

사철나무 사이로 바람이 지나가며 바다의 노래를 더했다.

점이, 박이, 수니, 캘리, 킬러는 푸른 독도 앞바다를 맘껏 헤엄쳤다.

그때였다.

독도 바닷속을 헤엄치던 박이가 갑자기 물속에서 솟구쳐 나오더니 크게 소리쳤다.

"얘들아! 여기 밑에도 엄청 큰 배가 가라앉아 있어!!! 그런데 외국 배야! 그리고 황금이 잔뜩 있는데!!"

"뭐?????? 또????"

모두가 놀라며 박이가 가리킨 곳을 바라보았다.

깊고 푸른 바닷속, 어둠 속에서 거대한 배의 윤곽이 어렴풋이 보였다.

묵직한 기운을 떨치는 커다란 배가 잠들어 있었다.

모든 걸 품고 있는 독도의 바다는 비밀을 간직한 채 의연하게 천천히 흐르고 있었다.

시간이 멈춘 듯한 고요한 바다는 여전히 아름다웠고 그 밑에⋯ 돈스코이호도 있었다.

강치와 친구들은 돈스코이호를 한 바퀴 돌더니 바다 위로 헤엄쳐 올라갔다.

그들은 웃고 있었다.

각자의 마음속에는 항상 가족을 갖고 싶다는 꿈이 있었다.

결국 모두가 늘 꿈꾸고 바라 왔던 소원이 이루어졌다.

'우리는 가족!'

앞으로 얼마나 더 즐겁고 행복한 일들이 기다리고 있을까? 무섭고 두렵고 떨리기도 하지만 기대가 된다.

그 이유는

바로

혼자가 아니기 때문이다.

·

·

·

저 먼 바다에서 이들을 지켜보던 물의용이 순식간에 바다를 내달려 와 독도를 한 바퀴 크게 돌더니 하늘위로 올라가며 사라졌다.

한국신문

강치 독도에서 발견!

50년 만에 독도에 강치 나타나...

독도과학일보

독도에 강치 새끼낳아... 번식성공

강치 개체수 안정화를 위한 연구 필요

독도 강치 보존을 위한 연구단체 설립 가속화

내일신문